TANMI
NUERGUO
探秘 女儿国

郭久麟◎著

四川大学出版社

特约编辑:曾铃雁
责任编辑:蒋姗姗
责任校对:孙滨蓉
封面设计:墨创文化
责任印制:王　炜

图书在版编目(CIP)数据

探秘女儿国 / 郭久麟著. —成都：四川大学出版
社，2015.11（2023.9重印）
　　ISBN 978－7－5614－9141－6

　　Ⅰ.①探…　Ⅱ.①郭…　Ⅲ.①散文集－中国－当代
Ⅳ.①I267

中国版本图书馆 CIP 数据核字（2015）第 279545 号

书　名	探秘女儿国
著　　者	郭久麟
出　　版	四川大学出版社
地　　址	成都市一环路南一段24号 (610065)
发　　行	四川大学出版社
书　　号	ISBN 978－7－5614－9141－6
印　　刷	永清县晔盛亚胶印有限公司
成品尺寸	148 mm×210 mm
印　　张	10
字　　数	266 千字
版　　次	2015 年 12 月第 1 版
印　　次	2023 年 9 月第 2 次印刷
定　　价	49.00 元

◆ 读者邮购本书,请与本社发行科联系。
　电话:(028)85408408/(028)85401670/
　(028)85408023　邮政编码:610065
◆ 本社图书如有印装质量问题,请
　寄回出版社调换。
◆ 网址:http://press. scu. edu. cn

作者郭久麟简介

郭久麟，男，汉族，重庆渝中区人。1960年重庆一中毕业，1965年四川大学中文系毕业，分配至四川外语学院任教。1991年加入中国作家协会，1992年提正教授。现为中国作家协会会员、中国传记文学学会会员、中外传记文学研究会理事、四川大学重庆校友会会长；曾任重庆作家协会主席团委员暨影视文学创委会主任、重庆写作学会副会长、重庆国际友人研究会会长。主要著作：传记文学著作《随卫敬爱的周副主席》《陈毅青少年时期的故事》《罗世文传》《少年罗世文》《怀念吴老》《雁翼传》《张俊彪传》《柯岩传》《梁上泉传》；传记理论著作《传记文学写作论》《传记文学写作与鉴赏》《中国二十世纪传记文学史》《大中华二十世纪文学史》（与张俊彪共同主编）；长篇历史小说《风流帝王》；文艺理论著作《散文知识与写作》《文学创作灵感论》《论贺敬之的诗》；诗集《爱的琴弦》《新编女儿经》，散文集《郭久麟散文集》，通讯报告集《当代西南企业与企业家》；电视剧《沉默的情怀》（六集）《雕像的诞生》（上下集），电视片《记日本友人石川一成先生》《歌乐情思》《四面山风光》。获奖情况：《罗世文传》获首届四川省、重庆市社会科学三等奖，《文学创作灵感论》获四川省第五届、重庆市第三届社会科学三等奖，《沉默的情怀》获成都市优秀电视剧奖，《雕像的诞生》获中宣部文艺局与中央电视台全国优秀电视剧展播奖、重庆首届巴渝文学奖一等奖、重庆首届影视文学荣誉奖，1999年获重庆市渝中区文学奖。

是散文，也是人生的"传记"

——郭久麟散文集《探秘女儿国》序

曾绍义

读完学长郭久麟教授的散文新著《探秘女儿国》，一个强烈的印象就是本文标题所示：这部散文集，是散文，也是人生的"传记"。换言之，我是把它当作久麟先生的人生传记来读的。这不仅因为作者是文学多面手、高产作家、多产作家、全能作家，出版了诗集、散文集、长篇小说、影视文学，以及文艺批评、文艺理论和文学史等著作；也不仅因为作者长期进行传记文学的创作与研究，出版了《陈毅青少年时期的故事》《罗世文传》《少年罗世文》《柯岩传》《雁翼传》《梁上泉评传》《张俊彪传》和《传记文学写作论》《传记文学写作与鉴赏》《中国20世纪传记文学史》等重要著作，取得了令人瞩目的成就；更是由于这部散文集所展示的，无论是行走山水的雄健还是抒情写意的放达，都在证明着作者是在呕心沥血、用生命完成每一件作品、做好每一件事情的，其深刻的人生体验不仅令我感动不已，更激励我要像他那样"为神圣的文学事业奋斗终生"。

总体说来，久麟先生这部散文集有如下几个特点：

第一是真而细。人们常说"真实是散文的生命"，这无疑是正确的，不真既不能打动读者，也失去了"美文"存在的前提。但近三十年来随着文学主体性的强化，一些人过分强调散文的"情真"而忽视真情实感赖以产生的"事真"，有的人甚至鼓吹散文也可以虚构，完全混淆了只适用小说、戏剧（包括影视文学）的艺术虚构与一切文学作品都离不开的艺术想象之间的根本区别，造成了某些散文的"弄虚作假"（已故著名老诗人公刘先生曾在《月牙泉与伪散文》一文中怒斥过这种现象）。久麟先生在谈到传记文学写作时也认为"传记不能虚构人物"，历史性、真实性是传记文学的"首要特性"，而一般的"标准传记"又是用"散文形式（相对韵文、表谱而言）"写成，所以"它要求作者花大力气搜集传主的大量资料，而后又在此基础上来构想、选材、描写，注意细节、材料的准确，达到人物的历史真实性和表现的艺术性的统一"。① 由于这种"要求是近乎苛刻的"，所以作者在写作散文（传记本是"散文"大家族中的一员）时也特别遵循这种"近乎苛刻"的要求，特别"注意细节、材料的准确"，如此便使得这本散文集中的作品真实到一般读者难以觉察的细微之处，从而让我们读来特别感动。例如《丽江行》写到"游丽江古城"时，特意写到了水、泉，说"古城之泉，都成井状"，"古城家庭往往凿三井，即依流水方向由高向低串起三个有圆形护栏的水潭：第一潭最纯净的是饮水，第二潭乃洗菜之用，第三潭则是洗衣物的"，而"有三潭串联而成的甘泽泉，覆盖在栗树荫下，水喷涌量大，附近的居民都在此用水，而秩序井然，民风淳朴……"一般游人穿行在丽江城时，恐怕很难如此深情地欣赏这里的"井泉"的，但这种"井状"之泉恰恰是丽江"独特的民风民俗"，是这座古城的标志之一，所以读至此，我想我们到过丽江而未认识这一古老民风民俗的读者，一定会大大感谢久麟先生这种"深入至微"的笔触。同篇另一处写到纳西族是"女人当家"这一民风时，就更加细致准确了，说纳西族女服饰很"独特"，"而最有特色，也最有象征意味的是，她们羊皮披肩上有两

---

① 《传记文学写作与鉴赏》第 13、14、15、19 页

个大的圆布圈，周围又缀七个小圆圈，俗称'披星戴月'"，再加上"这既是说他们披肩有日月星辰（她们崇拜的对象），又表明她们十分勤劳，早起晚睡……肩扛背驮"的大段解说，就把纳西族又一"独特"的民风极为真实而形象地展现在我们面前，从而使我们进一步领会到"纳西女承担了全部家务"，为"使纳西文化成为卓越而独特的文化奇葩"所做的贡献。

第二是博而雅。"博"是指内容广泛，"雅"是指笔调雅致，格调高雅，不低俗、不庸俗，更不媚俗。题材十分广泛，行文灵活自由，是散文的一大基本特征，但随之而来也容易出现"易学难工"的情形（大学者王国维先生在《人间词话》中曾有"散文易学难工"的论断），例如 20 世纪 90 年代曾热闹一时的"小女人散文""糖醋散文"不都是由于敢于暴露"隐私"、纠缠于身边琐事，很快被读者抛弃了么？但应当指出的是，要写出格调高雅的散文，一定要做格调高情趣雅的"儒雅"之人，即如巴金先生所说："要做一个好作家，首先要做一个真诚的人，文品和人品是分不开的。"① 纵观久麟先生这部新作，无论触景生情还是睹物思人，无论"情漫山海"还是"意满人间"，其景其物都浸泡在浓浓的情感中，其意其理都能启人深思，促人奋进，不只是做到了"雅"，甚至可以说达到了雅的极致！例如开篇《独攀巫山最高峰》，就使我强烈感受到作者胸中熊熊燃烧的生命激情！全文不过两千字，却借一次攀山经历不仅写了眼前所见的美景、孤身攀登的艰难，还将古今中外的名篇、名曲、名句和神话传说汇集于尺幅之中，而最使我激赏的则是文末那一大段奔泻不已的强烈而奔放的抒情——

我的心灵，在这美的极致之中，升华到一个无比纯洁、优美的境界！沉醉于无限愉悦的情景之中，我感到似乎是命

是散文，也是人生的「传记」

---

① （《再思录·致青年作家》）。

运之神在昭示和激励我：不停地跋涉、不懈地登攀，哪怕山高水深、路险道远，哪怕孤身一人、没有同伴，也要坚定不移地向着你认定的高远目标挺进！只有这样，你才能登上一座又一座高峰，领略一程又一程美景，饱享艰辛攀登之后的极度快慰，实现人生的最高期盼，达到生命的光辉顶点！

由于前面已层层叠叠地将眼前景与心中情巧妙地融于笔端，所以末尾的集中宣泄不仅十分自然，也格外振奋人心、鼓舞人心！又如《梦幻普吉岛》写到观看泰国人妖表演，作者下笔便用一连串赞美之词肯定人妖们是"人中之仙女""称得上国色天香"，其表演也"变幻绚奇""美轮美奂"——"其震撼力，吸引力，艺术魅力，都达到了极致！……它们确实是泰国为全世界打造的世界一流的高级表演！"并不像有些游客不知就里、不分云雨地对"人妖"这一特殊现象予以简单排斥。紧接着笔锋一转，写到了"人妖"们的"艰辛熬炼，把人体的美、容貌的美，同舞姿、歌唱、表演的美相结合，并将其发挥到了极限"，所以"看了他们这么精美的、华贵的、绝妙的，甚至是绝世罕见的舞蹈，我真想对他们深深鞠躬，并借这篇文章，传送给他们诚挚的敬意"！作为传记作家，甚至"我还真想写一写他们真实的人生，写一写他们心灵的追求和愿望，他们内心的酸甜苦辣，他们人生的波澜起伏……"

在这里，不单从艺术美的角度赞美了"人妖"们的艺术贡献，又从作家（尤其是传记作家）的社会责任感方面表达了作者自己温暖人心的美好愿望，我想如果"人妖"们有机会读到（或听到）这篇文章，一定会对中国作家、中国朋友倍生感激之情……

第三，"有力之美"。"有力之美"原本是鲁迅先生针对版画艺术提出来的，他说："'创作版画'，是并无别的粉本的，乃是画家执了铁笔在木板上作画……自然也可以通真，也可以精细，然而这些之外有美，有力；仔细看来，虽在复制的画幅上，总还可以看出一点'有力之美'来。"① 扩而大之，"有力之美"也是一切艺术创作的最高追求，没有感染力、感化力、感召力的艺术作品无论如何也谈不上是有艺术魅力的。久麟先生是诗人、传记文学作家，他的散文不仅充满诗情画意，写景咏物也十分具体精细，同时也"力透纸背"，总是给人一种认知上的启示力、精神上的鼓动力。说实话，读着《探秘女儿国》这部新作，从开篇到压轴，我自始至终被篇中昭示的生活哲理、呈现的人生体验所深深吸引，并不断扪心自问：我为何没有像久麟先生那样"登山则情满于山，观海则意溢于海"；将所见所闻也曾令我动情的人、事、景、物绘于笔端呢？特别是读到几篇"独攀""独闯""独赏"的文字，我几乎是"捶胸顿足"地敲打自己了：如果我也像作者那样，在山高路险无人做伴时"一下想起王安石的《游褒禅山记》里所说的"话激励自己，不也是可以登上一座又一座高峰，"达到生命的光辉顶点"（《独攀巫山最高峰》）么？退休后，我也数次登过故乡阆中的锦屏山、华光楼，但我却没有久麟先生登上重庆鹅岭公园两江楼时的"豪情万丈，气宇轩昂"，所以也就不可能像作者那样老骥伏枥、老当益壮，在"生养我的故乡"面前再发誓言，再表爱心："我爱你敬你，愿将全部的智慧、心血都献给你！现在我已经七十多岁了，我还在教学，还在创作，还在进行理论研究，还要为你增光添彩！"（《天鹅高翔》)的确，"置身须向极高处"，昆明西山的那副对联道出了做人的奥秘（下联是"仰首还多在上人"），也道出了作者的追求和情怀，我必须从这些作品中汲取力量，克服惰性，重振旗鼓，再上层楼才是！而这，也就是《探秘女儿国》的"有力之美"的具体表现吧。

相比 20 世纪 90 年代，当下散文似乎显得有些寂寞，但正如

① （《〈近代木刻选集〉（2）小引》，《鲁迅全集》第七卷第 543 页）

余秋雨先生所说："散文，是作者与读者在艰辛的人生长途上小憩时的悄声对话与共同思索，离开了当代民族性的人格变动而铺张出一个单独的繁荣，既不可能，也不可取"，因为文学艺术的发展"取决于文化人格的演进"，并"以散文为最"①。说到底，作者的人格精神才是散文发展的关键，散文本身也是最直接地展示作者人格情操的艺术，所以前面所列对郭久麟先生散文新作的感受本是可以倒过来说的，即"有力之美"——"博而雅"——"真而细"，因为作品要有"力之美"，其根本仍在于作者的人格层次，有了高尚的人格才会写出高雅的散文，才会以事真、情真、意真的佳作受到读者的欢迎。

久麟先生，愿你的散文成为散文新发展的排头兵……

2015年盛夏于成都锦江之滨川大花园寓所

（作者简介：曾绍义，男，1947年生，四川阆中人，1969年毕业于四川大学中文系，留校任教，1993年评副教授，1997年晋升教授。出版《中国散文百家谭》（六卷本）及《散文论坛》《中国散文评论》等多部研究著作，其中《中国散文百家谭》获四川省人民政府哲学社会科学优秀成果三等奖、全国首届冰心散文奖，历任中国散文学会和四川郭沫若研究会、广东秦牧创作研究会常务理事，全国毛泽东文艺思想研究会和中国现代文学研究会理事，《中国散文评论》主编，现为四川省鲁迅研究会常务副会长兼秘书长）

---

① （《文明的碎片》第276页）

文如命兮诗如魂

——郭久麟散文集《探秘女儿国》序

孙善齐

著名学者、作家郭久麟先生将他的最新著作散文集《探秘女儿国》交到我的手中，要我为他的心血之作写序。其实，我是不愿担此重任的。我虽然在文化、文学的道路上跋涉了四十多年，也写过一些作品，但我并不是学术圈中人，生怕辜负了郭兄的重托，写下一些浅薄的文字，轻慢了他的佳作。

但当郭兄将他大半生的追求向我娓娓诉说以后，特别是提到他写的十分钟爱的两句诗"文如命兮诗如魂，沥血呕心意纵横"时，我确实是被深深地感动了。面对当今不少六神无主的人们，我为郭兄庆幸！眼前，宛如虹霓再现，对！就以此为题，写点儿由衷之言吧！

以文为命、以诗为魂，这是一种人生的大境界大情怀，是一种灵魂的宣示和自由，是一种找到安身立命之所的自豪，由此奠定了一个人的人格基调，这是中国文人引以为傲的自然——人生——文化人格，将使一个人永远不流于平庸，而始终站在风云际会的人生巅峰。

郭兄生长在山水相依的重庆主城区，天地交泰、山水汪洋给少年的心灵贯注了生生不息的豪气与灵气。何况，他生长在一个有浓浓书香缭绕的诗礼之家，从小，屈原、司马迁、李白、杜甫、徐霞客等中华贤哲就早早地来叩响他的灵府之门。

再加在西南最高学府——四川大学中文系潜心修炼五年。于是，以这些高标的伟人为楷模，读尽天下奇瑰书，览尽天下佳山水，效太史公立德立功立言，便成为他毕生追求的目标。

不改初心，矢志奋斗，郭兄终于凤愿得偿。今日，他学术上已成卓然大家，创作上也是硕果累累，灿灿如金。

郭兄这部散文集，可以视作他的心灵史、情感史与奋斗史。文艺散文所推崇的有我、有情、有美，尽皆齐备，是一部抒真情、游真景、写襟怀的优秀散文集，确有让人动心动情的艺术感染力。

郭兄追慕李白，"五岳寻仙不辞远，一生好入名山游"。《神州恋》一辑，是他大半生观赏祖国名山大川，放情山水之作。作者有若庄子，乘云霓，骑日月，遨游于神州的山水之间，欲与天地齐一，与万物并生。他移情于山水，与山水相伴相生，亲密无间。他登临三峡奇峰，饱览黄山云海，畅游青海海滨，沉醉西湖风月，流连异国风情，凡足迹之所到，无不满怀深情，用心体悟，用智慧探寻，用哲思烛照，既写出山水之貌，更显出山水之魂，为山水画影传神，为自己博大幽微的情怀寻觅到了不朽的对应形象。

正如美学家宗白华所言，"艺术家以心灵映射万物，代山川立言"。他所表现的是主客体互渗的灵境，构成艺术的意境。

磅礴的激情，是作者作品的显著特色，当然，其作品也有柔情万种的篇章。

情是艺术的本质，是艺术的生命，一部中国艺术史，就是一部中国情感史。

罗丹说："艺术就是感情。"作者非常崇敬的文学大师巴金说，写作如真有诀窍，那就是"把心交给读者"。

当代杰出的思想家、美学家李泽厚先生对情的概括直达美学的高处，他强调"美在深情"。他主张情感本体，把情作为人的归宿，他深刻地指出："人在对象化的情感客体，即大自然或艺术作品中，观照自己，体验存在，肯定人生，此即家园，此即本体——人生和宇宙的终极意义。"

作者的山水散文深谙情感本体之道，他移情于山水，与山水相恋相惜，在对山水的审美中达到人生的高峰体验与人生自然的绝美境界，亦即深切感悟美与多情的自然。

开篇《独攀巫山最高峰》就让我们领略了作者的胆略气魄、抒情方式与审美自觉。

作者在巫山采访，偶然知道巫山最高峰就在县城旁大宁河对岸。登临巫山绝顶，岂非人生乐事！但同伴们都各有顾忌，全都不愿与他同行。但作者不畏险远，怀揣几个馒头，一大早就上路了。

山顶雄浑壮阔的美景震撼了作者的心灵！他恨不得扯开衣襟，把这壮伟的山川和其中蕴含的灿烂文化，尽纳胸中；恨不得眼作镜头，心作胶卷，尽情地摄录下这人世罕见的绝美风光和美妙天籁。

作者的抒情既浓郁，又真切而实在，动态的情感细节比拟，让我们同作者一同经历心灵的波澜。

行文至此，还需要破壁而飞的升华。巫山最高峰，也是人生的最高峰。篇末，作者写道，命运之神在昭示我：哪怕孤身一人，没有同伴，也要坚定不移地向着你认为高远的目标前进！

这样的人生体悟，因为有具象的参照，让读者感到那实在是水到渠成、自然流露的人生情怀。

其实，很多名山大川，去的人多矣，写的人多矣，如果轻车熟路，则往往流于平庸，只有独具文化慧眼，才会在寻常中发现自然人生的妙道与深意，表达心灵的自由与高蹈，这考验着作者的胸怀、想象与思维能力。

他写缙云山狮子峰，开篇便横空一笔，说缙云山是一位博学深沉的老人，这立意就不同寻常而新颖奇巧了。结尾，作者领悟了这位历史老人心灵的奥秘，说他把大地生灵全都容纳于他的胸怀，让他们自由地竞争、发展。这是在写缙云峰，更是在写一种经天纬地的宏大襟怀。

在《三星堆抒怀》一文中，面对祖先的伟大创造，作者的体悟也是辽远而深邃的。他殷切瞩望后世的人们：

"让我们的后代，面对今天的我们，也有如我们面对三星堆的先民那样，感到由衷的骄傲！"

在《上金顶》一文中，他有如禅宗般地顿悟：

"这峨眉攀登，不就是一种象征，一种预演？我要说，人到中年正金秋！"

他还引用古罗马哲人的一句名言作结："没有能比攀登于真理的高峰之上，然后俯视来路上的层层迷雾、烟瘴和曲折更愉快的了！"

有情怀、有寄慨、有发现、有哲思，这难道不是散文的大道通途吗！

在《置身须向极高处》一文中，他引西山龙门三清阁的一副对联"置身须向极高处，仰首还多在上人"，抒发了自己既高远又谦逊的志向：

"我应该始终高悬奋斗的目标，又要始终谨慎，一步一个脚印，攀上事业最高峰！"

作者总是在对自然、社会的观照中，去发现和揭示人生的真理，这是一颗雄强而又健康的心灵！

此辑中还有几篇记叙异国游踪的文章，比如旅游俄罗斯、柬埔寨、泰国与越南的散文，都颇能传达出异域风光、名胜古迹与历史文化的神韵。特别是由于作者的学术造诣，在介绍异国的历史、文化、艺术与风物时，充分显示出作者严谨、广博、厚实的史学功底与艺术学养，读之可以长智增知，开阔眼界，正如山荫道上，繁花满眼，移步换景，美不胜收，令读者兴味悠悠，情趣盎然。

平心而论，此辑中也还有少数文章似嫌平铺直叙，意蕴开掘不深，写景抒情时，短语、成语使用稍过，不如代之以精妙的具体描绘与刻画，艺术效果会更为佳妙。另外，在铺陈作者的人生经历与奋斗历程时，尚有重复之弊。这点儿瑕疵，以作者的明敏，稍加注意，便可消除。

在《金秋忆》一辑中，作者回首漫漫人生长旅，把那些生命中永难忘怀的亲人、师友乃至初恋的梦影一一追忆，倾情记叙。由于是发自真情，又对传主知之甚深，所以大多是至性至情之文，读来时时撞击读者的心扉，甚至大有长歌当哭、以心为祭的艺术效果。

由于作者是著名的传记文学作家与学者，写人叙事，实乃他的强项，深得怀人散文写作的个中三昧，大多是形神兼备、情境俱佳的篇什。

作者自道，《神州恋》一辑，是为中华河山立传存照，作者把山水当作人生的知己来观照描绘，是由自然而人生，由外而及内。而《金秋忆》则是把自己当作了观照和审视的对象，由我而达于社会，是由内而及外，从而深刻表现了作者的人生和心灵。

此集中之忆父母、忆爱妻都是泣血之作，尤为感人。仅以采撷典型细节这一点而论，就颇为成功。

他写母亲的挚爱，劳累忙碌的母亲以疲弱之身，照顾着作者七个兄弟姊妹，其生活的沉重自不待言，但她对儿女却是掏心掏肺，尽洒母爱的阳光。那时，作者与母亲同在工厂的伙食团吃饭，饭堂有甲、乙、丙三等菜，分别是一毛五、一毛、五分钱一份。母亲总是买一份甲等菜给他吃，自己只吃丙菜。他劝母亲与其共享，母亲却说："你在长身体，应该多吃点儿，吃好点儿！"如此平实感人的细节，真是胜过万语千言。

文如命兮诗如魂

写爸爸的慈爱、正直、好学，深深地影响了作者的人生道路。一次，作者被同学欺负，父亲带着作者找他的家长论理，不成想此人竟然是他的顶头上司，此前正想提拔父亲。但父亲依然严肃地告诉他，要好好管教自己的孩子，当然，提拔就没了。以后因作者调皮，班主任强要他转学。从不求人的父亲只好去求班主任、求校领导，但终于未果。爸爸虽然没有吵他，却沉重地说："你看，就为你表现不好，害得爸爸去受气！"从此，作者暗下决心，一定要好好学习，为爸妈争气！

作者写恩师黎功迪，1960年，作者在重庆一中读高中，因为想分担家庭的困难，遂萌生了退学工作之意。老师听说后发急了，立即带他去家访，同他父母长谈，请家长一定支持他报考名牌大学。这一行动由此改变了他的命运。

作者写因病去世的爱妻，去世前，郑重地拜托作者，一是捐献眼角膜，一是将骨灰撒进江河。其人之高风亮节，读之令人动容。

捧读郭兄散文集，犹如他引领我去重温他生命的旅程，其间时而溪水潺潺，明月朗照；时而大江大河，洪波涌起；时而丽日蓝天，繁花满眼；时而孤身跋涉，风雨晦暝，终于天开云雾，风光无限。我想，有幸读到作者这部新作的读者，怕会有更多的心得与感受吧！由此，我期待着！

写下一点儿感受，全当作序吧！

2015 年 4 月 27 日

（作者系重庆市巴渝文化研究院常务副院长、重庆市散文学会名誉副会长，有长篇、中篇、散文集及编著共 8 部著作）

目　录

第一辑　情漫山海

第二辑　意溢人间

目
录

第一辑

情漫

QING
MAN
SHAN
HAI

山海

独攀巫山最高峰

　　一个风高霜洁的日子，我同重庆的几位年轻作家到万县地区进行了十来天的采访。我们从巫溪县顺大宁河而下，纵情饱览了"小三峡"的山光水色，来到大宁河与长江汇流处的巫山县。舍舟登岸，在夕照中漫步，只见县城与大宁河隔岸相对处，一座高峰巍巍然耸立于长江之滨。当地长者答诉我们：那是巫山最高峰。一听这名字，我的心怦然一动，这不就是诗人李白当年留下足迹和诗篇的名山吗？踏着诗人足踪，飞临巫山绝顶，饱览巫山十二峰的渴念油然而生！同行诸君看见大山太高，路程太远，山路太险，更担心错过明天中午返回重庆的轮船，都不愿同行。我只好一个人登山了！

　　第二天凌晨，朋友们还在睡觉，我到食堂拿了几个馒头，就上路了。我乘木船渡过大宁河，踏着石板大路朝上走，穿过碧森森的苔藓、绿茵茵的菜畦，石板路越变越窄，越来越陡，游人也渐渐断了行踪。我观赏着脚下的长江，对面的山景，非常惬意。可是，不久，就没有一个行人了，山路也越来越窄，越来越陡。我孤身一人，累得脚酸腿软，头上冒汗，前临险路奇峰，身傍大江悬崖，是上还是不上呢？正在犹疑之际，我一下想起王安石《游褒禅山记》里所说的："世之奇伟、瑰怪、非常之观，常在于险远，而人之所罕至焉，故非有志者不能至也。"再抬头仰望，只见巫山最高峰像一位激情的诗人在召唤，又似一位历史的长者在呼喊！尤其是山野间那一簇簇、一团团、一片片火红火红的树叶，更是美丽动人。它们给山川涂上了斑斓多姿的色彩，也在我心中燃旺一片激情。啊，我既然想领略绝美的风光，写出优秀的游记，没有征服天险的壮志和百折不挠的毅力，怎么行呢？于是，我鼓足勇气，奋力向山顶攀去！就这样，经过两个多小时的跋涉，我终于踏上了山巅倾圮的道观，登上了巫山最高峰。

大自然没有辜负我的殷勤。她展开那样雄奇壮美的画卷，一刹那间就震慑了我的心灵！我曾多次乘船穿越三峡，但我何曾见过如此雄伟的景观！看哪，绵亘无际的巫山群峰，全都在我面前，顺着长江向东展开。它们突怒峥嵘，争雄竞奇，汇成了山的巨浪，力的怒潮，伸延向无穷无尽的远方！真是"悠悠乎与灏气俱而莫得其涯；洋洋乎与造物者游而不知其穷"。它使人想起贝多芬的《英雄交响曲》那华光灿烂、情绪激昂的旋律，又使人想起冼星海的《黄河大合唱》那汹涌澎湃、一泻千里的气势。它使人视野辽阔，襟怀开旷，真可气吞山岳，胸含万汇。尤其是被称为诗画长廊、具有崇高美学价值，而在轮船上只能遥遥远眺一眼的巫山十二峰，更把她的天姿国色，奉呈眼前：有的如彩凤凌空，有的似仙鹤展翅，有的似雄狮昂首，有的似巨人伫立，有的仿佛朝云初升，有的仿佛屏风耸翠，有的崔嵬峭拔、雄深磅礴，有的纤柔俏丽、秀婉妖媚，真是浩瀚绵延，无边无际。而万里长江则似一条绿色的巨龙，由峡中呼啸而来，又向着无际的东方腾跃而去，在山谷间盘旋缠绕，粼粼波光是她抖动的鳞甲，霍霍雷鸣是她咆哮的声音。蓦然一声汽笛，在千山万谷间久久回响，那是一支驳船，顶着一串驳子逆流奋进。这时候，一只苍鹰从山腰的峭壁上振翅高翔，一会儿直冲霄汉，一会儿又轻舒双翼，在我脚下的江面上滑翔，更给这壮丽的画卷增添了诗意和神韵。

这仙境般迷人的景色，把我的心带进了远古的神话世界。我仿佛看到了王母娘娘的女儿瑶姬，为协助大禹治服长江的水患，一挥手迸发出霹雳闪电，把十二条兴风作浪的孽龙击毙，化成了这十二座峥嵘险峻的山峰；而后她又轻驾祥云，降临山巅，为船工们引路导航。此刻，极目东望，不是还可以依稀看到她亭亭玉立的绰约丰姿吗？

这壮丽的山水，这优美的神话，曾激发了多少诗人的豪兴和诗情啊！李白在这儿写下了"江行几千里，海月十五圆，始经瞿塘峡，逐步巫山巅。巫山高不穷，巴国尽所历。日边攀垂萝，霞外依穹石"的好诗，李贺也发出过"碧丛丛，高插天，大江翻澜神曳烟"的浩叹……

吟诵着古人的诗句，沉醉于诗画的境界，我恨不得扯开我的衣襟，把这壮伟的山川和其中蕴含的灿烂文化，尽纳胸中；我恨不得眼作镜头，心作胶卷，尽情地摄录下这世人罕见的绝美风光和美妙天籁！我的身心，与这无限浩瀚的山川融为一体；我的情思，与那奔泻不已的大江一同澎湃！我的心灵，在这美的极致之中，升华到一个无比纯洁、优美的境界！沉醉于无限愉悦的情境之中，我感到似乎是命运之神在昭示和激励我：不停地跋涉、不懈地登攀，哪怕山高水深、路远道险，哪怕孤身一人、没有同伴，也要坚定不移地向着你认定的高远目标挺进！只有这样，你才能登上一座又一座高峰，领略一程又一程美景，饱享艰辛攀登之后的极度快慰，实现人生的最高期盼，达到生命的光辉顶点！

金佛山杜鹃花

早年曾吟咏李太白的《宣城见杜鹃花》："蜀国曾闻子规鸟，宣城又见杜鹃花。一叫一回肠一断，三春三月忆三巴。"对杜鹃花即深深喜爱。这里的三巴即指巴郡、巴西、巴东。看电影《闪闪的红星》，听潘冬子母亲唱："夜半三更哟，盼天明，寒冬腊月哟，盼春风，若要盼得哟，红军来，岭上开遍哟，映山红；岭上开遍哟，映山红。"对杜鹃更增恋情。这些年来，在走南闯北的过程中，在不少花园、宾馆，见过杜鹃花，它们都十分可爱，令我赏心悦目。但是，它们都是灌木，不高，最多也就一米多高。所以当我登上金佛山，看到那高大壮伟、繁花满树的杜鹃树，看到杜鹃王子和杜鹃王妃的时候，我忍不住高声惊叹："啊，太美了！"

是的，真是太美了！太绝了！太不可思议了！你看，这儿的杜鹃不是一株株灌木，而是一棵棵高大的乔木。他们一株株高大挺拔，高约两三丈，三四丈，枝柯繁茂，花朵烂漫，几百朵、几千朵傲立枝头，蔚为壮观。有的花如小酒杯，有的花如大酒杯，更有的如饭碗。他们一朵朵娇美迷人，一株株灿若云锦，一片片汇成花海，使你惊讶，使你赞叹，使你心醉！你再细心观赏，深入品味，便会发现这几株杜鹃，还各具特色，各有风味。你看，我们眼前这一树，只有两三丈高，但她的花朵却开得那么繁盛，那么艳红，那么热烈，那么欢腾，一朵朵娇小玲珑，红艳欲滴，如美女的嘴唇，香艳迷人。旁边一株，是那样高大壮硕，总有三丈多罢，浑身盛开着成上百千朵鲜花，喷发出紫红色的光彩，像一位伟丈夫，焕发出勃勃英姿。

"啊，爸爸，快来看啦，杜鹃王！"我正沉醉在身边的两株杜鹃树前，孩子却在远处惊呼起来。走到那儿一看，我更加兴奋不已！只见一株四五丈高的杜鹃，高挺英武，雄姿焕发，高举的花枝上，竟开着数千朵紫红、淡白的花朵，宣泄着生命的魅力，展示着青春的活力！真不愧"杜鹃王子"。再看他旁边，还有一株稍矮一点，但枝干却更加柔软，花朵则更加娇艳，更加红硕，更加妖媚，真不愧是"杜鹃王妃"，气象华贵，气韵高雅，风华绝代！

我久久地沉醉在这杜鹃林里，为他们的国色天香而惊异不已，流连不止。

陪同我们游览的南川区委组织部干部、重庆作协南川市工作站长老郑告诉我：金佛山有天然动植物王国之称，在四百多平方千米茂密幽深的原始森林里，有着5000多种植物和500多种动物，其中，植物活化石银杉、古生大茶树、银杏王后、十万亩方竹，都很出名。而杜鹃花则最有特色、最为有名。杜鹃本是灌木，唯有在金佛山这得天独厚的环境气候之中，在2000米左右的海拔高度上，却长成了高大的乔木，而且品种繁多，花卉各异，开得极其繁盛，在四月中旬至五月上旬之间，满山遍野都是，形成独特的、壮丽的美景。

他带着我们，沿着北坡到南坡的山间公路，欣赏了金佛山的杜鹃花海。

金佛山是绵延不绝的原始密林，植被特别茂盛。走在盘山公路上，周围都是无穷无尽的森林，路边就有不少数人合抱的野山栗、古银杏等参天古树。而最令人叫绝的就是在春天的满山满岭的绿色之中，会突然冒出一树树、一丛丛、一团团、一片片火红火红的杜鹃花！她们从绿色的树海中脱颖而出，以她那千朵万朵艳丽的花瓣，给那漫山的植被注入了特别的内涵，给那满眼的浓绿平添了富丽的色彩，给那天然的国画灌输了缤纷的诗意，也为我们的旅游增添了无穷的乐趣。于是，我们的游览变成了美丽的发现以及热烈的赞叹！——每次在绿海中发现一株或数株数十株鲜红艳丽的杜鹃，我们都忍不住要呼喊："看啊，杜鹃，杜鹃！"转过一个山头，更多的杜鹃花呈现在眼前，我们更禁不住高兴地欢呼："看啊！这边更多、更红、更鲜！"我们被这红绿交织的美景吸引了，我们被这流动不已，绵延不绝的画卷征服了！我在深心里领悟着"万绿丛中一点红""一枝红杏出墙来"的动人诗意。

金佛山的杜鹃花哟，你是藏在深山里的珍宝，你是挂在山城胸襟上的花环！

作为重庆人，我真怨自己没能早些认识你、了解你、品尝你！因此，我回家后立即写下了这篇文章，希望更多的重庆人，乃至全中国、全世界的人都知道你，都来观赏你、品评你，让更多的人都来认识我们的新重庆！

2005 年 5 月 4～5 日游金佛山，6 日作于重庆

赏雪金佛山

金佛山的雪景，是如此的美妙，如此的壮观，如此的迷人，真是没有料到！

赏雪金佛山，是那样的欢快、愉悦，那样的浪漫、潇洒，更是超出我的意料！

2009年大年初一上午，我们驱车前往景区。从南岸上高速路，半个多小时，就到了金佛山山脚。又经过半小时山路，到了三泉温泉。三泉温泉是从地底提取的矿泉水，温度刚好适宜游泳。我们决定先在景区外游玩，明天一早再上金佛山赏雪。

在温暖宜人的温泉中舒服地游泳，享受着大自然的赐予，心情十分爽快。

我们在三泉温泉对面的旅馆住宿。第二天早上醒来，昨晚停在三泉宾馆的各个旅行社的众多车辆早已不见踪影，全都上山了！我们赶紧吃完早餐，驱车上山。一路上，全是上坡，过黑龙潭景点、博赛招待所后，山路越来越陡，弯度越来越大。春天的第一轮太阳已经升起，冬日的曙色照耀在山野间，遍山遍野的森林，苍翠碧绿。猛然间，车窗前映现出一座巍峨的雪山。我不由得高呼起来："看啊！多漂亮的雪山啊！"在连绵的雪山中有一座圆形雪山，高耸于蔚蓝色的蓝天之上，白雪皑皑，银光闪闪，真像是一座白色的雕像，一个慈祥的罗汉，一尊金色的佛像。天也蔚蓝得可爱，蔚蓝中透出碧绿，纯净得像少女的心，舒展得似男人的胸怀。圆形的雪山就坐落在这碧玉般的天宇之中，你想象一下，这该是多么壮丽，又是多么富于禅意！我想："金佛山"——如此美好、如此高雅的名称，是否得意于此呢？

我们像朝圣般迅速向金佛山驰去。一路上，山崖上的积雪在阳光下溶化，把融雪洒在我们车窗上，打得滴滴答答，像仙女在散花，又像仙女撒下了春天的音符。

快到金佛山了，只见路边山崖一字排开，如同巨大的屏风，如同天造的画廊，如同三峡的赤壁。汽车盘旋向上，只见高耸的山峰矗立在眉睫之前，车已无路可走，只有一条索道引我们飞上悬崖！那陡立的索道几乎呈七八十度的角度，在索道小车上观赏金佛山的斓漫雪景，更领会到"山舞银蛇，原驰蜡象"的美妙诗意！

滑雪场到了。进口处是乘坐滑雪板和滑雪车的冰雪滑道，许多中年人和儿童在嬉戏着。坐在滑雪板上沿雪道飞驰而下，很富刺激性和挑战性。再往上走则是坡度更大的滑雪场。一座小山的两条山谷形成左右两条雪道。尽管是正月初二，滑雪场上却挤满了人，人们踩着长长的滑雪板，慢慢爬到雪山上，再从雪峰上飞驰而下，那是多么惬意啊！

滑雪场内冰雪很厚，可以堆雪人，打雪仗，照雪景，其乐无穷。

出了滑雪场，我们又到冰雪森林中游玩，仔细欣赏那银装素裹的神话世界。金佛山上的树林，被冰雪装饰成一座座美轮美奂的冰雕，一枝枝晶莹剔透的水晶，一块块冰清玉洁的宝石，有的则被冰雪凝冻成各种各样的形状，有的像蝴蝶，有的像冰棍，有的像花卉，有的像宝塔，有的像巨伞。它们映在昊昊阳光之中，衬在蓝天白云之下，美丽极了，神奇极了。真的是"玉树琼枝作烟罗"，令人赏玩不尽！

前年五一节期间游金佛山，观赏艳艳杜鹃花，发现金佛山的杜鹃花竟然长成参天大树，开出万朵红霞，还有杜鹃花王、杜鹃花王后之称，赞叹不已，遂写了《金佛山的杜鹃花》一文，呼唤人们到金佛山看杜鹃，到金佛山消夏。可是，我却不知道金佛山还有如此绝妙的雪景。作为一个地道的重庆人，在重庆生活了半个多世纪，每到冬天都盼着下雪，却只想着到峨眉山，到长白山去赏雪，竟然不知道自己的家乡就有那么好的雪景！竟然没有到近在咫尺的金佛山赏雪！

　　感谢你，金佛山！你给了我夏的清凉，冬的温馨！愿我的父老乡亲，愿天下的朋友都来领略你的风姿和情韵！感受生活的甜美和欢欣！

　　　　　　　2009 年 1 月 28 日正月初三于北碚学府小区

情倾黑山谷

　　黑山谷，这掩藏在深山中的绝色美女，这封锁在大山中的醉人秀色，终于在新时代的春风中抖开了迷人的面纱，展开了美丽的姿容，引来无数游人的赞美和惊叹！

　　万盛以石林、铜鼓滩漂游、黑山谷这三大景区闻名于世。如果说石林以奇险著称，铜鼓滩漂流以探险刺激闻名，它们都充满了男子汉的阳刚之气；那么，黑山谷则以其幽深奇秀的山水画廊，演绎着女性的魅力和神韵！

　　一进景区，我们就被原生态森林那滴翠的浓绿和翡翠般晶莹的溪水所吸引，我们哪还想去坐电瓶车。我们只想慢慢地、细心地、自由自在地、尽情尽兴地欣赏这裸呈在我们眼前的天姿国色的美人，这大自然大笔挥洒出的天才杰作！

　　这黑山谷真是幽美迷人！

　　6公里的电瓶车道平坦而宽敞，旁边是纤尘不染、明净澄澈的鲤鱼河，她像活泼美丽的少女，亲昵地陪伴着我们，弹着叮叮咚咚的琵琶，说着呢呢喃喃的耳语，吟着缠缠绵绵的诗篇；两边那茂密的连绵不绝的嫩绿、翠绿、深绿的森林，则是一幅幅赏玩不尽的、天然的、立体的、有声有色的画屏，流泻着神秘而隽永的意趣。

　　我们一路万分惬意地观赏着、议论着、赞叹着！我们开放着自己的心灵和五官，尽情地享受着大自然的恩典和赠予！日常生活中的繁嚣与忧虑，都被这山岚与和风融化为一片欢愉！

在滴翠阁略事休息后，我们进入了更加幽深险窄的鲤鱼河峡谷。道路变得崎岖陡峭，而且很快就变成了栈道浮桥；而山色却更加秀丽奇绝了！这峡谷长达6公里，呈现着典型的"V"字形深切峡谷形态，清澄碧绿的溪水变得汹涌湍急，时而在峭岩峡谷间发出虎啸龙吟般的声音。河床最宽处不过二三十米，而最狭处还不到一米，仅容一人通过，抬头仰望，真正是看不尽"一线天"！6公里多的峡谷两岸，都是林木森森的悬崖绝壁，坡度均在七八十度上下，有的岩壁甚至逆倾为100度，形成了罕见的倒斜壁，像帽子倒扣在游人头上。最妙的是峡谷中有很多钟乳石，奇形怪状，碧苔茸茸，有的如连绵的浮雕，有的如彩色的图画，有的是舒缓的慢板，有的是悠扬的进行曲……而苍茫的古树，绵绵的古藤，鲜嫩的野花，与那飞悬的瀑布，奔腾的溪流，汇成了一幅色香味俱全的彩色画卷！一部华丽而奇妙的交响乐！我们漫步在这栈道和浮桥之上，就像在辉煌的交响乐中翱翔，又像在诗画的长廊里畅游，我们仿佛神游在龙宫宝殿，又仿佛神游于海市蜃楼！

还没有走出这梦境般的美景，我们已经计划着再到这儿来，住上一段日子，更仔细地饱览这儿的青山秀水，密林幽谷，饱览这儿的诗情画意，自然神韵……

2002年11月4日 四川外语学院

大金鹰骋目

要观赏重庆，最好的去处是南山鹞鹰岩上的大金鹰。

鹞鹰岩有一个美丽的传说：相传，大禹在铜锣峡治水之时，突然遇到一个妖螺喷沙吐泥，搅得江水横溢，樯倾楫摧，阻碍了大禹治水，百姓苦不堪言。百姓的哭声惊动了西天如来佛，他急派常栖于其肩的大鹏金翅鸟——神鹰，飞来铜锣峡，将妖螺抓到南山最高峰上，以身镇之。从此，这神鹰就留在了鹞鹰岩之上。妖螺被惩治之后，大禹治水也走上了正轨。

这个传说，反映了巴渝人民战胜千难万险，治理山川，追求美好生活的愿望。今天，神鹰虽已羽化，其精魂仍萦系人民心怀。于是，有人投巨资在此修建了这座大金鹰雕塑，成为重庆市的一大标志性的宏伟景观！这座由我国著名雕塑家叶毓山雕塑设计并义捐，由我国著名作家、原重庆市作协主席黄济人题词的大金鹰，高达 22 米，雄踞于 10 米高的红色海螺之上，这金鹰造型雄伟，鹰瞵鹗视，气概非凡；鹰身以 24K 纯金箔贴就，金光闪闪，豪气逼人，峙立于鹞鹰岩之巅，海拔高度 701 米。

高悬在汇沿海螺和金鹰腹内倚旋梯而上，即可直达鹰顶。此刻，群山浩荡在我的脚下，大江奔腾在我的眼里，视野是多么辽阔，胸怀是何等开旷！你看，金鹰的南面，是南岸区和巴南区的连绵群山，苍松翠柏，青翠欲滴。长江从西面江津方向蜿蜒而至；李家沱大桥和鹅公岩大桥巍然耸立；大江对岸的九龙坡区乃至大渡口区的楼房，都依稀可见。大江流入市区，南坪长江大桥和菜园坝长江大桥连接着渝中区和南岸区，两岸山连海涌般的高楼大厦巍巍然直插霄汉，壮丽美观，犹如宏伟的画卷，连绵不绝地悬挂在蓝天的背景之上，令人赏玩不绝，赞叹不已！半岛终端的朝天门，直辖后修建一新，像艨艟巨舰的舰首，正破浪向前！顺着东去的长江看去，只见大江在群山中时隐时现，江边的楼房、江中的轮船，均历历在目。再向东望，长江竟然一分为二，绕过江中一片绿色岛屿，又汇合起来，再向东流去。这个岛，就是广阳坝了！大江再向东流去，那该是长寿，但以我的目力已不能及了。

　　大金鹰正对渝中区，向下看去，南坪长江大桥同横跨嘉陵江的黄花园大桥通过渝中区的隧道，连成一字形，把南岸区、渝中区和江北区紧连一起，只见观音桥一带的繁华都市，尽收眼底。从嘉陵江溯江向西北方向望去，一排排连绵青山，一片片林立高楼，沙坪坝区大片大片的楼宇，隐约可见。滨江公路玉带般环绕着长江、嘉陵江，极大地增添了城市的风采！就在这时，一架客机从头上飞过，向着渝北机场方向飞去。飞机由大变小，由银白色变成黑色的小点，慢慢消失在视野中。视野尽头隐约可见壮丽的无群的楼房，该是渝北区两路镇了。

　　这里就是我的故乡重庆，就是生我养我的地方！站在金鹰之上，看着这大片绿色的沃土，奔流的大江，壮丽的大桥，巍峨的建筑，我感到无比的骄傲和自豪！可以说，改革开放三十多年的建设，超过了近百年甚至三千年的发展。你看脚下那几百栋、几千栋、几万栋巍然耸立的十层、二十层、三十层以上的崭新高楼，哪一栋不是这些年修建的！那一条又一条高速公路和高速铁路，那一座又一座立交桥，那一座又一座新修的跨越天堑的大桥，无不展示着重庆的崭新面貌！这些年，随着经济的发展以及环保意识的增强和环保措施的加强，我们重庆的天更蓝，水更清，云更白。我久久地站在这大金鹰之上，深情地眺望着我的故乡，欣赏这雄伟、壮丽、无穷无尽的画卷，我感到心旷神怡，胸襟开阔，豪情满怀，激情飞扬！

天鹅高翔

　　初冬的阳光，温馨地洒在山城。怀着对故乡的热爱之情，我又一次登上了鹅岭公园，登上了两江楼。

　　我已记不清这是第几十次登上鹅岭公园、登上两江楼了。今天是重庆解放六十五周年前夕，难得恰好来到了市中区。进了公园以后，我穿过浓荫覆盖的花径，健步向两江楼走去。两江楼又叫瞰胜楼。但我觉得瞰胜楼这个名字太一般：哪一座城市修的楼都可叫这个名字。可两江楼这名字多亲切，多动听，多有特色呀！两江：长江、嘉陵江。多美的名字，多好的大江！全中国，全世界，有几座城市有这样的幸运，这样的气派，这样的福祉，这样的得天独厚！两条大江穿城而过，环抱主城区。千年万代，从不干旱，从不缺水，也少有涝灾、水旱。登上这主城区的最高楼，两江奔流脚下，三区尽呈眼底，多么壮观，多么宏伟，多么惬意！所以，我始终称它为两江楼！

　　我在楼前仰望这巍峨的高楼。这是一座四方形的七层塔式建筑，楼高 41.44 米，海拔 380 米，建在鹅岭最高处，而鹅岭又是主城区的至高点，所以，登上七层高楼，就可以俯瞰全城，饱览两江了！

　　我一层层向楼上走去。每上一层，我都要绕着那一层的四方形环道绕一圈，细细地观望东西南北的美景。二三楼上，可品尝到鹅岭公园的层层绿树，亭台楼阁。时至初冬，春夏秋都绿莹莹的橄榄树叶全都变得金黄一片，穿插在绿树之间，极为美艳！

四楼以上，山城的壮丽画卷就徐徐展开。每上一层，眼界就开阔一些，景色也更壮美一些。登上七层高楼，顿觉天高地迥，视野宏阔，八万里江山，奔来眼底；三千年历史，涌进心头。不觉神思飞越，意气高扬。

看南面，长江浩荡奔流，菜园坝大桥的红色拱桥，犹如漂亮的彩虹，横跨江上；观音桥长江大桥，则如一条苍龙，横卧江面。大江之中，有巨轮航行，大江两岸，是连排的别墅群和鳞次栉比的巍巍高楼。远远的南山黄山，逶迤连绵，画出朦胧的天际线。

看北面，嘉陵江一江碧波，犹如绿色缎带，环抱山城，嘉陵江大桥和渝澳大桥，双桥并列，一列轻轨正从市区穿过佛图关，向鹅岭驶来。江对岸，北滨路上，商铺林立，车水马龙。放眼望去，江北区、渝北区的千万座高楼，无边无际，蔚为大观。

鹅岭东西走向，东边是两路口、解放碑的摩天大楼，凌驾于视野之上。西边山岭上的电视高塔，与两江楼遥遥对望，并肩耸立。更远处化龙桥一带重庆天地的几栋高楼，犹如嘉陵风帆。而这些高楼广厦都浮游在绿树之中，树林之上，像绿云托起的宫殿，美轮美奂，云蒸霞蔚。

站在两江楼上，四面瞭望，感到兴奋、愉悦、豪情万丈、气宇轩昂。这是生我养我的故乡，是我的父母之邦啊！我家世世代代在这儿生长，我也在这里生活了七十多个年头，亲身参与了故乡的建设和发展，也亲眼见证了故乡的繁荣兴旺。想想我出生的时候，外国的军舰在长江横冲直撞，日寇的飞机在天上狂轰滥炸；我五六岁的时候，跟随父母来往于江北嘴和南岸玄塘庙之间，只见朝天门码头躺着千百个衣衫褴褛的乞丐。而1949年"九二"火灾，更不知烧毁了多少捆绑房、贫民窟，吞噬了多少无辜百姓的生命，我父亲也险些葬身火海之中。可是今天，解放六十五年来，重庆换上了一幅何等壮阔宏伟的容颜！两江之上，轮船飞梭，彩虹飞跨，重庆已成为全国著名的桥都。大江两岸，高楼林立，高速公路、高速铁路、轻轨、地铁，还有渝新欧铁路，把重庆的山山水水与祖国各地乃至于世界各国紧密地联系起来。六十五年前，南坪、观音桥、石桥铺、两路口等地，完全是一片贫瘠的田野，现在早已建成了繁华热闹的现代大都会，彰显着重庆市的现代气派和兴旺发达，城乡人民的生活水平和精神面貌，也有了多么大的提高啊！

啊，山城，生我养我的故乡！是鹅岭南山赋予我生命的基因，长江嘉陵江赐予我澎湃的激情！我爱你敬你，愿将全部的智慧、心血都奉献给你！现在我已经七十多岁了，我还在教学，还在创作，还在进行理论研究，还要为你增光添彩！

看着想着，我感到，鹅岭化成了一只巨大的天鹅，两江楼是她的美丽的冠冕，两江是她的伸展的翅膀，她正舒展羽翼，托着山城人民，向着理想的圣境，向着美丽的梦想，飞翔啊飞翔！

2014 年 11 月 22 日写于鹅岭两江楼

第一辑　情漫山海

狮子峰畅想曲

暮春三月，正是草长莺飞，花事繁茂的美好时节。我同参加"北碚诗会"的几位诗友，踏着明丽的春光，向缙云山攀登。

从山腰仰望缙云山，就像瞻仰一位博学、深沉的老人，那山顶茂密的松树，像他浓浓的头发。透过飘拂的云雾看去，他似在掩面沉思。他在思索什么呢？

沿着翠竹和苍松掩映的小径。踏着巨人的胸脯向上攀登，寻求他沉思的答案。

一路上，诗友们兴奋地观赏着美丽的风光，热烈地交谈着朦胧诗的美感问题。高大的楠竹苍劲挺拔，无枝无蔓。那密密的如笔状的翠叶伸出云端，在蓝天下倾吐着高远的情怀；苗壮威严的松树，长长的松枝上吐出乳黄色的松花，宛如一枝枝神奇的彩笔。生意盎然的大自然，更增添了诗人们的兴致和灵感。

在开怀畅谈中，我们不觉登上了缙云山的额头——狮子峰。身处其中，觉得他更像一位睿智的老人，沉思着坐在白云缭绕的嘉陵江畔。

诗友们咋呼着依在绝壁上的铁栏杆旁拍照留念。此刻的狮子峰展开了壮阔迷人的景色：危岩高耸、怪石嶙峋，悬崖绝壁上，无数盘络斜逸的松柏伸向蓝天；周围几座与狮子峰摩肩接踵的苍翠山峦，像巨大的屏幕围在四周。我们正要拍照，突然，一团白雾从山脚下蒸腾、飘旋而上，迅速弥漫开来。转瞬间，不仅远景消失，就连近处的山峦、松树都笼罩在柔软细腻的白纱之中，化为朦胧的倩影。游人们扫兴地收起了相机，埋怨起这讨厌的雾来。刚开始我也感到败兴，但仔细一看，却发现这雾中的山川似有一种特殊的美：在飞旋飘舞、时浓时淡的云雾之中，我们仿佛变成了腾云驾雾的仙人；对面的香炉峰，隐隐约约地透露出绰约的丰姿，像一位"千呼万唤始出来，犹抱琵琶半遮面"的少妇；而那些虬枝盘曲的古松古柏，则如云中的龙，雾中的凤，幻化着奇异的形态。狮子峰，则更踱进了想象的境界。这雾中的山川景物，没有刚才那样鲜明、艳丽、奔放、豪迈，却给人含蓄蕴藉、深藏不露的美。它不让你一览无余，而要你静观默察，在期盼和渴慕中展开联想，逐渐体会它的美的韵味。这种含蓄幽渺的美不也值得玩味吗？于是，我请摄影师为我们留下了几张照片。

一阵清风拂来，云雾竟奇迹般地飞走了。有的化成缕缕白烟，散入青空；有的聚成团团凝脂，沉入谷底。狮子峰又显得明丽澄澈了。雾擦过的天，更加蔚蓝晶莹；雾洗过的山，更加神清气爽；雾梳过的树，更加苍翠欲滴。我细细地打量着从沉思中清醒过来的狮子峰。俯瞰着狮子峰下的缙云寺，遥眺着翠带般的嘉陵江和她恋恋地拥抱着的北碚城……

啊！灿烂的阳光照在狮子峰老人的额前，他显得那样豁达大度，气象悠容。我恍然间领悟了他心灵的奥秘。这位胸怀博大、心灵坦荡的历史老人啊！把花草松竹，险峰深谷，古庙新村，彩霞迷雾，日月星辰……都拥抱在自己的胸前；把一切明朗和含蓄、博大和细微、雄浑和委婉，都容纳在自己的胸怀，让它们自由地竞争、发展……

我博大而壮丽的狮子峰啊！

云海奇观

    云雾、云海、云霞，是大自然伟大的造化，是自然界壮丽的奇观。它送给我们无限的乐趣，也可能给我们带来损失和灾难。

    昨天傍晚，我们一行人在重庆石柱县黄水公园千野草场观赏着自然的美景：公路边的草场上，刚刚发芽的青草，一汪嫩绿；几朵金色的小花，几株红色的桃花，一树雪白的李花，抒写着一片情韵。一块块乱石，像羊儿散卧在草丛中；更有一只小牛躺在母牛身边，母牛深情地舐着小牛，绘一幅舐犊情深的动人画面。放眼望去，那层层叠叠的青山，在我们脚下浪涛般翻腾起伏，这景致，真美极了。夜幕在缓缓降临，大家抓紧这难得的薄暮时光，愉快地欣赏着，拍着照。突然间，从山谷升起来一大团浓重的白雾。有人叫了一声：浓雾来了！快开车走，不然开不回去了。我心想，这雾再大也不至于开不了车呀，慌什么？可是，我回头一看，哎呀，不得了！只见那团白雾飞速地扩展开来，变成一块硕大无比的幕布，把山下我们刚才还看得那么清晰的群山遮蔽起来，笼罩起来。这大团浓雾向着我们翻腾而来，裹卷而来，吞噬了沿途的所有景物。我们吓得急忙开车向景区出口开去。浓雾追上了我们的汽车，一瞬间就把我们卷进了黑暗之中。司机胆战心惊，如履薄冰，打开应急灯，放慢速度，再放慢速度，直到开得比人行走还慢。即使这样，也仍然看不见两尺外，我们只得下车来为汽车带路。

走了二十多分钟，我们才回到仅仅只隔一公里的茶店宾馆。美景看不成了，我们在心里埋怨这浓雾。我们不甘心，决定第二天再去看千野草场的美景。

也许是为补偿我们昨晚的损失，第二天早上，天气晴朗，上天让我们看到了最美云海奇观。

走在昨晚观景的草原上，只见山下那海涛般起伏的山峦上，披上了一条长长的、薄薄的白雾，犹如无数美丽的姑娘，穿上了雪白曼妙的纱裙，显得那样的妩媚多姿。同样是雾，昨晚和今天却大异其趣，装扮出两个不同的天地，真是匪夷所思！

更没想到的是，不一会我竟看到了另一个更精彩的云海，更动人的景观。

我们顺着千野草场的公路向前走，看到公路左边的栅栏旁有一条石板小路，我们走进小路，一边游玩，一边照相，慢慢向山顶攀登。山顶上，立着一个石碑，上书"观江长廊"。登上山顶，一片壮阔的美景扑进我们眼帘：山下，绿油油的青山绵亘无际，排列成梯队，令人想起"会当凌绝顶，一览众山小"的诗情，山上罩着淡淡的白云，更为这苍莽群山抹上了浓浓的画意；山外边，一眼望不到边际的白茫茫的云海，轻轻漾动着，在遥远的天边与白云融为一体。这云海，这青山，让我恍如置身于庐山、黄山之上，飞身于峨眉、青城之巅。

沉醉于这云海奇观，壮阔美景，我禁不住放声高唱起《黄河颂》来。

2009 年 4 月 6 日，西南大学学府小区

燕子的怀念

　　五月份，在西南大学育才学院宿舍楼的电线上看到几只燕子，小时候在磁器口看见的那么多燕子的情境猛然间飞临我的心怀。

　　我出生在渝中区，幼年和少年时生活在江北嘴、磁器口和南岸玄坛庙。磁器口是我母亲的娘家，我外公是磁器口的商人，有一幢宽大的瓦房。当街是一间大客厅，往后是一连三间正房，正房后还有一间偏房。正房旁边是过道和厨房。外公外婆很慈祥，把第三间正房和偏房分别让给了六姨婆和谭舅公住；连客厅外的屋檐下的空地都让一位皮匠做鞋。

　　就在这大客厅的屋梁上，有一个燕子窝。

　　小时候，我常常倚在外公的竹躺椅旁，听外公讲封神演义的故事，讲三国演义的故事，什么土行孙、孙公豹、姜太公，什么曹操、刘备、诸葛亮……听着听着，就看见一对燕子从屋梁上的窝子里飞起，在屋里盘旋几圈，飞向屋外。这燕子窝做得很好，都是用泥土和羽毛糊一个树枝编织的凹巢，这巢大约六七寸的直径，像一个水瓢。不一会，这双燕子又连翩飞回。燕子飞回来了，窝子里就会钻出两只毛茸茸的小脑袋，摇头晃脑，叽叽叽地叫着，等着爸爸妈妈给它们喂食了。只见爸爸妈妈用嘴把蚊虫、苍蝇之类的小虫送到小家伙嘴里，那真是非常令人感动的情景，就好像看母亲喂婴儿的奶一样，使你深感母爱的崇高和母亲的柔情。燕子飞翔的姿态特别健美，它那流线型的身材特别优雅，尾巴呈剪刀样分开，在空中调整着方向。滑翔的姿势更加妩媚动人，就像最优秀的跳水冠军，凌空飞翔，使人赞叹不已。

傍晚时分，天空便成了燕子的世界。头顶上，无数的燕子飞舞着，啁啾着，画着圆形的圈、弧形的线，唱着迷人的歌、动听的曲。这些鸟儿捕捉着蚊虫、涨水蛾等害虫。飞累了，就在电线上休息，于是，电线上就站满了漂亮的燕子。它们站在电线上，整齐地排列着，优雅地梳理着羽毛，轻声地哼唱着，相互叽叽咕咕地交谈着，或是温柔地亲昵着。这时候，我觉得天空是那样的优美、迷人。电线变成了五线谱，燕子则成了美妙的、飞翔的音符。整个天空，就成了燕子的世界，飞翔的世界，音乐的世界，燕子的天堂，我儿时的天堂了！

这些年，我再没见过这样美丽的燕子的世界，燕子的天堂了。我是多么怀念那儿时的燕子啊！

儿时的燕子，你今天终于再次归来，触碰了我儿时的回忆。我想，随着我们环保意识的增强，随着我们环境越来越好，燕子的世界也会回来的！

2006 年 9 月 17 日白市驿

三峡不解缘

一

1972 年，雁翼带我们赴三峡采访。那是一次令我终生难忘且极不寻常的航行。

首先，那是我的第一次三峡之旅。小时候，读李白《朝发白帝城》一诗，对三峡即心向往之。但是，这个愿望多年都没实现。那天，我才第一次去到三峡！

其次，是同自己敬佩的著名诗人一起远航！雁翼是小八路，在抗日战争和解放战争中受过伤，新中国后他凭着对文学的挚爱和顽强拼搏的精神，从一个只读过十几个月小学的战士，成长为新中国的著名诗人。他带领我们创作《红岩村颂》，要歌颂毛主席到长江视察的活动，所以我们到三峡采访调查。雁翼是一座火山，时时喷发着对生活、对朋友、对诗歌的热忱。他传奇的经历也吸引我。同他一起畅游三峡，并同住一个寝室，我聆听到了许多宝贵的教益。

其三是因为雁翼还专门请来了为毛主席过三峡时开船的著名船长莫家瑞当向导。莫家瑞出生在三峡地区，从受人欺辱的小孩儿当上新中国的船长，走过了一条艰苦奋斗的道路，是他领头开创了三峡的夜航。坐在宽敞的窗明几净的前舱中，顾盼两岸雄奇壮伟的三峡风光，听着这位"三峡通"讲述着毛主席当年乘船过三峡的情景，听他介绍着沿途的险滩、景点，讲述三峡的传说故事，真是莫大的享受！

这以后，我又多次游览三峡，每次我都长时间地站在船头观赏着迷人的景色，并作了详细的记录，想写一篇三峡的大文章。但也许是因为对《水经注》，特别是对《长江三日》的爱之敬太深，大有"眼前有景道不得，崔颢题诗在上头"之感，最终没能成篇。

这次，长江三峡工程即将蓄水至 135 米高程。沿江许多县城都将淹没，我决定再游一次三峡，再看看即将成为历史的三峡景致。而且，我找到了一个新颖的构思：我要写一篇《三峡不解缘》，写我几十年来多次乘船穿越三峡和在三峡采访时的经历，抒发我对三峡的缠绵情怀。这就可以区别于刘白羽的构思，或许可能推陈出新。

二

下午，开完系里组织的学习十六大精神的会议，我就搭车直奔朝天门码头，顺利地登上了金涛号旅游船。晚八时许，金涛号驰离朝天门港。回望我生活了半个多世纪的山城，只见朝天门原来坎坷繁乱的码头修建得富丽壮观，犹如艨艟巨舰的舰首，朝向东方；灿烂的灯饰，把码头照耀得金碧辉煌。一栋栋高楼，鳞次栉比，直插云霄；而长江两岸滨江路上的路灯和霓虹灯，更如两条璀璨的项链，围绕在她的胸前。一会儿，犹如星座般辉煌的"朝天门"和"满江红"游船，从我们船边缓缓驰过，把江水映照得流光溢彩。

呵，这漫江的灯彩，使我忆起儿时在南山上看"九二"火灾的大火映红两江的惨景！那是1949年，重庆解放前夕，一场大火烧毁了半个重庆！我的父亲也险些葬身火海，第三天才回家。那两天，母亲搂着我，眼望着对岸和长江上的烈火，泪水涟涟……

半个世纪过去了，我的故乡重庆，走过了苦难、蹉跎的岁月，早已如巨人般昂然屹立于中国的西部！朝天门展示着她美丽的风采。而此刻，她正雍容华贵地站在两江之上，挥动着彩灯的花束，为远航的儿子送行。

轮船在夜色中航行，夜半经过了有着美丽的白鹤梁石刻的涪陵，第二天凌晨，船泊丰都。我们六点钟就起来，在导游引领下向山上走去。丰都是长江沿线六座全淹没的县城之一。原来小小的县城已全部迁到长江对面的山坡上，已修起了崭新的楼房。

我们乘索道上到鬼城景点，过奈河桥、鬼门关，经罚罪石，上天子殿，然后又乘索道返回，再上"鬼国神宫"，观看那刻在大山上的白色阎罗天子雕像，参观地狱的各种刑罚。鬼城的雕塑，以荒诞的手法，展示了浓郁的东方民间艺术，它以惩恶扬善为目的，有一定教化作用。丰都城淹没后，鬼城的景点将迁建保护起来，继续向游客开放。

中午，船泊忠县石宝寨。二十多年前，我曾作为重庆市首批带队干部，在忠县工作一年多，多次上过石宝寨。原来区委机关大院及周围民居，已全部拆除，这里要全部淹没。石宝寨是一座长方形的石山，立于长江之滨，犹如一颗印章，又叫玉印山。古人在朝江的山面修了一座十二层庙宇，全用木头砌就，没用一根铁钉，沿着这木楼梯登上寨顶，看大江东去，群山拱卫。石宝寨四周将修一圈钢筋混凝土的围堰拦起来，成为长江边的一座水中盆景。

在这里，我看见了七艘轮船汇聚石宝寨的壮观场面。江边的几座趸船上，层叠地停靠着东方之子、神州号、重庆江山、长鲲等轮船，把宽阔的江面都挤窄了。回想二十多年前我在忠县带队之时，整条大江几乎每天只有一班客轮来往于重庆与宜昌之间（重庆至上海则要好多天才有一班客船），那时，我常常站在江边，望着浩浩大江叹息：这黄金水道，怎么就这么让它空着啊！而此刻，长江航运却繁荣起来了！到三峡水库修好后，长江航运能力将大大提高，万吨巨轮可由上海直航重庆，那时长江上更会是万船齐发，百舸争流了！

　　下午轮船经过万州，稍事停留。万州原名万县。重庆直辖后改为万州区，是直辖后的重庆市第二大都市。万州有李白攀登过的太白岩，有当代著名诗人何其芳的墓园。三峡工程的兴建，给万州带来了前所未有的发展机遇。万州正修建长江上游最大的、可停泊万吨级船队的常年深水港，万州将成为三峡库区最发达的交通网络中心。现在，达万铁路已经通车，万州长江一桥已经修好；万州长江二桥和万州五桥机场、长江铁路桥，万宜、万利高速公路及万宜铁路都已在修或即将修建。不久，万州将成为西部内陆地区交通条件最好的城市。

　　暮色中，金涛轮经过奉节。从码头的一条石梯可直上奉节城门。奉节是一座山城，更是座诗城，诗圣杜甫在这儿写下了数百首优秀的诗篇，其中《秋兴八首》《咏怀古迹》等诗更是脍炙人口，千古流传！诗人刘禹锡吸收当地民歌的精华，写出了许多优美的竹枝词。奉节有奇特的"天坑地缝"景点，但因时间关系，不能去游览了。

　　晚九时，船在奉节下游的白帝城停泊。我们在暮色中爬上百级石梯。沿途见到许多拆迁的房屋。一条索道把我们载上白帝城。参与雕塑"收租院"的著名雕塑家赵树桐设计制作的"刘备托孤"，造型生动，形象逼真，以浓郁的艺术魅力，再现了"刘备托孤"的悲壮场景。明良殿里，则雕刻着刘备、诸葛亮、关羽、赵子龙等三国名人的塑像。白帝城的文物十分丰富，也十分珍贵。那"三王碑"和"诗竹碑"还保存完好。

三十年前，雁翼带我们上白帝城参观，还是县文化馆的同志悄悄领我们从小路千辛万苦地爬上来的——因为"文化大革命"中白帝城被封存了，不许参观。

而现在，虽然夜深了，参观的人还络绎不绝地乘索道上来，大殿内外，灯火通明。特别美妙的是，走出殿外，眺望夔峡，竟有圆月高照！夔峡郁郁苍苍，江水淼淼茫茫，红绿标灯闪闪烁烁，探照灯光划破夜空。这明月曾照过远古时在此称王的白帝，也照过三国时在此托孤的刘备、诸葛亮；还照过三十年前游白帝的我们；此刻，又照我三十年后再游白帝：我真想托明月把我的思念和祝福，送给当年同游白帝城的雁翼等诗友！

早上六时许，金涛轮从白帝城驶入了八公里长的瞿塘峡。我站在寒风凛冽的船头，望着天上的明月，江中的航标灯，看着驾驶舱的探照灯光划破雾障，射向大江两岸，不觉想起十几年前过三峡时写的《夜过巫峡》：

> 月亮在江涛中闪烁着银光，
> 峥嵘的峭崖在夜色中掩藏；
> 红绿的杯灯织成瑰丽的珠链，
> 探照灯的光剑劈开浓厚的雾障。
>
> 像从儿时的摇篮中甜蜜地醒来，
> 激动地走到船舷上观望：
> 呵，再没有"猿鸣三声泪沾裳"，
> 一声长啸，巨轮飞驰过诗画的长廊！

导游在船头为我们指点着峡中景致："八阵图"在朦胧曙色中过去了，杜甫曾有诗云："功盖三分国，名成八阵图，江流石不转，遗恨失吞吴"；孟良梯上，有美丽的传说；古栈道和悬棺，则留下了千古之谜。江轮在白甲山和赤盐山之间行驰，两岸山峰夹峙，江流浩荡，山势雄浑，似滔滔诗行，又似绵绵画卷。

三

　　次日九时许，船抵巫山。面对雄峙巫山两岸的巍巍高峰，不禁想起二十多年前到万县地区采访后独攀巫山最高峰的壮举。记得我们是傍晚从大昌坐小木船到巫山县的，在县城游览时，当地老人告诉我隔大宁河与县城相对的高山是巫山最高峰。一想到这是李白曾登临过的高峰，又可俯瞰长江，遥望巫山十二峰，遂决定登临绝顶！但同行的青年作家都怕山太远、太高、太险，更担心错过第二天中午返渝的轮船，都不愿同行，并劝我也不要去冒险，可是，我感到李白在召唤我，山神在召唤我，美景在召唤我，我一个人也要上山！第二天凌晨，我一个人出发，乘小船渡过大宁河，向山顶攀去。走到半山腰时，累得腰酸腿痛，旁临大江悬崖，面对巍巍高峰，我也曾犹豫过，到底是上还是上不？这时，我想起王安石说的："世之奇伟、瑰怪、非常之观，常在于险远，而人之所罕至焉，故非有志者不能至也！"于是，我又鼓足勇气，奋力向山顶攀去！就这样，经过两个多小时的艰苦努力，我终于登上了巫山山顶。

　　大自然没有辜负我的殷勤，她为我展开了多么壮丽迷人的画卷啊！绵亘无际的巫山群峰，如巨人伫立，如雄狮昂首，如仙鹤展翅，如彩凤凌空，汇成山的巨浪，海的怒潮，顺着长江延伸向无穷无尽的远方。而万里长江则如一条金龙，在千山万谷间盘旋缠绕，奔腾咆哮……我站在巫山之巅，眺望着这绝美的风光，怀想着巫山神女的传说和古人的诗句，我的身心与壮丽的山川融为一体，我沉浸在无限的愉悦之中。

正是抱着这样的想法，当我知道巫山发现了两百多万年前的古人遗址后，我又专门于2000年到巫山腹地的庙宇镇去探寻，我在《追寻巫山古人遗址》中写道：站在这两百万年前古人类生活的遗址之上，我不禁神思飞扬。两百万年前，我们的先民就在这儿采果狩猎，在极其艰难险恶的环境中，抗击着风霜雨雪，搏击着毒蛇猛兽，一年年成长壮大，一代代繁衍生息，顽强地生存下来，并从这儿走向长江，走向神州，走向世界！巫山古人的发现，雄辩地证明长江三峡是人类最早的发祥地之一，是中华民族最早的发源地之一。长江与黄河一样，是中华民族的摇篮，也是中华文化的摇篮，我们必须继承祖先艰苦奋斗的精神，继承和弘扬三峡文化，以上不愧祖先，下不愧后人。

这次轮船停靠巫山后，我又一次游了小三峡。沿途只见巫山县城的楼房，已全部拆除，导游告诉我们，移民都已得到妥善安置。看着沿途那千万间被拆除的房屋，我知道，三峡库区的人民为三峡工程的修建，做出了怎样的牺牲和奉献！重庆有八十多万居民要迁居，有的迁往外地，有的就迁居附近，尽管政府为他们准备了较好的条件，但毕竟是"穷家难舍，故土难离"啊！何况迁一次家，总要多花很多费用。可喜的是，重庆实行了开发性移民，有效地促进了重庆经济的发展。

小三峡可以说是三峡的缩影，分龙门峡、巴雾峡、滴翠峡。两岸碧峰插天，峡中绿水奔流，景色极为壮观。船逆流而上，江风凛冽，水花飞溅，山岩上绿色的灌木丛林，像优美的慢板；丛林中不时出现一大片一大片火焰般的红叶，还有金灿灿的野菊，则如一首首的抒情诗，激情洋溢，真是动人极了！不时还有猿猴出没于丛林之中，引起游客阵阵的惊呼。在小三峡，我们还看到了古栈道的遗址，那是在岩壁上的一个个方洞，引起人渺远的遐想；而那高置于岩壁上的悬棺，更给我们留下了难解的谜团……

因为时间关系，大昌和小小三峡都没有游到。小三峡连着大昌，大昌是一座千年古镇，三峡工程修好后将被淹没，现在正进行拆迁。其中有价值的民俗古屋将整体迁往新的高地供旅客游览。待三峡工程建成后，水位抬高，大船可以驶入小三峡、小小三峡。它们将以更加诱人的身姿，迎接更多的中外游客。

　　下午三时许，我们返回金涛轮，又继续向巫峡驰行。"放舟下巫峡，心在十二峰。"巫峡是三峡最壮美的一段。导游早早地站在船前，为我们介绍着两岸的巫山十二峰：右岸是上升峰、起云峰、净坛峰、飞凤峰、翠屏峰、聚鹤峰，左岸则有登龙峰、圣泉峰、朝云峰、神女峰、松峦峰、集仙峰。在巫山十二峰中，最使人难忘的是神女峰。神女峰在山岩上挺立，真像一位亭亭玉立的绝代佳人。关于巫山神女有很多的传说，有的说她是天上的神女，曾自荐于楚王的梦中；有的说她是船工的妻子，站在高山上盼望丈夫回来，船工淹死了，她却还站在山上等候，直到站成一尊雕像。其中我最喜欢的是王母娘娘的女儿瑶姬的传说。在四川大学读书时，有一天晚自习读到一篇关于三峡的文章，里面讲到巫山神女的传说，当晚激情难抑，夜半灵感降临，我仿佛飞临远古的巫山，看到了巫山神女彩袖翩翩，从天上降临巫山之巅，协助大禹治服了长江水患，又拔下头上金钗，化为神鸟，为船工们引路导航……醒来后，我在路灯下写下了《巫山神女颂》。

　　这连绵不断的巫山十二峰，一座座高耸入天，崔嵬峭拔，气象巍峨，一座比一座高，一座比一座险，一座比一座奇，层层叠叠，一直垒到了天上！船就在这群山的峡谷中穿行，有时，船仿佛就要撞到劈面而来的山岩了，可船到山前，峰回路转，山峰又像大门一样打开，又一片新的天地展开在你的眼前！

　　在巫峡中，突然看见两岸插云的高峰之上，竟然有电杆和高压线，真不知工人们是怎样把电杆抬上去的？十多年前游三峡，我曾写下了这样的诗句：

高峡泊着宿雾，

奇峰剪碎蓝天，

猿猱不得攀缘的山顶，

从哪儿飞去插云的电杆？

像巍巍巨人在天地间挺立，

像光明的使者挥舞着霹雳闪电。

啊，架线工已走得很远很远，

他们的身姿、气魄和理想，

却长留在大江之滨，万山之巅。

四

过了巫峡，山势逐渐平缓，江面变得开阔。从巴东县的宫渡口至南津关，就是西陵峡。我坐在船尾，观赏着江景，圆圆的、红红的太阳挂在山峦之上，把铁青的山岩和绿树丛林及一树树红枫照得格外清晰，把江水照得金黄，把我们的身心照得暖暖洋洋！在大自然的碧水青山之间，在母亲河温柔而宁馨的怀抱中，激情滚滚而来，我赶紧提起笔来，开始写下这篇散文。

船过屈原故里秭归县城，只见香溪从群山间流出，泻入大江。我曾在八十年代专门从宜昌乘船去秭归，沿着如诗如画的七里峡，拜谒了屈原故里。我游览了"乐平里"和"楚三闾大夫屈原故里"，游览了屈原少年时生活的"读书洞"和"擂鼓台"，登上了"望屈台"，拜谒了正在重修的屈原祠。在那里，我吟诵着李白的诗句"屈平辞赋悬日月，楚王台榭空山丘"。是啊，伟大的爱国主义诗人屈原的光辉作品和崇高精神万古流传，不仅养育了屈原故里，也将在神州大地大放光彩。当天下午，我又赶到兴山县去探望了王昭君故居。第二天，我还去游览了新开辟的景点——高岚，那真是一颗藏在深山的明珠，它是那样的雄伟、壮观，可惜很多人没有见到。我兴奋地写了一篇高岚的游记。

此刻，我在暮色中寻找着兵书宝剑峡和牛肝马肺峡的踪迹，看红绿标灯编织的美丽彩链。在西陵峡有许多美丽的景点：三峡地区保存最完整的千年古庙黄陵庙，陆游等诗人游览发掘出的三游洞。站在三游洞的山巅之上，可远眺长江万里奔腾的恢宏景象。

晚上九点多，船泊茅坪，这是即将被淹没的秭归县迁建来新修的县城，房屋全新，灯火通明。因为三峡大坝封江，我们都离船上岸，从茅坪搭乘汽车到宜昌。在车上，我们远远地眺望到三峡大坝上不熄的灯火，三峡工程的建设者们正在辛勤地工作，我在心里向他们致敬：你们以智慧和心血为新世纪奉上了世界第一流的伟大工程，三峡大坝和巍巍高山将永远铭刻着你们的形象，万里长江和三峡电站将永远传颂着你们的功勋！

五

第二天，我乘着旅游专车，去参观了三峡工程。宽阔平坦的江峡大道修建在西陵峡的深谷峻岭之上。二十多公里的大道，隧洞竟多达五六座，长达七八公里，大桥也极多，飞架在黄柏河、下牢溪等河流之上。号称"天下第一大跨桥"的西陵长江大桥，长达 1118 米，中间竟然没有一座桥墩，全凭两根极粗的钢缆承载。

经过三峡工程指挥部大楼，我们上了坛子岭。坛子岭为三峡坝区的一个至高点，上面有三峡工程模型。坛子岭上有一个高坛，四面是浮雕，站在高坛上，可以遥眺整个三峡工程。三峡大坝雄踞于大江之上。坝址所在的中堡岛，仿佛是老天赐给我们修坝的宝岛。该岛逶迤于大江之中，全岛乃至两岸的基岩，均是坚硬而且完整的花岗岩，为修筑大坝提供了最好的坝基，最好的地质、地形条件和最好的施工条件。

三峡工程由拦河大坝、泄水建筑物、水电站厂房及通航建筑物组成。拦河大坝是混凝土坝，坝顶高度 185 米，坝长 2309.47 米，溢洪坝段居中，左右两侧为发电厂坝段。大坝正常蓄水高度 175 米，总库容达 393 亿立方米，防洪库容 221.5 亿立方米，它将使荆江地区防洪标准由目前的 10 年一遇提高到百年一遇。三峡电站将安装 26 台 70 万千瓦的机组，总装机容量 1820 万千瓦，年发电量 847 亿千瓦时，三峡电站将向华中、华东输送大量电力，创造巨大的经济效益，降低大气污染，促进祖国经济的可持续发展。而在坛子岭左岸，是双线五级船闸及单线一级垂直升船船闸，船闸单向通过能力为 5000 万吨，比现在高 5 倍，万吨巨轮可由武汉直达重庆。三峡工程模型处工作人员告诉我们，三峡大坝工程是世界上规模最大、效益最好的水利枢纽工程，它不但是世界上最大的水电站，也是世界上航运效益最显著的枢纽工程，还是世界上防洪效益最大的水利枢纽工程。它创造了多项世界之最。三峡工程建好后，对南水北调更为有利，充沛的长江之水将通过几条运河送往北方，缓解北方的干旱，那时候三峡水库的作用就更大了！三峡工程建成后，整个三峡以及小三峡将更加秀丽奇险，还会形成不少新的自然景观与人文景观相结合的新景观，如巴东神龙溪、格子河石林等，届时三峡将变得更加壮美迷人。三峡大坝与葛洲坝形成的全世界最宏伟的水利枢纽工程，本身就是世界上最壮丽的人文景观，它将向全世界展示中华民族伟大的创造力和生命力，向全世界展示中华民族伟大胸怀和崇高形象！

啊，长江，我的母亲河！三峡，我魂牵梦萦的心灵圣地！你早已深入我的灵魂，融入我的血脉，化为我的筋骨！浩浩长江，亿万年来，你奔流不止，奔腾不息，冲破一切障碍，流向东方，奔向大海！你贯通祖国大地，灌溉着万顷沃野，滋润着亿万生命！巍巍三峡，你磅礴连绵，雄峙天地，伟岸挺拔，阅尽古今！你象征着我们民族的精神，博大而又浩渺，坚毅而又沉着，伟大而又崇高！

作为您的儿子，今生今世，我将把全部的生命、智慧和激情都献给您——我的长江，我的三峡！

第一辑 情漫山海

金秋三峡库区行

　　金秋九月，长空流金，大地溢彩。灿烂的阳光照耀着金涛滚滚的万里长江，照耀着壮丽豪华的维多利亚航船。"全国著名作家三峡库区行"采风活动正在三峡库区进行。宽敞明亮的前舱里，陈忠实、李存葆、张胜友、柳建伟等数十位来自北京、陕西、重庆、四川、湖北、湖南、江苏、青海、新疆等地的中国文坛著名作家正在豪情满怀、谈笑风生地指点江山，激扬文字。

　　从9月16日至9月20日，我作为重庆作协采风团的成员，随同中国著名作家团队先后考察了丰都、万县、忠县、云阳、巫山、三峡大坝等地。这些天，我的心情，就像大江中的激流，奔腾不已；我的文思，就像江天上的雄鹰，振翅翱翔……

　　我们先到丰都。在参观了鬼城的著名风景名胜之后，丰都县委书记、县人大主任谭大辉带领我们重点了解了丰都的移民迁建工作。拥有一千多年历史的丰都古城已埋入水下，而一座较古城大三倍的新城在旧城对岸的江岸上雄峙。景区的名山"鬼国京都"和"阴曹地府"及双桂山的"鬼国神宫"，都将由护岸工程全面保护起来。护岸工程以风景区防洪为主，包括长达三公里的防护堤、滨江路、码头及配套的排洪设施。丰都已经建了一座长江大桥，还要建一座跨江大桥，以沟通两岸。丰都的新县城宽达四平方公里，六纵九横的公路把全县分为54个小区，高楼林立，蔚为壮观。数万移民告别了狭窄、低矮、破旧的老屋，搬进了宽敞、高大、崭新的楼房，过上了幸福的新生活。作家们看了，无不欢欣鼓舞。

万州区则以更加宏伟的雄姿迎接着我们。万州是新三峡旅游的门户，重庆第二大城市，历史文化悠久，旅游资源丰富。万州区领导抓住重庆直辖和三峡水库修建的契机，大抓开发性移民和全面发展，使这座古城成为新世纪最大的新城，并且将在二十年内建成一座一百万人口的大都会。重庆直辖以来，万州建成了万州机场，建起了万州长江一桥，明年即将建成万州长江二桥。铁路方面，达万铁路已经通车，万宜铁路已经开工建设，万州铁路大桥也已开始修建。高速公路发展也很快速，万梁、万宜、万利高速公路都已在建或即将修建。万州正在修建长江上最大的、可停泊万吨级船队的常年深水码头；位于长江两岸的南北滨江大道，长度均在 10 公里上下，集防洪护城、滑坡治理、库岸整治、市政基础、移民安置、城市交通于一体，综合效益十分显著；正在建设中的江南新区将建成 14 平方公里的行政、商贸、科技中心，使万州成为沿长江两岸对峙的新型大都市。万州不仅要以上述基础设施为突破口，把万州建成"高峡平湖第一城"，而且要以调整结构为着力点，招商引资，全面开放，构筑布局合理、结构优化、外向度高、竞争力强的新型经济体系。他们要建十大农业产业化项目（如 100 万吨优质柑橘深加工产业化项目、100 万头优质瘦肉型猪产业化项目、50 万只食草牲畜及 100 万只肉兔产业化项目等）；要搞工业的"531"工程，即通过 3～5 年的努力，形成万州的工业骨架，实现年产值 9 亿元的目标。万州的旅游资源也十分丰富，有"亚洲第一瀑"之称的青龙瀑布、太白岩文化风景区、天子城风景区、大垭口——歇风山森林旅游区、潭獐峡探险旅游区等。作家们参观了万州港红溪沟铁水联运港工程。我们的车队驰骋在万州新区的大道上，环顾两边的高楼大厦，放眼江上已经修好和正在修建的大桥，江边正在修建的港口和滨江大道，我心中升腾起万州新城壮丽宏伟的蓝图，我心中奔涌着一股豪迈欢欣的激情，看一看，想一想，三峡库区的建设，给万州创造了怎样美好的发展机遇和辉煌前景啊！

作家们参观游览了忠县石宝寨，了解了关于石宝寨的保护措施，即在石宝寨周围修一道围堰，在三峡库区水位升至175米时，石宝寨就会成为一座江心孤岛。这天赐玉玺、天降巨石将焕发出更诱人的光辉。

云阳的文物保护和迁建及移民工作都做得非常好。云阳县最大的"移民"是张飞。张飞庙始建于蜀汉末年，两千多年来，它以独特的建筑造型和丰富的文化内涵而闻名遐迩。三峡大坝修建后，张飞庙将被淹没。为了保住这珍贵的历史文化遗产，云阳人民硬是把这座千年古庙进行了整体性的原物搬迁。新建的张飞庙位于原址上游32公里处，与云阳新县城隔江相望，北靠大山，南临长江，其自然环境与人文环境同原址极为相似。更让人惊叹的是云阳移民新城的修建，云阳县城是三峡库区中远距离搬迁的县城，将迁往上游32公里的双江镇。十余年来，云阳人民靠自己的艰苦拼搏，在一张白纸上绘出了最新最美的画卷。车队奔驰在宽敞明亮的大街上，顾盼着两边山连海涌般的高楼大厦，心中涌起的钦佩和赞美之情无法言语。云阳领导把移民迁建当作千载难逢的契机，决心重建一座高质量、高品位、高风格的现代都市。从全县的总体规划和风貌设计入手，重点改造建设民生项目，将城市的美化、绿化以及居住舒适性放于首位。其中最引人注目的是建造"万里长江第一梯"。该梯从江边修到磨盘寨，梯步1448级，梯道以群益广场为中心，广场以上梯道宽25米，两边绿化带宽各5米，广场以下梯道宽20米，两边绿化带宽各3米。梯道两边配以豪华灯饰。一到夜晚，华灯齐放，恍若仙境。梯道上下及中心广场可供成千上万的居民唱歌跳舞，游玩散步，何等欢乐。

第四天，作家们游览了白帝城，听奉节县领导介绍了县情及移民和白帝城的保护等情况。

下午，作家们又游览了巫山小三峡。巫山县领导详细介绍了巫山的县情及移民情况。十年来，云阳人民修建了巫山长江公路大桥，完成了二期移民工程，昔日占地仅 0.8 公里，街道狭窄、房屋陈旧、设施落后的巫山旧县城，变成了今天占地近 4 平方公里，房屋、道路、广场、通讯、教育设施完好、崭新的现代化城市。居民人均居住面积由搬迁前的 12 平方米增至现在的 35 平方米。巫山县领导还十分重视根治污水垃圾乱泼倒、汽车乱停放、广告乱张贴、摊子乱摆放等"十乱"现象；并进一步借搬迁之机，革除市民身上的种种陋习，培养市民的良好生活习惯，从而提高人民生活质量，提升城市文明程度。今年 4 月，巫山县顺利地通过了国家优秀旅游城市验收。

巫山县领导高兴地说："几度风雨春秋，数载呕心沥血，多年艰苦奋战，渝东门户的新形象已出现在人们眼前。巫山的城市建设和人民的生活水平至少提前了二十年。"

第五天上午，在维多利亚航船穿过了壮丽的西陵峡、雄伟壮观的五级船闸后。我们乘车到达坛子岭，观赏了宏伟的三峡大坝。这是何等伟大崇高的世纪杰作，又是多么让人震撼惊叹的时代壮举啊！它以跨山越岭、吞江吐河的巨人般雄姿，显示着当代中华民族的豪放气魄；它以雄崎大地、傲视长天的伟岸形象，展示着中华儿女振兴民族的浩然雄心！在这跨世纪的工程中，重庆市的移民迁建就是一场最伟大的、关系全局的攻坚战。十余个县城全淹或大半被淹，上百万亩田地将化为泽国，80 多万人迁出自己的家园。如果处理不当，不仅大坝无法修筑，而且可能造成大量移民流离失所的严重后患。然而，重庆人民在各级党政部门的领导下，以"舍小家，顾大家，为国家"的精神，用开发式移民的方式，以气壮山河的气魄，胜利地完成了这前无古人、举世罕见的移民迁建任务！保证了大坝在 2003 年 6 月 1 日能够进行第一期蓄水发电。想一想，这是一场何等艰苦卓绝的长期战，这是一幅怎样波澜壮阔的历史画卷！数十万移民挥泪告别熟悉的、亲爱的故土，走出巫峡、走出瞿塘峡、走出老县城、老民居，有的迁移到湖南、湖北、广东、安徽、上海，去迎接新的命运和挑战。历史将记下这些外迁移民舍家为国的伟大壮举！更多的移民是迁到新的县城，而这十来座新城都是在这十年左右的时间里兴建而立，拔地而起的。这是多么了不起的伟大建设和历史变迁啊！从丰都、忠县、万县、云阳、奉节到巫山，这一座座崭新的县城，犹如一颗颗镶嵌在长江两岸的璀璨明珠，将长江装扮得更美，并且散发出越来越动人的光辉！

写到这里，我不禁想起采风团团长、著名作家陈忠实说的一段话：万州由陈旧的、狭窄的小区，建成新的、宽广的、现代化的大都市，这是一种伟大的蜕变。这是由落后的生产力和封闭的生活方式向先进的生产力和开放的、文明的生活方式的转变，这是进步，是发展，是前进，是大好事！我从这里看到了三峡的希望和未来！当然，要让移民稳得住，能致富，还有大量实在的工作要做。我祝愿大家，也相信大家！

这是陈忠实先生对我们重庆人民的希望和祝愿，也是中国作协三峡采风团的全体作家对我们重庆人民的美好的希望和祝愿。具有光荣传统和拼搏精神的重庆人民是不会让全国人民失望的！我们重庆人民将再接再厉，顽强拼搏，用我们的智慧、心血和汗水，用我们 3000 万双手，托起一座崭新的、现代化的新重庆，献给我们的祖国，我们的时代！

2003 年 9 月 23～27 日于四川外语学院

三星堆抒怀

三星堆名闻遐迩。今日终于得幸一游，拜谒了我巴蜀先民的不朽创造！

在辽阔、坦荡、丰饶的川西平原上驱车奔驰，那简直是一种享受，一种抒情。车过广汉市鸭子河大桥时，突然看见路边耸立着一座顶端有三根金属铸成尖塔的奇特庞大的建筑物。直觉告诉我，这就是三星堆了。

果然，这正是三星堆博物馆。这座形似螺蛳壳的水泥建筑群体，雄踞在发掘出丰富文物的三星堆台地之上，似乎隐喻着古蜀文化呈螺旋形渐进的历史。建筑物质朴的、泥质的犹如土堆的形状，似乎隐喻着三星堆是巴蜀文化的生长点。而建筑物顶部的三星形尖塔，更似要将三星堆这一内涵丰富的历史文化信息发射向茫茫天宇！

就是在这里，在广汉市的三星村、真武村、回龙村、江胜村方圆十公里的土地上，从 1929 年开始，陆续发掘出了 400 多种玉器、石器，到 1986 年 7 月至 8 月，更发掘出两座商代大型祭祖坑，出土了金、铜、玉、石、陶、象牙等珍贵文物近千件，向人们展示了 3000 多年前古蜀国文化的神秘色彩和灿烂光辉。正如张爱萍将军的题词："沉睡数千年，一醒惊天下！"

在三星堆陈列馆里，见到部分出土文物及复制品，引起我心灵的震撼和激荡！

你看，这高达 2.6 米的青铜人立像，绝对是世界古铜像之首。他头戴花状高冠，粗眉大眼，鼻棱突出，高额大耳，两耳垂均有穿孔。古代艺术家在那么早就知道对人物进行变形处理，使之身材细长、高挑，其左右双臂高举于胸前，双手握成环状。两只手腕上各戴了 3 只镯子。铜像衣饰华贵，鸡心领形的左衽长襟衣上，有阴刻的龙纹和异兽纹，后摆呈燕尾形，两小腿上各戴一脚锣。这铜人高高地挺立在方形基座之上。气派华贵，栩栩如生。

再看那大大小小、形态各异的数十座青铜头像、面具，更令人赞叹不绝。最大的青铜头像高 0.65 米，宽 1.38 米，其造型奇特，充满了浪漫的想象。头像呈四方形，两耳平伸出去，几乎比面庞还宽，更绝的是双眼凸出，像两根圆柱伸出眼眶。其他的青铜头像大小不一，形态各异，也是方额、大耳、凸柱形的双眼，鲜明地表达了古蜀民的艺术追求、生活理想！显示了他们对千里眼、顺风耳的向往和更好地在大地上生存发展的渴望。

而最能体现艺术家浪漫气质和丰富想象的，当属那两株高达 4 米的青铜神树。这两株神树的基座上都分别铸有跪祭的小铜人，树上不仅有铜铸的美丽的枝、叶、花、果，还有铜鸟兽、铜铃等悬挂其间，树旁还有龙蛇盘绕。有些像西方圣诞树，但不知比他们早了多少年，而其富贵华丽，更远非圣诞树所能媲美。这"神树"，强烈地体现了古蜀国艺术家的丰富的想象、炽烈的感情和对幸福生活的憧憬。

这是怎样高超的工艺，怎样精美的艺术啊！想想吧，当世界的大多数民族还处于懵懂状态的时候，我们的蜀国先民，就以其高度发达的工艺，以其非凡的智慧和充沛的想象，胼手胝足，呕心沥血，创造了领先世界的卓越文化。这怎不令人感到无比的骄傲和自豪啊！

站在三星堆的遗址上，民族的自豪感、自尊心和自信心油然而生。同时，一种庄严的使命感和崇高的责任感也由心底迸涌而出，弥漫我的整个身心！是的，我们有值得骄傲的祖先，有值得夸耀的历史，在历史的长河中，我们经历了无数的跌宕起伏。改革开放的三十年，我们腾飞起来了。今天，作为三星堆人的后代，我们不能仅仅停留于用华美的词藻赞美先辈，我们更应该从先辈的不朽业绩和光辉创造中吸取巨大的精神力量，珍惜改革开放为我们民族带来的大好机遇和契机，发愤图强，艰苦奋斗，顽强拼搏，发扬民族的传统，再造民族的荣光，铸造辉煌的未来！让我们每个人的青春，都在奋进中焕发出光彩！让我们每个人的智慧，都在拼搏中散发出光芒！让我们每个人的生命，都在创造中闪耀出异彩！让我们每个人的青春之光、智慧之光、生命之光，凝聚成新时代的民族之光。璀璨于整个神州，光耀于整个宇宙！让我们的后代，面对今天的我们，也有如我们面对三星堆的先民那样，感到由衷的骄傲。让我们的后代以无比的骄傲和欣喜，告诉他们的后代，我们是他们值得骄傲的祖先，在 21 世纪初叶，把中国建成了世界一流强国，创造出了世界上最光辉的民族文化！

啊，愿三星堆的艺术之光，永远高悬在我们心空，照耀我们去拼搏，去创造，去实现我们壮丽的理想！

上金顶

一股强烈的内驱力，催动我在金秋时节，冒着盛夏的酷暑，再次登上为许多游人视为畏途的巍巍百里峨眉山道。

华贵的楠木、俊伟的松柏连绵成画卷，鸟语泉鸣于其中。山势成波浪状，带着人们的遐想飘向远方。山路醉人，但也磨人。你看，九十九道拐不就矗立在眼前。一听这名字，就让你感到艰险。旁边停放的轿子，更浓郁了这种氛围。两位轿夫跟在身边，缠着我，渲染着山路的艰险，坐轿的舒服。我仍毅然决定一步一步，左盘右转，向上攀登。突然，在山路旁，出现了我渴望见到的猴居士，他们老的，少的，男的，女的，大大咧咧地站在路边迎候着我们，他们睁着机灵的大眼，伸出锋利的指爪，捡拾着游人赠送的花生、水果、饼干、面包，任人同他合影留念。这给游人平增了无比的喜悦，无穷的野趣。告别猴居士，山路更陡更险，轿夫的劝说也更有魅力。但我还是硬挺着，哪管它关节微痛，腰腿酸。终于，登上了茶棚子。

茶棚子高踞在险峰之巅，又坐落在万山之中，秀色无边，美景无限。刚才还在骄傲地向我挑战的陡峭山路，现在已乖乖地俯伏在我脚下了。而前面，更高的险峰，更险的山路，又一次向我逼来。

当我从九老洞下到数百米深的谷底，又向更高的山峰——洗象池攀缘的时候，已是下午五时许了。也就是说，当天我已经一口气跋涉了八个多钟头了。我累得汗水直淌，举步维艰，膝关节也更加疼痛了。"毕竟是人到中年了啊！"我暗自叹了口气。

洗象池离出发点报国寺90里，离金顶30里。寺庙的钟声格外悠扬，金色的圆月格外明亮，而我的腿脚也格外酸软。第二天早上，迎来日出，向金顶前进，我竟犹豫起来了：我双腿疼痛，能登上金顶，再返回山脚吗？

同行的伙伴也担心我受不了，让我歇在山道上，等他们去金顶看看，就陪我一起下山。刚送走他们的影子，我又有些后悔了，我为什么就不能上金顶呢？这时，一对青年夫妻走来了。他们见我一个人歇在路边，就热情地招呼我同他们一路走："走吧，不到金顶不白来峨眉了？"他们那洋溢着青春活力的容颜，使我受到了极大的感染，我的兴致和信心一下子调动起来！既来峨眉，怎能不上金顶？金顶，有浩瀚的云海，有奇丽的佛光，有壮美的日出。金顶在召唤，云海在召唤！我鼓起勇气，咬紧牙关，忍着膝痛，同他们一起登攀。走着走着，我心头一颤，一种顿悟油然而生，这攀登峨眉，不就是一种象征，一种预演。在人生道路上，我刚走了一半，却已是头发渐渐稀落，身体渐渐发胖，体力和精力大不如前。难怪人们说："人到中年万事休。"可是我不愿认输！我要说："人到中年正金秋。"我要在峨眉道上，对自己的体力、意志和感情，来一次考验和锻炼！

想到这里，我走得更坚定、更从容了。一面走，一面观山景，又说又笑，又唱又闹，居然不疲倦，也不腿疼了。

啊，金顶被我征服了！它雄峙在万山之巅，高踞于千江之源，飞临于白云雾霭之上。壮阔迷人、变幻莫测的云霞，像无边无际的大海，翻腾在身边，奔涌向四面，苍翠碧绿、美不胜收的峰峦，像赏玩不尽的画卷，抖开在脚下，竞秀于眼前！

我猛然间想起了古罗马哲学家的一句名言："站在高岸上遥望颠簸于大海中的行船是愉快的，站在堡垒中看激战中的战场也是愉快的，但是没有能比攀登于真理的高峰之上，然后俯视来路上的层层迷雾、烟瘴和曲折更愉快了！"

1987 年 8 月于峨眉

阆州古城天下稀

嘉陵江水何所似，石黛碧玉相因依。

正怜日破浪花出，更复春从沙际归。

巴童荡桨歌侧过，水鸡衔鱼来去飞。

阆州盛事可肠断，阆州城南天下稀。

杜甫《阆水歌》

杜甫咏阆州的这首诗，伴了我几十年，让我对阆州城牵肠挂肚几十年，魂牵梦绕几十年，翘首仰慕几十年。今日方得如愿以偿，真可谓既销魂荡魄，又悦目怡情了！

阆中真是名副其实的千年古县，全国闻名的历史文化名城，历史文化积淀非常丰厚。远在古周朝时期，这儿就是巴子国国都；秦朝在公元前314年于此设置县；历代均在此设立郡、州、府、道治所，两千多年来，这儿就一直是川东北的政治、经济、文化中心。走进张飞庙，我深深地感受到古城文化的浓郁厚重。张飞，这位粗中有细的三国名将，曾经在长坂坡前大显身手，一声怒喝，吓退了数万曹兵！但是，因为给关羽报仇的心情太急迫，再加之性格急躁粗暴，以至于被部将砍下头颅，送到东吴。阆州百姓感念张飞，为他的尸身修建了这座高大宏伟的坟墓。云阳百姓，则为他的头建了一座庙宇，也叫张飞庙。前些年修三峡大坝，张飞庙被淹，库区还为之做了整体搬迁。我同参加"中国著名作家三峡库区行"的作家一起去参观过新的张飞庙。这两处张飞庙都成了三国文化旅游的璀璨明珠。

阆中还是著名天文学家落下宏的故乡。落下宏是西汉巴郡阆州人，因创制《太初历》，确立正月初一为新年第一天，被人们尊称为"中国春节老人"，阆中也因而被中国文联评为"中国春节文化之乡"。阆中人民为了纪念落下宏，把他的故居保存并修复出来，取名"星座苑"，向游客开放。千百年来，阆中的春节文化氛围特别浓郁，整个春节的庆祝活动从头一年的腊月初八持续到新年的二月初二，有"腊八粥""燃天烛""抢银水""亮花鞋""烧火舞龙"等民俗活动流传至今。阆州还有规模宏大的天宫院，纪念唐代著名天文学家袁天罡、李淳风。他们二人晚年先后来阆中定居，在此择地观天，著书立说，为中国的天文事业做出了贡献。阆州百姓长久而隆重地纪念古代天文学家，也彰显了阆州高度的文明。

阆中的清代四川贡院更是全国保存最为完好、规模最大的乡试考场。走进恢宏、庄严、肃穆、壮观的考场，心里不禁对中华古代科举文化产生一种敬畏之情。你看，进考场的过道上，悬挂着八面杏黄色的标旗，上面写着"为国求贤、遵守场规"等标语。每人一格的考场，更使这考试格外严厉。贡院里介绍了阆州历届状元中的一些佼佼者，其中尹氏、陈氏两对兄弟俊彦同时分别考上文武状元，阆中人至今以他们为荣。在阆中，你还可以看到"状元坊""状元府第"等原汁原味的古名居。

阆中的文化和文明还体现在百余条古韵流芳的街巷和纯朴优雅的民居上。登上华光楼或中天楼，你会看到一条条宽敞笔直的古色古香的街道，还有街道两边鳞次栉比、规范美观的古朴院落。阆中的古院落保存得那样完好，依然还呈现着古朴的风貌，历史的风采。这些古院落或为串珠式，或为品字形，或为多字形，这些建筑，均为木质穿斗式构件，布局注重风水意象，构件雕工精细，让人徘徊其中，幽思绵绵。我们下榻的水码头客栈，占地面积达 3600 平方米，始建于明朝，曾经是嘉陵江"青龙帮"帮会头目住所。大门灯笼高挂，宽敞宏伟，绕过照壁，只见整个大院雕梁画栋，青砖碧瓦，九个天井呈串珠式联通，楼阁层叠，浑然一体。每一株笔立的银杏，每一株飘香的丹桂，每一扇雕花的门楣，每一扇雕花的窗棂，仿佛都在讲述着阆中邈远的历史，都在叙述着嘉陵江缥缈的故事。临轩远眺，更将嘉陵秀色，尽收眼底。旁边是占地 3700 平方米的杜家客栈，院内天井连天井，大院套小院，九道天井，65 间房屋，整个大院全系穿斗式和抬梁式木结构建筑。前庭屋宇高大，气象雄伟，庭院曲径深幽，摆放着明代神龛供桌及红木家具，雕工精细，手法精湛，千姿百态，栩栩如生，古朴高雅，大气逼人。阆州百姓长久而隆重地纪念古代天文学家，保存了那么好的贡院和古建筑，还保留了那么完整的古朴的街道，这些，都彰显了阆中对文物保护的重视。

阆中市，称得上是川东北的一颗明珠，一块宝玉。整个阆中市都在群山环抱之中，像一个巨大的盆景。登上嘉陵江边的华光楼，只见碧绿的嘉陵江三面环抱着阆中城，嘉陵江从北面流下来，从阆中古城西边流向南边，再从东边绕过，向北流去，直下重庆，三面环抱着阆中。在华光楼码头，可以乘坐汽艇或客船，观光嘉陵江的风光。江边，是美丽的阆苑城南天下旅游休闲长廊；华光楼码头对岸，南津关风情古寨楼阁靓丽，其西边是绵延的锦屏山风景区，锦屏山风景区之后，还有熊猫乐园和春节文化主题公园；南津关东面，则是巍然高耸的魁星楼和红军纪念馆；东南面则有天宫院景区和构溪河湿地公园，还有东山园林风景区以及白塔山和大佛寺。阆中古城北面，则是郁郁青山，上有滕王阁风景区和云台观景点。

乘着习习凉风，在江边漫步；踏着历史的小道，在古城漫游；听着导游的讲解，观摩历史遗址；感受着阆中悠久的历史文化传统，享受着阆中温馨的现代生活的气息。它们就像那绵绵的阆水，浸润着、润泽着、温暖着我们的心灵，感受到中华文化的博大精深和源远流长，感受到作为一个炎黄子孙的骄傲和荣耀，也感受到今天生活的宁馨和幸福。

真可谓阆州城南天下稀啊！

2014 年 4 月 25 日于重庆人文科技学院

望江公园的竹

在众多的植物中，我特别爱竹。爱它婀娜的风姿，爱它坚毅的品性，爱它高标的劲节，爱它轻声的低吟……

我在成都望江公园的竹林边度过的峥嵘岁月尤其令我难忘。

我的母校四川大学就坐落在望江公园之旁，锦江之畔。望江公园以其修修茂竹和薛涛井而闻名遐迩。作为中文系的学生，本来就特别喜爱花草竹木，再加当时正值三年困难时期，半年多没有尝到肉味，想到古人说的"宁可食无肉，不可居无竹"的名言，就更把望江公园当成了心中的乐园。

那时候，我们班级的各种活动，都常到望江公园举行。几十个同学围坐在竹林之中，观赏着千姿百态的各种竹子，品味着轻歌漫吟的丝丝竹韵，纵论天下大事，讨论班级事情，心情格外舒畅。节假日，我们也常到园中漫游。带上一本诗集，约上一二学友，薛涛井边吟哦两首古诗，望江楼畔品茗一盏香茶，在竹荫花丛中，读诗论文，其乐也融融。我因为特别喜欢唱歌，还经常一个人早上起床后小跑到望江公园的竹林中练音唱歌。竹叶轻轻晃动，为我打着节拍；竹林悠悠吟啸，为我深情伴奏，令我心旷神怡，完全忘掉了生活上的艰辛和困难。

最难忘的是那一年的中秋节，我与同寝室的两个同学一起来到望江公园，坐在锦江边的石栏上，看皎皎明月轻盈地踱步中天，听潺潺锦江向着我的故乡重庆奔流，议论着我们的学习和友谊，怀想着我们的前程与未来，我不由得心潮澎湃，吟诵出一首词来：

> 思不竭，
> 锦江欢度中秋节，
> 中秋节，
> 兴会飚举，
> 遥至银阙。
>
> 唤起嫦娥破愁绝，
> 同舞霓裳共欢悦。
> 共欢悦，
> 情漫竹海，
> 胸怀日月。

是的，在那三年困难时期，是我亲爱的母校，我敬爱的师长教育着我，是那绵绵的锦江和望江楼的竹林，抚慰着我，陪伴着我，使我意气风发，豪情充沛地度过了我的大学生涯。物质生活的困乏并没有动摇我们的理想和信念，没有影响我们的学习和钻研；反而砥砺了我们的意志，磨炼了我们的毅力。"宁可食无肉，不可居无竹"，宁可在物质生活上艰难一些，不可在精神上颓唐一点。在任何艰苦的环境下都要坚持自己的理想和信念，向着人生的目标不断地登攀，这就是望江公园的竹林给我的启示。

三十多年后，在四川大学百年诞辰的日子里，我同上万名校友欢聚在母校。开完庆祝大会，吃过丰盛的宴席后，我又同当年的同窗来到我们久别了的望江公园，愉快地围坐在浓情蜜意的竹荫之下，品着香茶，回顾我们几十年走过的岁月，咀嚼着生活中的酸甜苦辣，分享着同学们的成就和光荣。我感慨系之，吟出了一首诗来献给我的同学：

春风秋雨卅余载，
当年学子俱成才。
锦江欢聚情无限，
携手同心向未来。

2001 年 4 月于重庆

九寨沟揽胜

上天为什么如此厚爱你，让你在高山大川和原始密林的庇护之下，躲过了几千年改朝换代的战火烽烟，逃脱了数百年荒唐愚昧的砍伐破坏，而在新时代才向世人一展你倾国倾城的风采！

上天为什么如此钟情于你，给了你那么多、那样美、那样奇异、那样独特的山水泉石，花草林木。给了你那么纯洁的山泉，那么美丽的海子，那么奇幻而多彩的湖泊，那么壮丽的多彩的瀑布。

上天又为什么让我对你一见如故，一见倾心，一见钟情，永难忘怀……

直到头一天晚上，我到了九寨沟口，看到那沿途随处可见的山，我都曾产生疑虑，这里面真有超凡脱俗、冠绝天下的国色天香吗？

可是，汽车一进九寨沟，那树正群海中的盆景滩、芦苇海、火花海、卧龙海的绝妙风光，就一下子刷亮了我的眼帘，激起了我的惊叹！在千山叠翠，满目绿荫的环抱之中，这连绵着的四五十个湖泊，真像是仙女抛下的数十面明镜，镶嵌在五六公里的山沟，水光潋滟，碧波荡漾，芦苇摇曳，雀鸟欢唱，如千匹锦缎飘逸，似万幅画卷舒展。使人想起张若虚的《春江花月夜》所描绘的美妙意境："江流宛转绕芳甸，月照花林皆是霰。空里流霜不觉飞，汀上白沙看不见。"行进在这妙不可言的树正群海之中，这一块块明镜，一方方瑶池，一波波碧玉，一处处美景，给了我一步步惊喜，一股股诗情，一阵阵灵感。特别是下端的"水晶宫"，远望浩浩茫茫，近看积水空明。更奇怪的是，在那晶莹澄明的湖心深处，仿佛有一条黄龙横卧其中，在粼粼波光中，它似乎正摇头摆尾，卷曲蠕动，欲飞苍穹。

正当我为树正群海的无穷魅力陶醉的时候，树正瀑布的召唤又吸引了我的感官。你看，那层层相接的梯形瀑布，一级级地从宽阔的石坎上飞泻而下，犹如千军万马，冲锋而下，刀光闪闪，波光粼粼；又似百万大军，擂鼓摇旌，气势雄伟，吼声如雷。令人惊叹的是，在那一级级堤埂之上，竟然挺立着一排排灌木，它们扎根于水底，傲立于激流，在流水冲击之中，不烂根，不倒伏，铁骨铮铮，风采奕奕。只见浩荡碧波，穿过绿色群落，跌落为层层瀑布，恍若仙女撒花，天仙织锦。我仰天观云，侧耳听海，只见岸边还有大片大片错落有致的藏族民居，幢幢楼房，队队牛羊，声声犬吠，袅袅炊烟，给这宁静优雅的世外桃源，又增添了令人悠然神往的盎然生机。

树正群海的风光，已经是那样的令人着迷。可是，这却仅仅是九寨沟的序幕而已。九寨沟的真正宏伟的大幕，是由诺日朗瀑布拉开的。诺日朗，在藏语中是宏伟、雄壮的意思。诺日朗瀑布，也真是宏伟壮观。我曾多次观赏过黄果树瀑布，并为它写过热情的颂歌。而在诺日朗瀑布前，我又一次被他赫赫的声威所慑服了！诺日朗瀑布没有黄果树瀑布高，可是，它却比黄果树瀑布宏阔、朗敞得多，也更富于特色。你看，这高25米、宽度达300多米的滔滔瀑布，从海拔2300米的堤埂上飞奔而下。它擂动着鼓点，架设着彩虹，喷吐着云雾，抛溅着珠玉，震天撼地，气象磅礴。

给了我们那样美丽的诺日朗瀑布和树正瀑布，九寨沟犹觉不足，它又为我们献出了珍珠滩瀑布，让我们在惊叹中更加舒心地饱餐了山林秀色。珍珠滩，果然是亿万颗珍珠，亿万颗宝石，抛撒在满坡满坝，它们滚滚滔滔，蹦蹦跳跳，光光亮亮，闪闪烁烁；而一旦它们从宽阔的堤埂上跳下去，又形成了巨大的瀑布。真是让人兴奋不已，赏玩不尽，赞叹不止。

九寨沟的三大瀑布已经是这样迷人、这样令人心醉，可是，这还不是九寨沟的全部。九寨沟的正剧，九寨沟最为奇绝的、最使它扬名海内外的，当属它的海子！除了前面写到的树正瀑布以外，更有它的镜海、五花海、熊猫海、箭竹海、天鹅海、芳草海以及长海、五彩池等美丽的海子，展现着绝代佳人的旷世风华。你看那镜海，真正是镶嵌在万木丛中的一个宁静幽深的大宝镜，它那蓝幽幽、深滢滢的湖水，真像是纯情少女那深情的眼睛，那样动情地、细腻地摄下了四围的绿树红花、天光云影，以至如此生动细致，纤毫入微，辉煌夺目，斑斓多姿，令人叹为观止，恋恋不舍。幽香迷人的天鹅海，在梦幻般迷离的湖水之上，竟然有一条绿色的天鹅，似乎轻轻地舒张着羽翼，正要展翅高飞。这九寨沟的湖泊还有一个突出的特点——这是我走遍了大半个中国也从来见过的：就是她的水中常有倒伏的古树，这些各色的树木是那样自然而又艺术地横卧在青碧的湖泊之中，构成了一种罕见的奇特的风景。更玄妙奇异的是，这些倒在水中的古树，常常会在身上寄生出水柳等植物，水柳上又攀满了野藤，有的藤上还开出粉红、金色的花朵，宛若玲珑剔透的出水芙蓉，风姿绰约的水中盆景。五彩缤纷的五彩池和五花海更是九寨沟的精华中的精华，这两个池真正是五彩斑斓，美丽迷人。清澈见底的湖水竟然在地下矿物质和水生群落的作用下，分成了几大块色调，有的碧绿，有的青紫，有的海蓝，有的绛黄，有的红艳，当山风吹过，湖水漾开一圈圈蔚蓝、金黄、粉红的涟漪……真是色彩万千，变幻莫测，令人慨叹大自然的巧夺天工和无限伟大的创造力。

我久久地徜徉在这一汪汪美得无法形容的湖泊旁边，饱餐着她天仙的容颜，领略着她宁馨的气息，感受着她弥漫的诗意，聆听着她华美的乐章，这是一种怎样的幸福和陶醉啊！

从这些湖泊再往上走，就到了剑岩原始森林。铁青色、乳白色的山峰撑持在前面，高峻的密林围绕在四周，我仿佛穿越了时空隧道，跨入了古朴野性的原始社会，进入了亘古苍茫的史前的洪荒世界。

九寨沟不仅有小巧玲珑、五彩斑斓的湖泊，也有宽阔、深沉的湖泊。长海，就是横卧在巍巍冰山之间的巨大湖泊。它深藏在岷山山脉主峰旁的雪山的怀抱之中，其尽头处的山峰终年积雪不化海拔都在四五千米以上。长海汇聚了亿万年的雪水，形成了八公里长、四公里宽的高山湖泊。湖水幽深澄碧，银灰色、铁青色的山峰倒映在碧玉般的湖水中，山下翠森森的松树林、柏树林镶嵌在湖泊周围，形成了天然的、美丽的图案，极其壮观。不时有几只水鸭子从湖面掠过，给这静谧的世界带来了些许灵动的色彩。长海还有一个突出的特点，就是它水面宽阔，却没有出水口，然而，夏秋再大的暴雨，水也不会漫堤；冬春再久的干旱，也不会干涸，真是神秘莫测。

徘徊在九寨沟夏日的苍翠欲滴的绿荫之中，我忘记了酷暑的炎热，也抛弃了世间的烦恼，大有"不知天上宫阙，今夕是何年"的感慨。我想象着春天到来时，九寨沟冰雪消融，春水奔腾，山花烂漫，春风吹拂的情景，我更设想着明年秋天再来九寨沟，看那万山红叶，映红莽莽天地；缤纷落英，流韵湛湛湖泊，晴空更为悠远而碧净，湖光更为斑斓而多姿。那该是九寨沟最美的季节。我甚至幻想着在冬日来到九寨沟，那时候，山峦与林木均已银装素裹，海子与瀑布更是玉洁冰清，那又该是何等美妙的宁静优雅、高洁华贵的世界啊！

九寨沟，你不愧是梦幻般的童话世界，销魂迷人的人间天堂，是大自然给予人类的最珍贵的馈赠。我要把你珍藏在我的心中，常常地把你怀念，更要用激情和心血凝成的文章献给你，让更多的人了解你，让全中国、全世界的人都来看看你，看看我们祖国的江山，有多么的美丽，多么的神奇，多么的令人爱恋！

探秘女儿国

一、美丽神奇的泸沽湖

这是一方神秘的国土，这是一派迷人的仙乐，这是一袭神奇的梦境，这是童话的世界，人间的瑶池，美丽的伊甸园，未被污染的净土。

汽车驶进绿荫笼罩的群山，我们的司机、年轻的摩梭人就兴奋而自豪指着山下的湖泊说："看，泸沽湖!"

在座座如黛的青山环抱之中，一湖蓝得令人心醉的碧水像大片的蓝宝石一般在夕阳中闪烁异彩。她是那么纯净，那么妩媚，那么宁静，那么令人疼爱! 四周的群山映在湖面上，留下朦胧的画面。几座小岛，像美丽的珍珠，镶嵌在晶莹的玉盘上，几支独木舟，像缥缈的音符，点缀在蓝色的采曲上。

我游历过数十个湖，知名的西湖，太湖，东湖，还有邛海、博斯腾湖，却从未见过如此宁静，如此纯净，如此高雅，如此美丽的母亲湖!

她是难以用语言来形容的，因为她只能领会，无法言传;

她是难以用画笔来描述的，因为她风情万种，瞬息万变，你难以抓住她的神韵;

她是难以用音乐来歌颂的，因为她融万籁于一体，天籁、地籁、人籁、神籁，都在她的胸怀中演绎……

摩梭姑娘唱起了《美丽的泸沽湖》，那清醇甘甜的旋律在湖面上袅袅萦回。

我们登上了湖心的里务比岛，绿树中的黄色寺庙，飞翘的屋檐，给青山绿水平添了亮丽的色彩和神秘的宗教气氛。

二、真正的女儿国

美丽的泸沽湖之所以吸引人，除了她美丽的湖光山色之外，还因为她以清醇的乳汁，养育了世界唯一留存的女儿国；以温暖的胸怀，护卫了富有原始古朴风味而又魅力长存的母系社会。

摩梭人以女性为主宰，以母亲为旗帜。她们称泸沽湖为"母亲湖"，称格姆山为"女神山"，称自己的家乡为"母亲的家园"。泸沽湖周围的山川河流、人物风情，无不闪耀着女性的灵气，靓丽着母亲的光彩。在这个母系社会里，每个家庭成员都是母亲的后代，每个家庭都由外祖母或母亲作为家庭的主脑和操持人。一个母亲所生的孩子永不分家，孩子们永远和母亲与舅舅生活在一起。男不娶，女不嫁，家庭内只有母系血缘的亲人。每个家中都只有母亲，没有父亲；只有舅舅，没有伯伯；只有外婆、姨妈，没有爷爷、姨父。摩梭家庭，由外祖母或她女儿中聪明能干的一个当家，这个人称为"达布"。"达布"安排生产生活，负责整个家庭的衣食住行和子女培养，舅舅则协助"达布"负责对外交往，建房修房，培养后代等事务。

父亲到母亲的家中"走婚"，有了孩子以后，由母亲和舅舅抚养，父亲不负抚养和教育的责任。父亲教育子女的任务，交给了子女的母亲和舅舅，他自己则在自己母亲家中，负责侄儿侄女的教育。在这个母系世界里，女性以全部的爱，奉献给整个家族。她们总是黎明即起，烧起主母堂的灶火，做好早餐，让全家人吃过早餐后按祖母或母亲的安排去劳动，去工作。晚上回到家中，所有成员的收入都交给祖母或母亲，然后由祖母或母亲来管理和分配。

三、走婚曲

当暮色四合，摩梭青年男女就要在场院里跳民族歌舞了。他们口中唱着，脚下跳着，手牵在一起舞着，不时还发出一两声明亮的、抒情的口哨，将欢快的情绪推向高潮。然后，姑娘和小伙子站成两队，开始对歌了。对歌有领唱，有合唱，有独唱，也有男女对唱。在摩梭人的传统民歌中，姑娘的地位是很高的。主持人特别指出摩梭姑娘称自己为太阳，称男人为月亮。

跳完民族歌舞，天已经完全黑了。这时候，摩梭男子要走婚了。他们踏着月色，踏着星光，怀着对情人的相思来到情人的绣花房前。而姑娘们则早已打扮好了，在烛光融融的窗口等待着，以望穿秋水的目光期盼着。在初恋阶段，他们的相会是秘密的，男子只有等到夜深人静的时候，悄悄地摸到情人的门口，以事先约定好的方式，或扔颗石子在情人的木板房顶，或学着双方熟悉的鸟鸣马啸，女方就会为他打开门闩。而在黎明前，男子必须告别情人，回到自己母亲家劳动生活。经过一段时间的交往，如果双方情投意合，就可以持续往来。如果双方互不满意，则男方可以到另外的姑娘家走婚，女方也可以不为他开门，而迎接另外可心的人进门。一旦有了孩子，双方关系就基本确定了，但是，即使双方关系确定了，有了孩子了，男子也仍然住在母亲家，女子也不出嫁，在娘家养着孩子。

在男女双方倾心相爱之后，他们要举行一个古老的仪式——"藏巴拉"，即敬灶神菩萨和拜祖宗，整个仪式以女性为中心。男方在精心打扮之后，在暮色中来到女方家，根据自己的经济情况，将送给女方尊长及男女老幼每人一份的礼物，放在火塘上方锅桩的平台上及经堂里的神台上。然后向女方祖宗行礼，再向女方长辈及妈妈、舅舅、姐姐行礼。女方的长辈及姐妹则给他亲切而热情的祝福；女方还会亲手用摩梭麻布精心编织的具有摩梭特色的花腰带送给男方。女方决不会向男方索要钱财礼品。证人向"阿夏"（即情人之意）的母亲及舅舅交代完毕，男女双方的爱情就公开化了。摩梭人的婚姻，既不请客，也不操办，更不铺张。双方有了小孩以后，由母亲抚养，父亲不负担责任，但也让儿女知道。当儿女上学或有重大事情时，父亲也可以适当买点礼物表示一下，或给予经济上的支持。我曾经问一位给我遛马的男子，如果两个男人同时爱上了一个姑娘怎么办？他说，那好办，姑娘愿爱谁就选谁，权利在女方。我又问他，如果男方有了小孩以后又外出移情别恋了，又怎么办？他说那么男方可以在外面结婚，女方也可以接纳新的情人。由于孩子由母亲家养育，不依赖父亲一方，所以情人分居后，相互之间不伤害，不埋怨，大家仍是朋友。社会也不会去干预、指责和议论他们。

　　清朝政府和"文化大革命"时期，都曾人为地想改变他们的这种习俗，要他们实行一夫一妻制，但都行不通，摩梭人将"走婚"这种独特的婚姻形式保存了下来。

　　在我看来，摩梭人在几千年的时间隧道中为我们保存了母系氏族社会的社会形态和"走婚"的婚姻形式，真可说是上天赐予的母系氏族社会的瑰宝以及现在唯一留存的"活化石"，万分珍贵！我们应该好好珍惜。千万别让社会的风涛把她摧毁了！

　　愿女儿国青春常在，永世长存！

置身须向极高处

游览名胜古迹。我总爱吟咏和抄录那些思想精湛、意境深远、文辞精美、音韵协调而又言简意赅的对联。它们或吟咏古迹，描绘风光，或发抒感慨，表达哲理，使人百读不厌，浮想联翩，游兴倍增，流连忘返。如游昆明西山龙门时，当然最著名的就是孙髯翁的长联。但是三清阁的一副对联也引起了我强烈的深思和联想：

> 置身须向极高处
> 仰首还多在上人

这对联，绝妙地写出了三清阁和龙门的地形特点，又饱含着深邃的哲理，启发人的联想。

看，这元梁王修建的避暑宫殿，飞临于西山罗汉山之腰，高踞于华亭寺、太华寺之上，濒临于滇池之旁。其富丽华贵的南北庵、玉皇阁和老君殿，层楼迭宇，依山而建，气势宏伟，这不正是"置身须向极高处"吗？然而，当你仰首西山龙门，聆听那犹如天上飘来的人声笑语，沉浸在山外有山、天外有天、人上有人的境界。高峰尚在前面，虽然置身已高，然而仍须努力，攀登不能停止！

正是凭着这股凌云之气，我由三清阁拾级而上。穿过在西山绝壁上凿出的隧道，健步登上了龙门。

　　龙门修建于绝壁千仞的西山山腰的一个小石洞上，龙门石窟内供奉着魁星佛像，旁为文曲星和武曲星的雕像，魁星后面的石壁上绘着八仙过海的彩图，祥云缭绕，仙鹤飞舞。洞窟前有一小块平地，巍巍然屹立着高达数丈的魁星大笔，周围镶着石栏。凭栏远眺，仿佛站在蓝天白云之上，又仿佛置身滇池龙宫之中，让你油然想起孙髯翁的长联《孙题昆明大观楼》。现在，滇池虽然已没有 500 里方圆，但依然浩阔无边，碧波涟涟，白帆片片；远处蟹屿螺洲，犹裹着风环雾鬓；湖畔蘋天苇地，点缀着翠羽丹霞。遥远的昆明市容，亦在望中。真令人有仰笑宛离天五尺，凭临恰在水中央之感。

　　站在龙门，观赏着壮美的风光，不能不惊叹古代匠人、艺师们的宏伟气魄、高超技艺和艰辛努力！在几百年前，生产力那样低下的情况下，匠人们用吊索悬在半空中开凿隧道，修建龙门，那该是何等艰辛。他们前仆后继，总共用了 72 年时间，才在这千仞绝壁之间，万顷碧波之上，建成了全世界都罕见的壮丽建筑。他们的功勋，足以传万世而不朽！他们对自己的要求那么严格。传说，一位老艺匠在雕凿龙门上那高耸的魁星大笔时，不慎在完工前夕把笔尖削掉。他痛感这为自己超绝的技艺丢了脸，竟然投海自杀。人们把这位艺匠的尸体葬在西山之上，以表达对他的尊敬和怀念。这位匠人不惜以生命来殉自己的事业，这不又一次为我们树立了"置身须向极高处"，不达目的死不休的典范吗？

　　是的，在生活的道路上，我应该始终给自己高悬奋斗的目标，树立崇高的理想，时刻谨记"置身须向极高处"；但同时，又要看到"仰首还多在上人"，始终看到自己的不足，看到自己前面还有能人，山外还有高山。始终谦虚谨慎，戒骄戒躁，一步一个脚印，勇攀事业的最高峰！

石林遐思

　　大自然是一位才华横溢的画家，也是一位激情奔放的诗人。他用风雨雷电、火山地震、高山大河、茂林佳卉，汇聚成无数具有崇高美学价值的杰作，供人赏玩、品读，启人遐思，引人联想。

　　云南石林，就是大自然的一个杰作。

　　虽然我游历过不少名山胜水，也多次看过有关石林的电视和照片，可当我真正步入"石林胜境"时，我却不得不发出连声惊叹，是的，一切人为的艺术作品，在大自然本身的丰富多彩面前，都黯然失色，相形见绌！看啊，小小的湖泊周围，耸立着那么多千姿百态、奇特壮观的石山：有的如南天砥柱，直插霄汉；有的如巍巍巨人，摩肩接踵；有的似剑戟林立，有的似巨笔钻云，真是天造奇观，地设胜境，令人赞不绝口，游兴倍增。

　　沿着钻天坡前进，经过那高悬在两山之间的"千钧一发"石，一片更加开阔且千奇百怪的石林展现在我的眼前。高耸于嵯峨、突兀、峥嵘、险陡的层层石山之上的莲花峰，犹如一朵石雕的莲花，在阳光下放射着熠熠光彩。沿着在石山和深壑中腾挪迂回的险径，攀上莲花峰，我仿佛置身于上古的洪荒年代。眼前弥望无尽的全是钢青色、铁青色、乳褐色，棱峥陡峭的石林，仿佛是大地在同火山、地震、洪波、风雨搏斗之后留下的铮铮硬骨，傲然怒对着苍穹。在东面层林之间，有一座彩色亭子，高标于群峰之上；而在莲花峰下，则是盘旋的绿水，澄澈碧绿，上有石桥回廊，任人恣意游玩。

石林的石山神姿仙态，极为奇特，又极为丰富。千百年来，人们给了他们美的命名，更为他们增添了诗情和画意，增添了魅力和神韵。导游更以热情自豪而又妙趣横生的介绍，启发我们从最恰当的角度去观赏座座石山，领会人们给他们的美好的命名，带我们进一步领略石林的诗意和内涵。

你看，前面那两座山头多像一大一小两只鸟儿，两张嘴儿接呷在一起，多像慈爱的母亲在精心地给娇儿喂食，怪不得人们称他们为双鸟渡石；你再仔细看看，又俨然是一对热恋中的鸟儿在亲密地亲吻。再看这路边，一块圆形的石头，多像乌龟的背，背上的纹路，不是都还若隐若现吗？下面，一个尖尖的头正畏畏缩缩地伸了出来，仿佛在窥探着周围的动静，真是活灵活现。不远处，一块屏风般大小的石头，被几块石头卡在地面上。导游说这是石钟。我用石头一敲，果然铮铮然如铜钟鸣响，清脆而嘹亮，用耳朵贴着石钟细听，更觉悦耳、动听，仿佛是大自然对我们的扣问给予的一个美妙的回答，又仿佛是一声远古的问候，一声来自未来的召唤。

石林不仅是那样多彩多姿，而且是那样多情多意！你看，那不是苏武头戴帔巾，手执节杖，蹒跚走来，他身后还跟着一群白色的羊子。看着苏武那圣洁的形象，我脑海里不禁回响起《苏武牧羊》那悲切哀婉的旋律来。再前面是"母子偕游"，大小两座石山屹立在平地上，恰似一位充满母爱和柔情的母亲带着儿子漫步石林。而那"喜相逢"的画面，更充满了人情味，一对久别的夫妇骤然相逢，惊喜之极，都奋力向对方奔去。可是，就在他们即将拥抱的那一刹那，无情的力量却把他们化成了永恒的雕像，千百年来。他们满含深清，脉脉相望，眼中燃烧了多少痛楚的思念和灼热的哀愁啊！

在小天池，我看见了向往已久的阿诗玛。只见她戴着头帕，背着背篓，深情地仰望着前方，在寻觅着心爱的阿黑，期待着美满的爱情。

尽管导游告诉我石林是2亿7千万年前的深海里的石岩，经过历次造山运动和地壳变化，经过水的溶蚀、冲刷、分割而形成的石头的森林。可是我却总觉得，石林分明有着人的经历、人的性格、人的精神、人的感情！他以丰富神异、刚健宏伟的形象在启示我们：大自然大浪淘沙，淘尽了软弱的泥沙，留下了坚硬的石质，用结实的筋骨构筑成壮美的石林。人类的历史长河中，也在大浪淘沙，只有历经艰难而不屈，扬尽泥沙而存金，才能永葆青春的生命和活力！

不知怎的，每当想起从亿万年前的波浪和风暴中崛起的峥嵘奇瑰的石林，我就会想起历经磨难而巍然崛起的伟大的中华民族和亿万英雄儿女们！

丽江行

　　一踏上丽江的土地，就被她神秘而悠远的文化深深吸引。

　　丽江的确是个美丽神秘而博大深宏的圣地！她那在世界上仅存地活着的象形文字；她那以象形文字写出的浩如烟海的典籍；她那奇丽瑰谲的音乐、舞蹈、美术；她那既有金戈铁马气概又有小桥流水风韵，既有现实根基又有浓烈浪漫情调的古典史诗；她那被联合国列入"世界文化遗产"的四方街古城；她那古城中的纳西古乐……无不给我以强烈的震撼和心灵的撞击！我的心灵常常被一道道绚丽而神异的光芒所照耀，使我如痴如醉，流连忘返……

一、神秘的纳西文化

　　在黑龙潭旁边的东巴博物馆，我被那一个个横长竖短、如鸟兽虫鱼般的象形文字所吸引，那老东用竹签蘸上松烟墨汁，将东巴经文写在以"山棉皮"的植物制成的古色古香的纸上，我被那一块块画在木片上古老奇特的画谱及写在纸上的舞谱惊呆了！

　　这是世界上唯一的，真正活着的——即人们还能识别和使用的象形文字！

　　它不同于生活在世界上最早的文明发祥地的苏美尔人所创造的人类最早的文字——楔形文字；也不同于公元 200 年前后刻在古埃及罗塞塔碑上的象形文字；与公元三世纪印第安族的马雅文

字和中国商周时代镌刻在龟甲兽骨上的甲骨文亦大有区别。它是一种介于图画与象形文字之间的图画象形文字，共有 3000 多个单字，纳西族人称它"斯究鲁究"，即"木石上的痕迹"或"木石之纪录"，学术界则称之为东巴文或纳西象形文（东巴，指东巴教的祭司，是认识并能吟诵经文，主持宗教仪式的智者，他们集巫、医、学、艺、匠于一身，是东巴文化的传播者和继承人）。

纳西族的象形文字代表着人类文字从图画文字向象形文字过渡的一个特殊阶段。它反映了人类文字起源之古老，文字演进之久远，可以帮助我们破解文字发展之谜，具有极高的认识价值和科学价值。

而最了不起的是，纳西族的象形文字是当今"世界上唯一活着的象形文字"[①]。因为前述世界各地的象形文字均已湮没在历史的风尘之中，都已变成没人能懂、没人能用的"死"文字了！只有纳西族的象形文字至今还有东巴祭司能识能懂并且能够书写使用。

更令人惊叹的是，纳西族的象形文字还留下了浩繁渊博的数万卷典籍，展示着纳西文化的源远流长和壮丽辉煌。作为一个诗人和作家，我对其中的三部史诗最为佩服，它们分别是高唱人生壮美，讴歌人生武勇的纳西史诗《创世纪》、神话战争史诗《黑白之战》和纳西族殉情悲剧中的绝唱《鲁般鲁饶》。《鲁般鲁饶》中的爱情悲剧与《梁山伯与祝英台》《孔雀东南飞》和英国的《罗密欧与朱丽叶》都有某些共同之处，就是以艺术的手段和审美的眼光来提炼和升华生活中的爱情悲剧事件，从而扣动人们的心弦，激起读者的哀怜和同情，达到净化人的灵魂的审美效果。

第一辑　情漫山海

---

① （见日本学者西田龙宏著《活着的象形文字》）

二、听纳西古乐

在东巴宫听纳西古乐，真是一种难得的精神享受和高尚的审美娱乐。东巴宫在四方街上，舞台不大，但布景奇特，充满了浓郁的纳西文化氛围。舞台正中供奉着纳西神祇，而两旁则画着稀奇古怪的纳西古画，分别放着大鼓和扬琴，观众席两面也挂着美国学者莫克在一百年前在丽江地区拍摄的照片，挂着东巴舞谱和东巴史诗《创世纪》中对话的象形文字。

开幕时，几位70多岁的东巴和中年演员们走上舞台，落座后，拿起了自己的乐器。这时候，个子高挑，身穿红色长衫的主持人杨宏走上舞台，他以浑厚的男中音、标准的普通话介绍说，丽江古城已被联合国认定为"世界文化遗产"，纳西古乐就是纳西族灿烂文化的一部分。

第一曲奏的是《八卦古曲》，这是一首道教音乐。鼓乐齐鸣，韵味铿然。鼓、磬、琵琶、扬琴、二胡、高胡、板胡等乐器优雅地响起来。前排正中坐着的老东巴用磬指挥着整个乐队。乐声开始低昂回环，逐渐变得激昂起来，情韵祥和而古朴的乐声如行云流水，如松涛竹吟，使人沉入一种恬静舒适的氛围之中，如品名茶，如赏名画，如听佳诗，进入了天人合一，物我两忘的浑然境界。

第二曲则是由被称为国宝的老东巴何国华先生吹牛角和吟诵东巴经。主持人介绍说，何国华认识东巴文和东巴经，是纳西的知识分子，而且是高级知识分子。何国华头戴插着孔雀毛的帽子，穿着祭祖的黄色长袍，走到舞台中央，两位姑娘给他端来两支长长的牛角。他拿过牛角，舞过一番之后，就把两支牛角分别放在嘴的左右两边，深深吸气之后，竟然同时把两只牛角吹响了！浑厚的角声在我们心空久久回荡。

然后，老东巴朗诵起经文来。他时而仰天长啸，清越激昂；

时而低首吟咏，深沉凝重。一种原始而浪漫的情调充溢着我们的心。

老东巴从两位姑娘手中接过铁杖和铜矛，一边舞，一边唱，六个青年演员（三男三女）分别执着小鼓、铜锣上场。跳起了男神舞和女神舞。他们动作豪放潇洒，音乐洪亮奔放。

接着是东巴舞——步步娇。五个漂亮的女演员，先在舞台中央站成两排，前跪后立，双手轻舞，如大雁，如凤凰，如飞鸟，如观音。继而站成横排，双手轻柔地舞动，温软而细腻，使人想起敦煌壁画中的飞天，又使人想起霓裳羽衣舞。

如果说纳西女性的舞蹈柔曼委婉，那么，男子的牦牛舞则真是粗犷豪迈，奔放至极！黑长发演员，披蓑衣，穿草鞋，着兽皮，纯然是山野原始打扮。在咚咚咚咚的鼓点声中，他挥动手中的两根牦牛尾巴（在甲骨文中，舞字就是人拿两根牦牛尾巴），时而模仿雄鹰飞翔，时而模仿青蛙跳跃，时而模仿猴子做滑稽动作，时而又模仿大象和老虎腾挪跳跃，他们的动作刚健有力，节奏快捷，伴随着强劲的鼓点把气氛推到了最高潮。

主持人说，东巴舞源于东巴舞谱，源丁白沙壁画，其主要动作是模仿动物的。这反映了纳西人"艺术模仿自然"的朴素的美学观点。

主持人杨宏用他那洪亮的嗓音，以丽江古乐保留的唐代教坊的曲谱，为我们演唱了李煜的《浪淘沙》："帘外雨潺潺，春意阑珊，罗衾不耐五更寒。梦里不知身是客，一饷贪欢。独自莫凭栏，无限关山，别时容易见时难。流水落花春去也，天上人间。"歌词是如此的美丽凄伤，曲调又是那样的悱恻缠绵。

一会，摩梭人朱玛以清纯的歌喉，高亢而嘹亮地唱起了走婚情歌：

> 我是太阳，你是月亮。
>
> 你心中有我，我心中有你。

我们总是深深思念……

摩梭姑娘自称她们是太阳，充分显示了母系氏族社会女人当家做主的气派和豪情。

还有 50 多岁的农民女歌手李信香，朴实得像大山，像土地，那从大山深处迸发出来的口弦和歌声，是那样的纯朴，深厚，激情，动人。

还有纳西族民歌，田园歌曲，也是原始而粗犷，嘹亮而悠长，如虎跳峡的激流，一路高歌，冲出峡谷，山鸣谷应，回旋往复。

这是真正的天籁、地籁、人籁、神籁，是最原始，最粗犷，最华美，最古朴，又最酣畅淋漓的歌舞，是我从未欣赏过的歌舞！它代表着纳西族古典音乐的高峰，被称为"中国音乐的活化石"。

三、游丽江古城

游丽江古城，好比欣赏一首唐诗，又如聆听一曲古乐，抒情而惬意，诗意而浪漫。

高大的水磨在黑龙潭流出的玉龙河水的冲击下悠然旋转，而它旁边的玉龙桥的三个孔道，则把水流一分为三，三条水系分别流入古城，把古城一分为四，带我们欣然进入古城。

水是古城的灵魂。玉龙河水分为三条小渠之后，分别沿着东大街、西大街、新华街、新义街流入古城，这些渠水明净、清纯、鲜活，昼夜不停地吟唱，为古城带来了勃勃生机。渠水边，是婆娑的垂柳，是艳丽的花坛。渠水旁，则一边是商店，一边是居民的楼房。整个古城，都在这三条渠水边修建。漫步街头，流水潺潺，声如鸣琴，令人心情怡悦。而且渠水还穿家进户，东家进，西家出，形成了"家家泉水，户户垂柳"的水城奇观。许多人称古城为"东方威尼斯"。

古城的泉水也不少，形成独特的民风民俗。古城之泉，都呈井状。古城人在泉水涌出处用石条或砖砌成护栏，把泉水围成一个潭，便于取用。古城家庭往往凿三井，即依水流方向由高向低串联起三个有圆形护栏的水潭。第一潭最纯净，用于饮水，第二潭乃洗菜之用，第三潭则是洗衣物的。在文明街尽头的东河水旁，还有三潭串联而成的甘泽泉，覆盖在粟树荫下，水喷涌量大，附近的居民都在此处用水，而秩序井然，民风淳朴，可见一斑。

流水之上，还架起了形式各异、大小各别的石拱桥、木板桥、单孔石桥、双孔石桥等，为古城平添一道风景。古城的道路也极有特色，整个古城的道路全部是用当地的一种天然石料——五花石砌成。这种石料清亮光洁，脚感沉重，磨光的石面上显出五颜六色的图案，好像是由众多色彩不同的石头铺嵌而成，五彩石因此而得名。五彩石路优点很多：首先是结实耐用，经得起人踩马踏，已使用了几百年都不需翻修；其次是便于冲洗，据说古城居民经常把玉龙河水蓄起来，然后打开闸门，让玉龙河水漫过街道，这样就把四方街的街面冲洗干净了；第三是便于行走，雨季没有稀泥烂浆，冬季刮风也不会满街扬尘。因此古城街道一年四季美丽、清爽、干净。

古城的建筑和民居也很有特色。古城分集市和街市。四方街为集市之代表，其位置在古城中心，是木土司让人仿其印章，在古城中心建立的一座露天集市广场。这里摊贩云集，高撑的黄油大伞和布篷，形成一大景观。四方街呈辐射状向四面延伸，而每条主街又有数条支巷再向四面辐射，于是形成了以四方街为中心，四周店铺环绕，又沿街逐层辐射的缜密而又开放的格局。古城建筑均顺水依山。走下大石桥之后，顺河而走，就会看到街道的走势，几乎与河水同步，沿河构成土木瓦屋的建筑长廊。临街为铺，临河建楼，前铺面后楼房，形成古城建筑的一大特征。纳西居民大多住的是由住宅与院子两部分组成的院落，这些院落吸取了汉族、藏族、白族等民居的特点，形成了"三坊一照壁，"四合五天井"的传统格式，功能齐全，适应了生活的需要。院内地面是用卵石、瓦片、碎石镶嵌，周围有雕花木格门窗，家家有流泉过户，有水井供水，有鲜花绿树鸟鸣，显得优雅而舒适。

古城的民风是女人当家，男人悠闲。纳西妇女有独特的服饰，就是长褂围式服装，即腰系百褶围腰，褂子长过膝盖，宽腰大袖，外披坎肩。而最有特色，也最有象征意味的是，她们的羊皮披肩上有两个大的圆布圈，周围又缀七个小的圆圈，俗称"披星戴月"。这既是说她们披肩有日月星辰（她们崇拜的对象），又表明她们十分勤劳，早出晚归，操持家务，她们主内忙外，勤劳当家，摆摊设店，肩扛背驮。勤劳带给她们健康的体魄。她们一个个面色红润，精神饱满，热情率直，漂亮豪爽。纳西族的男人则经常在街头背手漫步，在桥头闲坐聊天。当然，由于纳西女人承担了全部家务，也让有文化的纳西男人有更多时间和精力从事文化活动和艺术创造，使纳西文化成为卓越而独特的文化瑰宝。

情醉凤凰城

　　尽管对凤凰向往已久，尽管到凤凰之前已游历过丽江、周庄等著名古镇，但是当我一到凤凰，便迫不及待地赶到沱江边，一看到那浩荡奔泻、前不见头、后不见尾的碧水，一看到那河上跨越着不同风采的，或宏阔，或秀雅，或精美，或粗犷的桥梁，一看到两岸那规范化的一眼望不断的精致玲珑的小楼，我的心陡然一惊：啊！凤凰，你的壮阔气势，你的宏伟壮观，你的绵延不绝，你的逶迤风采，怎不令人惊叹，令人赞美，令人拍案叫绝哩！是的，丽江着实华丽，周庄确实潇洒，可是，你却比它们更见规模庞大，气象宏阔，景观华贵！

　　当我正游走于凤凰的两岸，惊讶于凤凰的宏阔时，宾馆同志告诉我们，凤凰最美不是白天，而是夜晚。果然，入夜的凤凰向我们展示了更加迷人的美轮美奂的景色。而且傍晚时分，灿烂的晚霞就燃烧在西天，把天空装饰得金灿灿、红艳艳，像是把那彩色的油彩泼入江中，把江水染得绚烂多姿，为凤凰的夜景布置了一个庄严的开幕式。

　　我正沉浸在江天交融的自然美景之中，不知不觉间，凤凰城的灯火渐次闪亮，与天上的星辰交相辉映。郭沫若的《天上的街市》一诗倏然间流泻在我的脑海：

　　　　远远的街灯明了，

　　　　好像是闪着无数的明星；

天上的明星现了，

好像是点着无数的街灯。

但是，这凤凰的夜景却是郭老笔下的景色所难以比拟的壮美！沱江两岸，瞬息间变成了灯的楼房，灯的街道，灯的长城，而所有这些灯光，又全都倒映在流水之中，化成一派辉煌流荡的色彩，而那河中的桥梁，此刻更是竞放异彩：有的如光灿的冠冕，有的如辉煌的宫殿，有的如赤橙黄绿青蓝紫的长虹。整个凤凰，化成了一片色彩的海洋，闪射着炫目的色彩，令人进入一种梦幻般的美妙境界。

而这时候，两岸游人如织，热闹非凡。商店里，也是拥进拥出，生意兴隆。更妙处是不少歌厅，年轻人在里面放声高歌，火辣辣的歌声引起路人的心神荡漾，血脉贲张。这是些多么快乐的年轻人哪！他们为凤凰之夜增添了欢乐的色彩和氛围。

这样繁华的美景，这样艳丽的色彩，这样流光溢彩的画面，真正算得上是全国一流！

我们在夜的凤凰遨游，不禁想起沈从文的故事和故居。凤凰的风采不仅在风景，还在那丰富的人文。我们步行，从沱江顺流而下，再走上一个小坡，就到了沈从文的陵墓。在陵墓旁，竖着石碑，记录着沈从文的经历、成就和安放骨灰盒的经过。陵墓旁，还摆放着凤凰政协和文联送的花圈。半个世纪过去了，家乡人民没有忘记沈从文，沈从文更永远地依偎在故乡的怀抱，并且永远以他的思想、他的著作、他的人格和文彩，陶冶着在这里居住的世代人民……

凤凰出过许多名人，如著名画家黄永玉、著名歌唱家宋祖英等，其中当属陈氏家族最为典型，他们彰显着凤凰的文采。陈宝箴曾是凤凰城道台，又是著名诗人，他的儿子陈三立也是著名诗人，其孙子陈师曾是著名画家，一代画坛领袖，另一个孙子陈寅恪是著名诗人、国学大师。陈三立孙子陈封怀是著名植物学家。

陈氏世家，竟有五人单独列名辞海，真可谓"一门四代五杰"！他们为家乡、为民族争了光！

这样的凤凰怎能不令人向往？

2013 年 6 月

圆明园的沉思

　　这是一片沉甸甸的土地，这是一本血淋淋的画册，这是一台悲壮哀婉的戏剧，这是一段品味不尽的历史……

　　我已不记得是几次来到这里。每一次来到这里，总不免感慨系之，难以自己。

　　昨天刚刚在北京大学开完中外传记文学研究会年会，我又一次来到了这里。

　　冬日温暖的旭日照耀着我，照耀着苍劲的苍松古柏，照耀着婀娜的垂柳，照耀着远瀛观的汉白玉雕刻。我在脑海中描绘着乾隆、嘉庆时代的盛景：当大水法喷出缤纷的水柱，映衬着壮丽的远瀛观，肃穆的观水法，那该是何等壮丽的情景。

　　是啊，圆明园，你是中国和西方友谊、文明和智慧的结晶，也是中华民族经济繁荣、力量强大的象征。想当时，在 19 世纪初叶，中国的经济还比较发达，国力亦较强盛。生产总值竟占世界的四分之一。可是，清朝后期统治者日益腐败，专制独裁，面对蓬勃发展的世界，盲目自大，闭关自守，不思进取。他们把圆明园当作了享乐腐化的乐土。从此圆明园成为老大帝国腐败落伍的象征。

　　1840 年鸦片战争的炮火，震醒了中国人的迷梦。1860 年 10 月，英法联军的铁蹄，践踏了圆明园这块宝地。侵略者烧杀抢掠，形同禽兽！他们抢夺了园中的珍奇珠宝、金银佛像、精美雕塑，以及大量珍稀艺术品，然后又放火烧毁了园中建筑。这座全世界一流的园林景观，顿成废墟。150年来，无数代中国人用智慧和心血建成的人间仙境，毁于一旦。

连现在前来参观的英法国民，都对他们的老祖宗在中华大地上，在圆明园所犯下的毁灭文明、摧残文化的滔天罪行感到难以理喻、不可理解。

帝国主义的侵略、杀戮和抢劫警醒了中国人民，经过一百年的艰苦探索、浴血奋战，中国人民终于在五星红旗下傲然挺立。又经过五十多年的顽强拼搏，中华民族终于以世界强国的身份，巍巍然雄踞于世界的东方！

但是，我们不能忘记历史！尤其不能忘记被宰割、被奴役的历史留给我们的惨痛教训！何况，就在今天，类似的惨剧还在更冠冕的旗号之下，在更酷烈的飞弹之下，在亚洲、非洲最贫困的山区和沙漠上演。又有多少民族的国宝被抢劫，多少寺庙的宝库被焚毁，多少文明的花朵被摧残！在军火商的血腥的酒杯之中，又流进了多少孤儿寡母的眼泪，多少断肢残骸的热血！

我看见，圆明园，你的树树枯枝败叶，在哭诉着历史的兴亡；你的根根石柱，在控诉着侵略者的残暴；而你的大水法，正在喷发着隆隆的历史的声音，为我们长鸣警钟，没有开放的视野，没有民主的发展，没有强大的国力，没有民族的团结，就没有巩固的国防，就没有真正的主权，更加没有人民的安宁和幸福！

圆明园，你是一部厚重的历史教科书！你记载着中华民族的奇耻大辱，更铭刻着中华儿女不忘国耻、顽强奋发的悲壮历史……

2004年12月1日初稿于圆明园

西湖揽胜

　　"上有天堂，下有苏杭"。人们以理想中的天堂来比喻杭州，足见杭州的美丽迷人，冠绝天下！

　　的确，西湖是美丽的。不管是丽日当空之际，或者是烟雨朦胧之时；不管是坐在莲荷飘香的曲院风荷之前，抑或是站在柳浪闻莺的鲜花绿树之间，每当俯瞰那绿如茵陈酒，绿如翡翠石的莹莹碧水，看那珍珠般洒在湖心处的美丽小岛，远眺明湖对岸眉黛般的朦胧远山，心中不禁涌起苏轼的著名诗篇来：

> 水光潋滟晴方好，
> 山色空蒙雨亦奇。
> 欲把西湖比西子，
> 淡妆浓抹总相宜。

　　西湖在人们眼中，确实像一位绝色的东方美女。她是那样艳丽，那样妩媚，又那样温柔，那样多彩多姿。朝霞为她涂抹鲜红的胭脂，落日为她戴上玫瑰色的冠冕，旭日画出她鲜丽的容颜，冰雪雕出她素雅的淡妆。一年四季，她都以其国色天香吸引着中外游人，向全世界展示着神州的美丽风韵！

　　西湖是一颗明珠。传说，古时候一条玉龙和一只金凤共同用龟岛上的一块白宝石雕琢成了一颗银光闪烁、灵秀异常的明珠，却被王母娘娘抢去。玉龙和金凤上穷碧落下黄泉，四处寻找，终于在王母娘娘那儿找到。但就在他们准备夺回明珠之时，那明珠却被王母娘娘掉到地下，便立即成了一个亮晶晶的西湖。而凤凰和玉龙也飞下来，永远守卫着她。其实，这龙凤不是别的，就是从天目山系脉延伸到古代浅海湾演变而成的"泻湖"周围的宝石山和玉皇山。宝石山如金凤，玉皇山如玉龙，这一龙一凤环抱着西湖这颗明珠，因而使西湖不仅有湖水之美，而且兼有山岳之峻。

你看，西湖的碧波，多像葡萄美酒，绿茵澄澄，芳香醉人，又似万里明镜，倒映天光云影，绿树山岚。湖中游船，可以任你荡漾湖面，湖中还有机动游艇，可载你游览三潭印月岛、湖心亭和阮公墩三个鼎足于湖心的小岛。湖心亭翘角飞檐，两层黄色琉璃瓦屋面，显得堂皇而凝重。在亭上倚栏远眺，但见天光水色，绿水环抱，真有置身水晶宫的感觉。三潭印月岛更是"湖中有岛，岛中有湖"，在田字形的小岛上，亭榭错落，花木扶疏，垂杨拂波，莲荷摇曳。在南面湖中还有三座造型优美的石塔，每当皓月临空，"月光映潭，分塔为三"，景色更是幽美。

西湖之上及西湖之滨，还有白堤、苏堤、断桥、平湖秋月、湖滨公园、柳浪闻莺等风景名胜。尤其是处于西湖北半部的孤山，耸立于里西湖和外西湖之间，东连白堤，西接西泠桥，湖水萦绕四周，园林巧饰其间，景色分外优美。其中放鹤亭畔的梅花和"西湖天下景"的亭园更吸引着无数游人。

若要观赏西湖全景，可上北高峰。北高峰位于灵隐寺旁，高三百多米，经过三十六个折弯，登上最高峰，西湖的苍茫烟水，江湖云树，尽收眼底，使你感到胸襟开阔，心旷神怡。从山脚到山峰，修了一条人工索道，乘着崭新的吊车可从山脚直上北高峰，也可从北高峰冉冉而下。当我们从云雾缥缈的云空降临到人间天堂，真有飘飘欲仙之感！

北高峰旁边是飞来峰，形态特异，岩洞甚多。在岩洞和岩壁之上，保存着五代至宋元时期的摩崖石刻造像。由飞来峰再向前进，但见溪泉清浅，峰峦奇倔，洞壑幽深。庄严雄伟的灵隐寺，耸立在这风景绝佳处。寺内建筑高大宏丽，如来佛及弥勒佛等佛像造型气韵生动，妙相庄严。寺内香火不断，烟雾缭绕，香气盈盈。

从飞来寺至玉泉，可见由亭廊、厅堂、对景园门及框景花窗组成的庭园建筑。漫步其间，你会感到曲廊回环，景中有景，庭院幽深，园中有园。鱼乐园中有数百条鱼恣意遨游，时常可见一尺来长的红色鲤鱼在清澈见底的池水中上下沉浮，令人乐而忘返。玉泉旁边是植物园，搜集培植了三千多种植物供人们研究和赏玩。园内奇花异卉，万紫千红，树影婆娑，草药飘香。

名山常伴胜水。龙井寺里，有龙井泉水和驰誉全国的龙井茶，在西湖与钱塘江之间的群山之中有虎跑泉，泉水清澈见底，甘洌醇厚，对人体有保健作用。人们用"龙井茶叶虎跑水"来形容龙井茶与虎跑水的妙处。

从虎跑泉乘车至六和塔，可见高塔巍峨挺拔，壮丽雄浑，造型优美。登上塔顶，滔滔江水，叠叠山浪，扑面而来！东北面是天目山系脉的层层山峰，玉皇山如金龙的头，高昂天外，山顶高阁金碧辉煌，犹如龙首；莽莽绿树则如层层龙鳞。西南面的南高峰，九溪十八涧等一系列山脉，犹如生龙活虎的小娇龙，在山谷之间盘旋、飞舞，显得壮丽奇魂。六和塔耸立在钱塘江边，俯瞰江水，浩浩荡荡，直泻杭州湾。江面开阔，气象雄伟，轮船飞梭。钱塘江大桥横卧江上，汽车和火车鸣笛而过，飞向对岸那无边无际的大平原。

西湖不仅山水秀丽，景色宜人，而且具有悠久历史文化。漫步在苏堤和白堤之上，不禁会想起白居易、苏东坡治理西湖的动人故事，以及他们吟诵西湖的美丽诗句，跋涉在孤山之上，放鹤亭畔，林和靖的佳句"疏影横斜水清浅，暗香浮动月黄昏"会自然地涌上你的心头；伫立在断桥之上，那爱重恩深的白蛇和侠肝义肠的青蛇会牵起你多少爱情的回忆和青春的联想；灵隐寺里那手持蒲扇的济公，又会使你想起多少杀富济贫、惩邪扶正的故事……但是，在杭州，最吸引人的还是岳飞庙。巍峨的岳庙雄踞在栖霞岭南麓，面临西湖，庙内古木参天，殿宇堂皇。岳庙大门是庄严的二层重檐建筑，上面高悬着"壮怀激烈"的瓦匾。正殿里屹立着新塑的岳飞坐像，坐像头戴红缨帅盔，身着紫色蟒袍，左手按剑，右手握拳，神态英武潇洒，令人肃然起敬。

在岳庙旁的岳墓前有两根石柱，镌刻着含蓄隽永的对联：

正邪自古同冰炭
毁誉于今判伪真

墓阙后侧跪着秦桧等四个奸臣的生铁铸像，"文化大革命"中不知去向，现在又重新铸出，更深刻地证实了历史的公正和人心的向背！在岳墓照壁前陈列着一百多块石碑，其中有岳飞手书的《前出师表》《后出师表》及奏章文稿的碑刻，字迹刚健飘洒，真是书如其人。在琳琅满目的碑文中，明代苏州文人文徵明的《满江红·题宋思陵与岳武穆手敕墨本》尤以其深刻的见解和犀利的锋芒吸引着人们：

拂拭残碑，敕飞字，依稀堪读。慨当初倚飞何重，后来何酷！果然功成身后死，可怜事去言难赎。最无辜，堪恨更堪怜，风波狱！　岂不念，中原蹙？岂不惜，徽钦辱？但徽钦既返，此身何属？千古休夸南渡错，当时自怕中原复。笑区区一桧亦何能，逢其欲。

此词一扫陈见，自铸新意，直斥宋高宗翻云覆雨，迫害岳飞的罪行，把批判的锋芒直指至高无上的皇上，毫不为其讳言。细读此词，深思历史的悲剧及其教训，令人感慨系之！

西湖之所以成为全国最著名的游览胜地，是由多种因素构成的。这首先缘于她湖色的妩媚，山水的佳丽，她有由孤山、平湖秋月、柳浪闻莺、花港、玉泉，以至灵隐寺、六和塔、龙井泉、虎跑水、玉皇顶、九溪十八洞等众多的风景构成的风景网；其次还由于她不仅有山水之奇，更有人文之胜，正如清代诗人袁枚《谒岳王墓》一诗所说的那样："江山也要伟人扶，神化丹青即画图；赖有岳于双少保，人间始觉重西湖"。的确，岳飞、于谦这些著名民族英雄，白居易、苏东坡、林和靖这些著名诗人，他们身上凝聚着中华民族的光荣传统和伟大精神，闪耀着祖国民族文化和文明的璀璨光辉，因而使西湖的价值和地位大大增加，以至得到"天堂"的美称。所以我们游览西湖，不仅能在湖光山色的欣赏中得到美的陶冶和享受，激发和深化我们对祖国河山的热爱；而且在凭吊古绩，追怀往事的赏心乐事之中，得到历史的启示，思想的教益和精神的升华！

西湖秋韵

西湖，从盛夏的炎热中走向了金秋的凉爽。

昨夜，轰隆隆的雷声宣告了夏天的结束，亮闪闪的电炬昭示着秋季的来临。一阵凌厉的大风，从湖心呼啸而过，驱赶着闷人的暑热，也拂去了人们心头的烦闷。清晨，步出宾馆，只见西施姑娘睁开蓝莹莹的媚眼，绽开红艳艳的醉颜；荷花高举着盈盈的美酒，荷叶滚动着闪光珍珠；白堤上的梧桐，洗净了风尘的夏衣，显得更加庄严、莹洁；苏堤上的垂柳摇动婀娜的腰身，显得更加娇柔、轻盈。

一队队白鹤从空中掠过。仿佛在深情地呼唤：

明媚的秋天到了，西湖的黄金季节到了。

连续伏案十多天编写全国写作教材，我再也经不起秋姑娘的诱惑。撑着雨伞，迎着濛濛的秋雨，来到向往已久的九溪十八涧寻觅秋韵诗魂去了！

在龙井车站下车后，我没有随众多的游人去龙井茶园品茗，而是独自撑着雨伞，在银丝般的细雨中，向着九溪走去，向郁达夫等文人笔下的梦境走去。一路上，迷离朦胧、连绵不绝的青山，似浓墨渲染的水墨画展开在眼前。我如痴如醉地吟咏起陆游的诗句来："衣上征尘杂酒痕，远游无处不销魂。此身合是诗人未？细雨骑驴入剑门。"啊，此身何幸，能于这秋雨霏霏之中，独自漫游在天堂中的仙境，独自领略这大自然的风韵！

　　大自然挥动着彩笔，绘制着壮丽迷人、绵延无际的山水长卷。生动的画幅高大宏伟：上部是掩映于薄薄雨幔雾纱之中的奇峰、松柏，下部是青翠葱茏的竹林茶园。茶树一行行、一丛丛、一片片，像美丽的图案，不时有身披塑料雨衣的采茶妇女点缀其间。而九溪的山路，又是如此醉人。这简直不是路，而是曲、是画、是诗！弯弯曲曲的碎石路，五光十色的卵石镶嵌其间。路边是溪水潺潺，溪旁是杂花野蔓。刚下过雨，溪水不时从路上漫过。而路旁总有跳蹬。让你从容走过。跳蹬都是用彩色的花岗石铺就，美如彩玉。伴着丝丝的雨韵，悠悠溪鸣，走在这彩色的花路上。简直就像踩在五线谱上，琴键之上。我踩着节拍，伴着色彩，踏着芳香，哼着诗歌，我真的畅游在芬芳纯美的诗画境界中了！

　　　　清滢的溪水弹奏着鸣琴，
　　　　满山的茶林散发着幽芬，
　　　　霏霏的细雨飘洒着诗趣。
　　　　朦胧的山戎蒸腾着清新。

　　　　没有独自在秋雨中漫步九溪，
　　　　你怎能说领略了西湖的情韵！

　　独自在这美的国度中倘徉，在这诗的境界中沉醉，我诗意葱茏，诗情洋溢，孕育着一首首的诗歌。突然，一阵淡淡的桂香袭来，我顺着香味飘来的方向找寻，原来前方有一大片浓绿的桂树，绽开着金色的花朵。在微雨中散发出幽微的清香，仿佛在迎接着我。这几天，我经常在宾馆的桂树下徘徊，希望在离开杭州之前，品赏一下金桂的芬芳，无奈只见黄绿的花蕾，却总不见花开。想不到这偌大一片桂花竟在我意料不到的时刻，提前开放，满足了我的愿望！这莫非是大自然在回馈我的一片痴心？亦如苏东坡在蓬莱祈来了海市蜃楼的奇景。我痴痴地凝望着，吸吮着，沉醉着在那一刹那，又一阵灵感袭来，我急忙把伞撑在桂花树枝上，拿出本子，写下了《酬谢》。

> 林边的九溪流不尽桂花的香韵，
> 绵绵的秋雨伴合我心灵的歌声。
> 豪爽而慷慨的大自然哟，
> 对我的痴心，竟报以如此的盛情。

走出桂花林，一座建筑出现眼前，名叫"九溪菜馆"。我踏着蔓草野花，登上菜馆旁边位于山腰的亭子，回览九溪景色，然后又继续向钱塘江走去。这时，道路宽敞了，游人增多了，声音嘈杂了，天也放晴了。刚才汹涌在我心中的诗意，也悄然退去，再也写不出一句诗来。我的心像退潮后的海滩，散落着海藻、珠贝、牡蛎……

然而，醇美的九溪秋韵啊，却像陈年老窖，窖藏在我的心底，让我终生陶醉，回味……

黄山礼赞

"五岳归来不看山，黄山归来不看云"。

我终于在生之壮年，在登临了泰山、华山、嵩山、庐山、峨眉山，游历了三峡、桂林、西湖、青岛、北戴河之后，有幸攀登了黄山！

在登攀黄山的旅途中，我沉浸在激动、欣喜和惊叹之中，我往日所观赏过的神州奇景，名山大川，常常在潜意识的对比和联想之中，联翩驰来，纷呈眼前，唤起我强烈的喜悦，灌我以芳香的醇酒。

从半山寺开始，黄山就开始毫不保留地展示他的壮丽和峻峭。一座座峻岭，从山脚重叠而上，直插青霄。山巅的青松于朝霞中发出庄严的召唤！迂回的山路，沿山谷盘旋而上。一座座峻岭像一条条苍龙盘旋起舞直达云端，还不时献出令人惊叹叫绝的宝贝：时而是两位神情毕肖的老人，时而是正叫天门的金鸡，时而又是放牧羊群的姐弟……真令人目不暇接，赏玩不尽。

更艰难的路程是天都峰的跋涉。我们是循着新修的小道上山的。这是在悬崖间开出的一条坡度几近六七十度的险路，犹如一条巨蟒盘卧在森森林莽之间。我们双手拉着路边铁链，仰头望着前面行人的脚跟，一步步向上攀登。你若停下来观望一下周围迷人的景色，后面不绝的人流就会被堵塞。两个小时以后，我们终于登上了天都峰。

最险要的一段路当属鲫鱼背。这是在只有尺许宽的狭窄山脊上开出的一条仅容一人通过的小径，两面都是万丈深渊，云雾在脚边缠绕，看一眼都令人心悸。扶着两旁的铁链走过鲫鱼背，随即就是九十度垂直而下的石梯，游人只得紧紧抓住铁链上下，稍一松手，就会跌下无底深谷之中。一些人在这险路前倒退了，但更多的游人都把它视为难得的锻炼和冒险，勇敢地闯了过去！走过险路，回首一望，犹如在华山，登上千尺幢，险路奇峰已然过去，无限风光展现眼前，油然而生攀登的豪情！

从玉屏楼到光明顶的登攀，使我想起了泰山十八盘。玉屏楼上，可以回望天都峰的雄姿，看到人们在云雾飘浮的鲫鱼背上攀登的情景。玉屏楼下的梦笔生花，真是大自然的杰作！直愣愣一柱山峰之上，生长着一株松树，犹如黄山举起多彩的画笔，在白云上倾吐着满腔的激情！路边还有虬枝盘络的迎客松伸出邈远的枝条，像热情的手臂，在热情地召唤游人奋力攀登。经过八百级石梯，登上光明顶，气象站的仪器直插云端，使人联想到泰山庄严的玉皇顶。在北海宾馆峰顶上的电视转播台我们迎来了日出。那壮丽辉煌的日出，令人想起泰山的日出！

到了北海和西海，我才领略到黄山那无与伦比的天姿国色！

你看，遥隔深谷云岚，在一排排山峦之间，赫然出现了十八尊须眉可见、神态各异的罗汉，他们在晨曦的照耀和云海的掩映之下，显得那样神采奕奕。这十八罗汉正在朝拜旁边的观音菩萨，她云发飘飘，霞帔拂拂，秀目皓齿，宛然可见，真像三峡中的巫山神女。

黄山的怪石是那样丰富，那样迷人。"猴子观海"像在跟我们玩捉迷藏——它掩映在云海之中，你刚想同它合影，它又被云雾遮住了。飞来石，像王母娘娘的仙桃，悬在桃花峰上，千万年来，谁也把它摘不下来！

在北海狮子峰上，只见千山叠翠，万岩竞秀。在西海排云亭上，更见高峰插天，巧石林立，美不胜收。有人指着对面的高峰告诉我们：这是天女绣花，那是天女打琴；这叫仙人踩高跷，那叫手指峰，但更多的山峰却叫不出名来，只见大小峰峦，争奇竞秀，各抱地势，钩心斗角，使人神思飞扬，流连忘返。这连绵不绝的画卷，这赏心悦目的诗篇，不禁使人想起漓江两岸的瑰丽风光。如果说，桂林的山，浑圆、奇秀，如绝色的美女绵延百里，列队迎接客人；那么，黄山的山，则显得俏丽、峻伟，如伟岸的将军，执剑保卫着大地！

黄山不仅有大丈夫的气概，也有小女子的秀丽。黄山的雾，似乎就是美女的裙衫。你看，那雪白的、纯净得一尘不染的云气，从山谷中冉冉升起，乘风散开，转瞬间就弥漫了周围的山峰，刚才还是晴朗的世界，一时间雾纱缠绵，衣裙翩跹，让人于醉眼蒙眬中去猜测、去想象她仙女般的容颜。一会儿云雾飘上太空，一会儿云雾又沉入谷底，群峰像被擦拭过一般，更加明艳地呈现在我们面前。这黄山的雾，使人想起庐山含鄱口的云雾，想起峨眉山金顶的云海。但是，黄山的雾，似乎又更加浓郁，更加美艳，更加变幻莫测，也更加富有美学意蕴！

现在，黄山又新增了太平湖旅游点，并且正在修建空中索道。这样，黄山又兼有了西湖的美景和现代化的韵味。我不禁想起何其芳的一首诗来。

> 西湖柔媚若无骨，
> 三峡庄严峻极天。
> 应有高才兼两美，
> 胸吞山态水容妍。

黄山，不就是才兼两美，才兼众美吗？她包容了华山的奇峭险峻，泰山的华贵庄严，庐山的苍茫云海，峨眉的秀丽迷人，桂林的雍容缱绻，三峡的气象万千！他是博大刚健的大丈夫，又是秀丽迷人的美姑娘。他的博大、崇高，她的婀娜、妩媚，他卓然独立而又兼收并容，在启迪和召唤我们，攀越天都峰，登上光明顶，纵览天下美景，镕铸壮美的心灵，缔造美好的世界！

　　啊，愿黄山的迎客松，永远在我心中呼唤！

1985 年 8 月 15 日于安庆至九江船上

第一辑　情漫山海

大海中，那朵不败的鲜花

一

鼓浪屿，一朵硕大的、开不败的鲜花。

这朵花，开在蔚蓝的、波澜不惊的大海之上。

碧绿的海水拍打着你，温润的海风吹拂着你，暖暖的太阳亲吻着你，慈爱的母亲拥抱着你。

鼓浪屿，你是一朵盛开在大海中的美丽而幸福的花！

二

日光岩，是你纵览全岛的眼睛。

攀上日光岩，仿佛站立于颤巍巍的花蕊之上，一朵硕大无朋的海上鲜花绽开在你的眼底。蔚蓝的大海犹如水晶的玉盘，托起这朵美丽的花朵。一圈一圈丰盈的绿树，像一片一片的绿叶，衬托着这朵鲜花；一幢幢、一排排、一片片金碧辉煌的欧式别墅楼群，就像美丽的花瓣，散发出诱人的色彩和别致的风情。鲜花簇拥的环岛公路，就像美丽的花托，捧起了这朵开不败的鲜花。

三

在整个世界都被汽车的尾气和喇叭的声音污染着的时候，你却像一朵"出淤泥而不染，濯清涟而不妖"的莲花，绽开在大海，也绽开在我们心上。

为了长久的清洁、清纯和清新，你断然地拒绝了大桥和汽车。不让汽车上岛，也不让汽车行驶。漫步在广场、公路，闻不到汽车排出的烟尘，听不到汽车喇叭发出的尖嚣，只有海风的温馨，只有海浪的唠喋，只有海鸟的天籁，只有亲切的人语。整座海岛是一座天然的氧吧，一片纯净的乐园。

凌晨，我们在海滩上散步，只见环保工人正在捡拾着花丛中的纸屑，清理着海滩上的枯枝败叶。树干上挂着"乱扔果皮纸屑罚款 50 元"的标语。这一尘不染的大道，这清新甜润的空气，这宽阔美丽的花园，靠的是辛勤的劳动、严格的管理和众人长期的、自觉而精心的维护啊！

鼓浪屿，你真是名不虚传的全国清洁文明城市，一朵浮在大海上艳丽清香的莲花！

四

在鼓浪屿码头，你会看到一座巨石，巨浪已把巨石掏空，形成了一个大洞。巨浪涌过掏空的岩石，就会发出气势磅礴的声音，如万骑骏马奔腾，如万面鼙鼓敲响，鼓浪屿因而得名。

漫步在鼓浪屿，你时常会听到优美华贵的琴声。几乎家家户户都有钢琴，几乎家家户户都有人弹琴。这里诞生了不少著名的钢琴家。著名钢琴家、钢琴协奏曲《黄河》的演奏家殷承宗就出生在这里。

这里还有著名的钢琴博物馆。

那磅礴连绵的鼓声，这袅袅婷婷的琴声，莫不是你盛开的花朵所散发出的迷人的幽香？

五

在鼓浪屿海滨的山岩上，高高地耸立着郑成功的白色雕像。

伟大的民族英雄曾在这里操练水兵，驱逐了倭寇收复了台湾。

他的不肖子孙却企图使台湾"独立"，终究失败，台湾回归了祖国。迁延至近代，台湾又被日寇强占。连小小的鼓浪屿也沦为了日寇的"公共租界"达40年之久，直到抗战胜利后才同台湾一起回到祖国的怀抱。然而，今天，还有一些人妄想让美丽富饶的宝岛脱离伟大母亲的怀抱。这是13亿中国人民绝对不能答应的！

此刻，我们站在郑成功塑像前，同老人家一起遥望着大小金门，遥望着台湾，盼望着早日实现"一国两制，统一中国"的夙愿。那时候，我们将再来厦门，再来鼓浪屿，乘长风破万里浪，去亲吻，去拥抱，去看望我们的台湾宝岛！

这一天很快就会到来的！鼓浪屿，你说是吗？

2003年8月16日初稿，9月28日修改于四川外语学院

周庄情思

　　周庄，这荷叶般古朴典雅的江南水乡，这莲花般玲珑剔透的南方小镇，长街曲巷，黛瓦粉墙，一条条纵横交错的石板小路，一幢幢古屋民居，像一匹匹的绸缎，像一曲曲的古典乐曲，参差逶迤，流畅华丽地涌到我面前……

　　第一次踏进周庄，怎么却如此熟悉，如此亲切，如此让我神采飞扬，情思绵绵？

　　原来在我心中，也有一条这样的石板路，我心灵的脚步仿佛走进了儿时的美梦，又踏回了千年磁器口……

　　哦，我童年的磁器口，我母亲的磁器口！"小么小儿郎，背着书包上学堂"，我踏着那犹如玉石镶嵌的石板小路，好奇地盯着左右两边的玲珑小屋，那石砌的墙基，那木板的屋面，那高挑的屋檐，那闪闪发光的绸缎，那古色古香的陶罐，更有那喷香扑鼻的花生米，蒸气氤氲的棒棒糕，神奇诱人的糖关刀……真是令我馋涎欲滴，心里痒痒的！

　　半个世纪在一眨眼工夫中过去了。此刻，我眼前仍然是优雅陈酿的水乡。窄窄的河道，潺潺的流水，半圆形的石拱桥，拱桥映到水中就好像挂在天空的月亮。楼房、树影、石桥全都倒映在水中，被晃荡成模糊迷离的影像。还有天上的飞鸟和云彩，像流星般划过水面，像一曲曲江南丝竹中吹奏的美妙和曲。一支支弯弯的木橹，摇动着一只只木船游来，船上半老徐娘，一面摇橹，一面唱歌，她不时仰头望着我们，我们也欣赏着她的灵巧和歌声，"相看两不厌"，双方都变成了对方眼眸中的倩影。

这井字形的小小的河汊，在我眼中化成奔腾的小河，单拱形小桥，也幻化成了高大的三拱石桥了！仔细想来，原来是周庄这晃悠的小木船，把我载回了母亲的磁器口，外婆的小河湾了。这是条从磁器口汇入嘉陵江的小河。河上有三曲拱的石桥，儿时的我，背着书包，就爱走在桥边的石条上，去看那桥下的流水。我记得那桥似乎是没有石栏杆的，或许我大半生勇于征服崇山峻岭的豪情壮志，就与儿时的大胆和淘气有关，小河流过石桥，缓缓地汇入浩荡的嘉陵江。江上的船只帆影，江上的声声号子，还那样悠然地飘入我的心扉，令我心生醉意……

而此刻，我却沉醉在周庄的迷人的泽国和幽远的史迹中了。我惊讶于沈万三住宅的富丽和气派，惊叹于张厅"轿从门前进，船自家中过"的神奇，我佩服张翰弃官回乡的"鲈鱼之思"，我更赞美陈逸飞的慧眼和才气，一幅《双桥》图，一幅《故乡的回忆》，令周庄走向了全国，走向了世界。

而我的故乡磁器口也逐渐开始被世人所熟知。最近这些年，国务院颁布磁器口为重点保护的古镇，家乡人民也更加看重这颗西部的明珠，它的历史的遗迹和现实的魅力也大放光彩。古老的禅院，有千年的钟馨；石板路上，有真龙的脚印。许多现代著名人物周恩来、邓颖超、冯玉祥、李宗仁、张伯苓、马寅初、黄炎培、邹韬奋、陶行知、老舍、丰子恺、罗家伦、叶元龙、胡应华、史良以及丁肇中等人都在这儿留下了他们的身影。这些年，我经常到磁器口去寻觅那些神秘的、离去了而又没有完全离去的身影和脚印，以及那永难消释的灵气和氛围；我更经常到磁器口去寻觅着我的母亲，我的外婆，我的亲人留给我的那些温馨迷人的回忆，追寻我儿时的美梦……

人游周庄，潜意识里唤起的却是对故乡的回忆。也许是因为我太爱我的故土，太过思念只能在回忆中看见的远在天堂的母亲了……

新疆行

一、坎儿井

坎儿井是新疆人民的伟大创造。

新疆地广人稀，水资源很缺乏，而水的蒸发量又极大。在这种情况下，新疆人民根据当地地理条件、水文特点和大气环流的特点，结合多年积累的经验，创造了坎儿井这一科学的饮水用水方法。

坎儿井由竖井、暗渠、明渠、涝坝四部分组成。

新疆人民在自己家旁边，挖一口深井，再从井底向水源处挖一条地下水渠，把水源的水引入深井，这样家家户户，都用地下水井相连，而要饮用或灌溉时，就从明渠引出，这就构成了坎儿井。

但是，这个工程说起容易，其实修建过程非常困难！把竖井挖到地底十来米深，就已非常艰难，而横向挖井就更难！它得要人趴在地下向前挖，再由后面的人把土运到井外。想一想，一个人趴在地下用土库曼或锄头挖土，身不能直，手臂难以挥舞，这一锄一掘，该有多么吃力，还要把土从深井里运出来，用绞车绞到地面，这又要费多大的劲！

可是，新疆的人民，硬是凭着两只手，一天又一天，一月又一月，一年又一年，积年累月，积少成多，万众一心，众志成城，在千里大地之下，修起了上万公里的坎儿井！让那珍贵的水，流进地底，不被蒸发，从水源处流向千家万户！各家各户再从深井中提起水来，饮用，浇灌。

而这样的坎儿井，在新疆，在吐鲁番竟有一千多条，暗渠总长度达5000多公里！接近于黄河的长度。它确实是中华大地上堪与万里长城、都江堰媲美的伟大工程！

坎儿井称得上独具特色、独树一帜的，堪称伟大奇迹、杰出创造！它向世界展示了新疆人民同恶劣气候和气象条件抗争的巨大勇气、宏伟气魄，以及他们团结一心、众志成城的伟大精神！

二、交河古城

汽车在浩瀚沙漠中行驰。突然，一湾水渠，一大片树林出现在我眼前，上面是一大片黄色柳叶形的泥土崖岸，这是一座被毁于战火中的古城——交河古城。

交河古城位于吐鲁番西约10公里的一片黄土上。由于四面都是崖岸，又有天然的围城小河，地形险要，易守难攻。所以，在公元2世纪，汉代就在这里建立了交河城。人们在黄土上开凿房屋，建筑工事，铺筑道路，建造了历史上最大、最古老、也保存最完整的生土城堡。可惜，14世纪时，交河古城毁于战火之中。

今天冒着40度的高温，踏上这片黄色的、发烫的土地，禁不住思绪绵绵。几千年来，中华儿女在这片土地上勤劳耕作，生育繁衍，创造了不朽的文化，创造了灿烂的文明。可是，残酷的战争、无情的天灾，一次又一次摧毁了我们的城镇，我们的村庄，我们的家园。交河古城，留下了悲壮的人类文明，变成人类家园被毁灭的遗迹。它永远在警醒着我们，启迪着我们，告诉我们永远不要在灾害和灾难面前低头！

三、火焰山

著名导演杨洁拍摄电视剧《西游记》时，曾专程带队到吐鲁番火焰山一带拍摄。由此，火焰山更加驰名。汽车载着我们先到火焰山景区。吐鲁番人民将火焰山的自然景观与人文景观结合起来，在火焰山下挖出了地宫，建起了火焰山博物馆，建造了几十米高的金箍棒温度计，获得了上海大世界吉尼斯之最，还在地面上雕塑了孙悟空、猪八戒、牛魔王、铁扇公主的形象，并在地宫中放映《西游记》中孙悟空大战牛魔王的片断。

我不满足于地宫的小玩意儿，我要去领略火焰山的真正的博大景象！于是，我参加了火焰山的自费游。汽车载着我们驰往火焰山脉之中。两边是红澄澄、黄焦焦的大山，似乎在蒸腾着烟气，仿佛大地都被炙烤得焦黄了，燃烧起来了。这大山无边无际地绵延着，泛滥着，一直铺向天边，那样雄浑，那样浩瀚，那样强健！这才是真正的火焰山，真正的大戈壁啊！

在火焰山中，有一个万佛宫景区。这是新疆大漠土艺馆的一个景区，也是地域文化展示中心。这里有民族文化陈列和维吾尔族手工艺品展示区，有生土艺术展示区，还有民俗村落展示区以及非物质文化遗产传承示区——包括土陶制作技艺、模戳印花布技艺、印花毡制作技艺、桑皮纸制作技艺的传承基地就坐落在这里。

在万佛宫景区不远处的一座大山上还修了 3000 级火焰山览胜云梯。那笔陡的梯子修在烈焰蒸腾的山壁上，令人望而生畏，也挑战着人们的意志和力量！

四、柏孜克里克千佛洞

是的，火焰山挑战着人的生存意志和力量。而新疆人民，就是经受了并且战胜了这种考验的。其证据之一，便是他们在这灼热严寒交替的火焰山中，在一千多年的远古，便为我们开凿了柏孜克里克千佛洞和千佛洞，展示了人类战胜恶劣气候的魄力和追求艺术的执着。

柏孜克里克千佛洞曾经是高昌回鹘王国的皇家寺院，也是高昌众多石窟中壁画最多、内容最丰富、壁画保存最完好的佛教石窟。现存洞窟有 83 个之多，其中有壁画的就有 40 多个，其中保存下来的壁画共有 1200 平方米。因而成为研究回鹘高昌佛教文化艺术的珍贵宝库和重要基地，1982 年被列为全国重点文物保护单位。

我们顶着下午的烈日，来到千佛洞。只见这千佛洞修在临渠的崖岸上，小渠边长满了绿树与青草，为这艺术的圣地平添了一抹春色和美景，犹如莫高窟旁边的月牙泉，为敦煌艺术增添了诗意一样。而在这半月形的山崖上，人们开凿了几十个洞窟，每个洞窟大约都是 30 至 40 平方米，从圆形门洞进去，两面岩壁及圆弧形的壁顶之上，均画满了彩色的壁画。其内容都是佛教的人物故事。令人愤慨的是，这些精美的、价值连城的艺术品，大部分被西方的"文化使者"盗走了！现在很多壁画都在德国、法国等国的博物馆中展出。导游介绍说，这些文化窃贼运用了高超的伎俩：先用刀子划出轮廓，再用马尾丝嵌进壁画后，把壁画整个剔剖出去。当然，这些文化掮客也可能买通了当地官员和管理者，才能把这些壁画偷出来，运出去，剩下的一些画，又被人用泥土掩盖。现在，我们在这些洞窟内，还能看到一些残留下来的壁画。尽管看不完全，看不真切，但是，我们还是能感受到这些壁画高超的艺术水准，领略到这些壁画深切的艺术魅力。这些壁画，也构筑着中华民族共同的精神家园。所以，我们应该好好保护，好好研究，让它在传承中华民族文化艺术方面发挥更大的作用。

五、追寻吐峪沟千佛洞

看了柏孜克里克千佛洞,不禁想起十多年前我和妻子吴日华千辛万苦追寻吐峪沟千佛洞的情景。那是 1997 年夏,我们到新疆旅游。从资料上看到,吐峪沟千佛洞是吐鲁番地区最早、最大、最具有代表性的石窟,从晋代就开始雕凿,延续至唐代,直到回鹘高昌时期,已有 1700 多年历史。它旁边还有一个麻扎村,是新疆的历史文化名村,保存着新疆最古老的维吾尔族村落。所以,我们很想去参观。但问了很多人,都说不知道,没去过,也没有公交车、长途客车和旅游客车去,而那儿离吐鲁番又很远!但是,对艺术的执着使我和小华还是决定冒险去探访。我们一路问人,走公路、搭便车,几经辗转,历尽周折,走了整整一天,才在晚霞照耀之下,走到了吐峪沟。当我们看到那建在黄土山半山腰的一排排洞窟的时候,我兴奋得流出了眼泪。啊,我们终于找到了你,这藏在深山中的艺术宝库!我们发现,周围没有一个旅客,只有我们俩人渺小的身影在荒坡上跋涉。但是,我又觉得我们是伟大的——因为我们有热爱中华历史、追求艺术真谛的执着精神!我们终于实现了自己的心愿,来到了心灵的圣地——这中华儿女用一千多年时间开凿出来的艺术宝窟。不久,听见隆隆的汽车声。我们向下一望,来了两辆豪华汽车,车内走出了欧洲白人和说着日本话的人!我不禁为吐峪沟的洞窟艺术感到自豪,它毕竟吸引了世界各国的人,但与此同时,我又感到一阵悲哀,外国人万里迢迢都要来参观、考察、研究、学习我们一千多年的艺术,可是,我们国人自己却不重视、不开发、不宣传,甚至连客车、旅游车都没有!让艺术爱好者怎么去参观?

当我们进入洞窟,首先就被它的雄伟震慑住了。先人们在一千多年前,在生产力那样低的情况下,竟在这大山之上,挖出那么多洞窟,再画出那么多精美绝伦的壁画!这是多么了不起的工程，他们有着怎样高超的技艺啊！但是，看到那一幅幅被损毁的壁画，我们更感到气愤、悲凉和失望，尽管去之前我们作了充分的思想准备，心里深知壁画损毁情况肯定十分严重。但是没想到真实情况竟如此严重，如此凄惨！洞窟四壁上的佛像大都被挖走，留下一个个伤口般的洞口，似乎还在流淌着血液！而少数残留的壁画，也被人用刀子划破，或者用泥土涂抹。那刀子，好像还在切割着我的肌肤；那泥土，仿佛还涂抹在我的胸中！我们走进一个个洞窟，想看到完好一些的壁画，可是很少，甚至没有！除了失望，还是失望；除了愤慨，还是愤慨！我不禁想到敦煌壁画，想到洛阳龙门石窟，想到重庆大足石刻。不都有被掠夺，被盗窃的历史吗？中国的近代史上有太多的战乱和灾祸，尤其是鸦片战争以来，饱受帝国主义列强的侵略和掠夺，已变得那样衰败和没落！这些壁画，不就是被西方的"文化使者"掠走的吗？而在这些侵略和抢劫的背后，则是政府的腐败和无能，国民素质的愚昧与低下！新中国成立以来，情况有了翻天覆地的转变。我们在大踏步前进。这不，我这次再来葡萄沟，才知道吐峪沟千佛洞已于2006年被国务院列为国家级重点文物保护单位，而且与吐峪沟麻扎村——这座有着"民俗活化石"之称和"中国第一土庄"之称的文化名村一起列入了吐鲁番的旅游项目之中。游客要去观览，也再不用像我和小华那样历尽艰辛了！

六、葡萄沟风情

在赤日炎炎的火焰山中，竟然有一大片温度适宜、风光旖旎、景色秀丽、葡萄甜美的葡萄沟！葡萄沟全长八公里长，两公里宽，葡萄沟河由南向北，贯穿其间。葡萄沟内盛产马奶子、无核白、白加干、红玫瑰等近百种葡萄，以至于形成了一座天然的葡萄博物馆，闻名中华，享誉世界。当我们乘坐客车，从烈日蒸腾、寸草难生的火焰山进入葡萄沟，就像一下从热浪燎人的蒸笼进入了景色宜人的清凉世界。从立着彭真题写的"葡萄沟"三字的汉白玉雕塑的大门走进果园，只听水声潺潺，鸟语连连，只见绿树举着幢幢华盖，葡萄搭成长长走廊，走进其间，顿觉春风扑面，凉爽怡人，真的是从火焰山进入了清凉世界！你的身边、头上，都是长长的葡萄藤蔓，都是串串的葡萄果实，更有维吾尔姑娘甜甜的笑靥，维吾尔青年帅气的容颜。在这优美迷人的环境和鸟语花香、绿树鲜花的氛围中，你无法想象，吐鲁番人民在如此恶劣的自然环境下，是以怎样聪颖的智慧和顽强不懈的精神，把葡萄沟建成火焰山上的世外桃源的！

七、和田葡萄路

游览和田时，一位朋友开着小汽车载我们在和田周围的公路上漫游。令我们吃惊的是，进入公路之后，我们的小车一直在葡萄架下行驰，两边是无尽的葡萄园。我们的汽车在无尽头的葡萄架下悠游，放眼望去，头上，是大片大片绿色的葡萄藤；其间，垂着一串串鲜嫩的水灵灵的葡萄；公路两边，则是稀疏有致的葡萄架，上面缠着粗壮的葡萄藤。我们的小车在葡萄下奔驰，爽快极了，舒适极了！我想，这样好的路不可能有多长吧！可我们走了很久，都还不见尽头。我忍不住问朋友：这葡萄路有多长啊？

朋友告诉我，这葡萄路有几百公里长。

啊！几百公里？这真是人间奇迹！我们还从来没有看过、也没有听说过有几百公里的葡萄路！

和田人民是怎么把公路变成葡萄路的呢？

再仔细看，原来，公路两边的人行道上，每隔两三米处，就立着四五米高的树干或木桩，而公路中间，汽车之上，又用横杆把两边的竖桩连接起来，这就搭成了高架在公路之上的葡萄架子了。在每根竖干旁种上几棵葡萄，这葡萄藤沿着柱子，爬上公路顶上的横杆，就把公路包围起来了，我们的汽车，就在葡萄架下畅游了。这看起来简单，可是要做起来，却是多么的不容易，多么的艰难啊！这几百公里的道路，要修得一样宽，还要在两边竖上木桩，而公路之上，又得连接横杆，然后种上葡萄，才能形成这葡萄大道。而和田人民，硬是用蚂蚁啃骨头的精神，硬是用自己的两只手，修路，挖坑，立竖杆，连横杆，种葡萄，一天一天，一月一月，一米一米，一段一段，把几百公里的葡萄公路修建起来了！真可说创造奇迹，真可谓巧夺天工！这同坎儿井的创造，同葡萄沟的创造，同千佛洞的修建，都代表着伟大的新疆人民吃苦耐劳的精神和强大的创造力。

八、花树巨无霸

友人还陪同我们参观了和田乃至新疆的三棵树王。它们是梧桐树王、核桃树王、无花果王。

梧桐树王生长在一片树林中的空地上。树干很粗壮，直径约有半米，几个分枝也很粗壮，大约有三四十厘米，大大超过我们城市的梧桐。在分枝上面又长出若干分枝，枝叶茂盛极了，高大极了，遮天盖地，摇曳纷披，覆盖了上百平方米的地面，引来鸟舞雀噪，蝉鸣蝶飞。更引来游人如织，啧啧称赞！

如果说梧桐树王仅仅只有观赏价值，那么核桃树王就兼具了观赏价值、经济价值和实用价值。来到核桃王树下，我们简直就不是惊叹，而是赞不绝口了。

你看，这棵核桃树巍然耸峙，参天而立，高插云天，远远高出周围树木好几倍！而且它周身绿叶纷披，仿佛在风中朗诵吟唱，怡然自得！它碧绿的枝叶间还垂着累累硕果，那是千千万万颗核桃，更是引得人引领张望，馋涎欲滴！这是真正的核桃王啊！几百年来，它扎根在和田的沃土上，吸吮了和田大地上的甘霖雨露，长成了和田一绝！园林的主人用长长的杆子打下一盘核桃，用托盘托出，请我们品尝。吃着这芬芳四溢，翠色欲流的核桃仁，我们真是身心愉悦。

但是，最让我们震惊不已的却是无花果王！

无花果之王栽种在一大片无花果园林之中。主人带我们游览了一圈美丽芬芳的无花果园林。只见葳蕤的、矮矮的枝条上结着一个个扁扁的、圆形的无花果。我们并没看见像梧桐王、核桃王那样高大特异的无花果。正在我们犹疑之时，主人突然停在一畦方形的花圃面前，得意地问：大家看，这片园子有什么特点？我们仔细一看，只见这一畦园子也是绿叶茂密，结着累累的无花果，同旁边的其他无花果并没有什么不同。有人说：这并没有什么不同啊！我蓦然想起在重庆鹅岭公园欣赏大盘菊花，是要从根部看它是不是只有一条根。于是，我开始低头寻找，因为无花果只有一米左右高，而它枝叶又茂密，所以必须低头弯腰仔细从枝叶间去辨认。果然，这偌大一畦将近一百平方米的无花果，竟只有一条根，也就是说，这是一棵无花果。再低头看其他无花果，像这么大一畦的都是很多条根！也即是很多很多棵！由此可见，这就是无花果王了！这一棵无花果，竟长了近百平方米的枝叶，结了上千颗无花果！

看了这三株巨无霸，在惊讶、惊奇之余，不禁想到：我们能不能以此变异为契机，为植物花果的提升改善做出什么新贡献呢？

九、天池览胜

天池是乌鲁木齐的一块瑰宝，天山上的一颗"璀璨明珠"。

7月10日早上从莫斯科飞抵乌鲁木齐机场。朋友已为我们定好了两天之后去天池和吐鲁番的旅游票。我们刚下飞机，朋友就把我们接到小车上，去追赶乌鲁木齐旅行社已出发的旅游大巴。一上大巴，导游就叫交200元。我们问为什么，他说是景区区间车费70元，天池游船费80元，还有王母庙及天池风情村的歌舞40元。没有办法，只有交了。

但是，天池风情村实在是很不咋样，几个随便搭建的帐篷，几块木板上贴了几张风情介绍，所谓午餐便饭（拌面或抓饭），更是简陋不堪：一小盘炒饭，里面放了几小根红萝卜丝。主人家热情问你要不要羊肉串，当然要啰！可是一送上来，却要5元钱一串！而且那羊肉串还做得那样差劲！所谓表演，更是只有两个很一般的小姑娘在土制的舞台上随意扭几扭，连个报幕的人都没有。可是，天池景区的大门却搞得那样豪华，那样宽大敞亮，那么多人在那儿收钱！这样办旅游是不行的！功夫不花在怎样搞好实实在在的服务上，却花在门面装饰上，想方设法多收钱、乱收钱——你已收了上百元的景点费了，为什么从景点到天池前几公里路还要收70元空调车费？而且下了车再到景点还要让人再缴10元小电瓶车费？这样把景点的名声败坏了，日后有多少人愿意来游啊？这不是杀鸡取卵吗？

好在天池的碧水消解了一路的忧患和烦恼。你看，一大池碧莹莹的绿水，绿得那样深邃，那样清冽，那样翡翠，那样瓦蓝，真是让人陶醉，让人清爽，让人怡心，让人养性！这是冰山上融化的雪水，是最纯洁最清洁最干净最没有被污染的湖水啊！举头观看，湖水呈三角形，我们站在三角形的底边上，三角形的两条边都是巍巍高山，两条边交汇于高山之间，尽头处可见冰山上的皑皑雪峰。那是赫赫有名的博格达峰峰顶冰雪，千年不化，万年长存，保证这天池之水，取之不尽，用之不竭！但是，怕的是人为的污染！如果旅游船一朝泄漏，那就会给湖水造成巨大污染，后果不堪设想。所以，湖中游船，千万小心——当然，最好是用电动船！

乘船在湖上转了一圈，去到西王母祖庙。《太平广记》载："西王母居瑶池，宫室九层，左带瑶池，右环翠水。"《穆天子传》载：穆天子肆意远游，命令驾起八匹骏马拖载之宝车驰驱，以日行三万里的速度，直到西天拜会西王母，西王母在瑶池——即天池设宴款待了他。二人相约再次会面，但是，穆天子却再也没有到天池来，致使西王母在天池边等了很久，很久……

唐朝诗人李商隐曾作七绝《瑶池》专咏此事：

> 瑶池阿母绮窗开，
> 黄竹歌声动地哀。
> 八骏日行三万里，
> 穆王何事不重来？

根据这个传说，人们修建了西王母祖庙。庙里雕塑了西王母、观音以及吕祖。

站在西王母祖庙，可以眺望整个天池。浩浩荡荡的碧波在脚下闪着粼粼波光，周围层峦叠嶂，博格达峰在高远处闪射着银光！

啊，天池，愿你永远保有天使般的纯洁！

十、苏公塔

苏公塔位于吐鲁番市东郊二公里处的葡萄乡木纳尔村。远望一座褐黄色泥土宝塔高耸云间；近看是一座造型新颖别致的伊斯兰教塔。塔高 37 米，底部直径达 10 米，塔身呈圆柱状，向上逐渐收缩，越来越细。塔内有 72 级螺旋形阶梯直通楼顶；塔身外衣装饰有分层叠砌的三角纹、水波纹、四瓣花纹等平行图案，十分雅致。它是新疆现存的最大古塔，始建于 1778 年，至今已有 234 年的历史。1988 年被国务院公布为第三批全国重点文物保护单位。

苏公塔是新疆著名爱国主义英雄额敏和卓为感激清政府和清朝皇帝而建，因而此塔已成为爱国主义的教育基地。

额敏和卓是吐鲁番阿斯塔那人，生于 1694 年，其先祖为新疆吐鲁番贵族。清初，吐鲁番被蒙古准噶尔部占领。康熙五十九年（公元1720年），清军西征准噶尔部，至吐鲁番，额敏和卓毅然脱离准噶尔部，率众投归清王朝。以后清军撤走，准噶尔军队又进攻吐鲁番，额敏和卓率众坚决抵抗。

雍正年间，公元1733年，清政府为保边安民，避免准噶尔的侵扰，命令额敏和卓率领将士及普克沁城的维吾尔群众迁居甘肃安西瓜州垦荒种田。为奖励额敏和卓的成功迁徙，清政府封额敏和卓为"扎萨克辅国公"。

1754年，乾隆皇帝远征准噶尔，乾隆皇帝认为额敏和卓熟悉敌情、勇敢善战，命其统率瓜州等地维吾尔军民配合清军部队，远征伊犁。因其表现忠勇，清廷特发上谕，加封"扎萨克辅国公额敏和卓为镇国公"。

1756年，额敏和卓在平定莽葛里克发动的叛乱中有出色表现，被清政府册封为"贝勒"，并把原归莽葛里克管属的部分土地和部众划归额敏和卓管辖。

1758年，清军出动大军平定天山南部大小和卓的叛乱。而在此前一年，额敏和卓已派人到喀喇沙尔等处侦察大小和卓的情况，向清廷做了汇报，受到乾隆皇帝表扬和赏赐。因此，清廷大军出发后，即任命额敏和卓为参赞大臣。乾隆皇帝特下谕旨曰："吐鲁番贝勒品级额敏和卓效力军前，备抒诚悃，朕心喜悦，著加恩实封贝勒，仍以参赞大臣同将军等办理事务。"

1758年，清军攻打叛军据守的库车城，其时已经64岁高龄的额敏和卓还身先士卒，冲锋在前，虽然负伤，却坚持战斗，得到乾隆皇帝赏赐。当年，额敏和卓伤好后，又率部跟随清军首领兆惠进攻小和卓据守的叶尔羌村时，因兵少被敌军围困。额敏和卓硬是同兆惠一起，坚持苦战，英勇杀敌，以少胜多，战胜敌人！清政府奖励额敏和卓为"郡王极品"。

1759年，清军向大小和卓盘踞的喀什噶尔和叶尔羌发动总攻。额敏和卓以参赞大臣身份同清廷指挥官兆惠协同作战，消灭了叛军主力，并占领了这两个要地。额敏和卓被清廷正式由贝勒晋升为郡王。这以后，清政府任命额敏和卓留住叶尔羌，管理维吾尔族事务。当时，叶尔羌是天山南部政治经济中心，也是人口最多（达10万人）的地区。

额敏和卓以60多岁高龄，在叶尔羌地区抚平战争带来的创伤，安置流民，开垦荒地，兴修水利，维持治安，为当地生产的恢复和发展，各民族的团结合作，做了出色的工作。

额敏和卓多次到北京朝觐，受到乾隆皇帝的亲切接见，并被赐予"乾清门行走"。1764年，额敏和卓正在宫廷朝觐，突闻乌什发生暴动，70岁高龄的他立即上奏，要求回乌什作战。皇帝应允后，他赶回新疆，同儿子茂萨、苏来满在各地辛勤奔走，为平定暴乱做出了贡献。再次受到清政府赏赐和奖励。

1777年，额敏和卓病故，清政府派人到他家祭奠，并赏银五百两，其郡王爵位由其子苏来满承袭。从额敏和卓封为郡王直到清末，其爵位一直由其子孙承袭，共传位六代九人。

乾隆皇帝对额敏和卓一直信任有加。乾隆皇帝为其在紫光阁挂像，并亲自题词曰："吐鲁番族，早年归正，命赞军务，以识回性，知无不言，言无不宜，其心匪石，不可转也。"

额敏和卓对清王朝也毕生忠诚。他在几十年的岁月中，随清军平定南疆，英勇战斗，屡出奇谋，晚年，团结各民族发展生产，为国家民族立下了功勋！晚年时与次子苏来满修塔立碑，既是为了感谢清政府的恩遇，也是为了表达自己对清政府万死不移之忠贞。当然，修塔也是为了表达对真主的真诚，并使自己一生的业绩能流芳后世。但是，显然前者是最重要的原因，我在苏公塔中注意到一块木牌，就是强调的乾隆皇帝对他的恩泽。

苏公塔巍巍峨峨，屹立了两百多年。多少的风风雨雨，多少的雷霆霹雳，都没能动摇他，撼动他。他就像额敏和卓一样，在新疆大地上傲然挺立，成为民族团结和祖国统一的不朽象征！

十一、采蘑菇

> 敕勒川，阴山下，
> 天似穹庐，笼罩四野。
> 天苍苍，野茫茫，
> 风吹草低见牛羊。

这首民歌，从小就在我心中念叨着，牵起我对草原牧场的向往！

这次到昆仑山，才真正见识了新疆的大草原。

我到草原科研所几天以后，姐姐也搭她们所里的便车，来到了昆仑山。她来以后，所里派了一辆车，送我们去附近草原转了一圈，让我大开了眼界！

小车在无边无际的丘陵上奔驰，两边都是铺天盖地的草原，草原上的草只有十多厘米高。草丛中不时开出五颜六色的野花，不时有一群群的羊。司机嫌草太矮，继续前行着，寻找着更好的草原。车开了半个多小时，两边的草茂密多了，花也开得多了。司机把车停下来，高兴地说："这儿有蘑菇！"就让我们下车采集。

前几天下过雨，草原上可能长了蘑菇。原来司机是在选择蘑菇多的草场。

我走在这草及膝盖的草场上，心情特别舒畅！草场里有各式各样的草，我们也叫不出名字。草丛中有大大小小的蘑菇，各式各样的蘑菇。我们主要选择褐色顶盖，大小如杯盏的猴头菇。姐姐她们很有经验，说这种菇最可口，也最有营养，最名贵。这种菇分散在草丛中，要靠眼睛去发现。有时候，还是一团团地生在一起！摘的时候要注意从泥土中轻轻把它摘下来，稍用力，就会

第一辑 情漫山海

断，就会碎。

我们在草地上行走着，寻觅着，采撷着，十分畅快，十分惬意，十分悠然。

十二、三代人

在昆仑山的科研所，我在朋友陪同下，拜望了一些牧民的帐房。

那是在昆仑山腰的山冈上，山坡大约 40 度，有着浅浅的青草，山脊缓缓地伸向蓝天，在远远的天幕上，是银光闪烁的昆仑雪山。牧民的牛羊，在周围的山坡上漫游着，自由自在地吃着草。两位老牧民们同我的朋友很熟，看到她去了，都热情地招呼着，请她进帐篷里去坐。我仔细看了看，帐篷是羊毛织的，很厚；帐篷的门只是一个羊毛帘子。进得里面，屋中一个铁炉子，四面封严，口在上方，犹如我们内地做烧饼的炉子，不同的是它旁边箍着一个铝质烟囱，直伸向屋顶之上，也把烟尘都带出了户外。铁炉上部的口子上则始终搁着一把铜壶，铜壶压住火口，使其不冒烟出来，而让烟从烟囱中出去。主人用晒干的马牛粪（牧民平日把马牛粪贴在帐篷四周晾干储存）做燃料，每次加燃料就把壶提起来。做饭时，就把壶提开，把锅架在火口上。这样，帐篷内一天都温暖，又能做饭烧水。

帐篷边铺着牧民的被子，相当于北方人的炕。他们吃饭睡觉都在上面。我们盘腿坐在炕上，品味着、赞叹着主人们送上来的酥油茶、糌粑。看来，这些牧民生活都很富足。

我不禁问道："你们养了多少只牛羊呀？"

主人回答说："养了一百多只羊，还养了几十匹马，几十头牛。"

他们告诉我，他们生活就靠卖牛羊的钱。

"你们到了冬天会卖很多羊子吧？"

"不，我们冬天把羊养着，开春了再放出去。"

"那么，那些长大了的羊不是很费草料吗?"

"但是，要让他们生小羊呀!"

我想，城里人冬天都爱吃牛羊；而且经过一个夏季和秋季，到了冬天，羊都肥了，不是正好卖个大价钱吗? 咋不在冬季把大羊子，特别是大公羊都卖了，留下一些母羊和几个大公羊做种羊不就行了吗? 这样，不是每年都会有很多收入，而且又节省了饲料。

可是，主人却说:"我们卖那么多羊干什么?"

我说:"卖了羊就有钱啦!"

他的回答更妙:"我们拿那么多钱来干什么? 我们平时又用不了多少钱!"

我问:"你们修帐篷不用钱吗? 小孩上学不用钱吗? 亲戚朋友来玩不用钱吗?"

主人说:"要用钱的时候，拉一只羊卖了就是。孩子上学缴学费，卖一只羊就行了。乡镇上干部来了，杀一只羊不就行了! 羊就是钱!"

我感到，他们还很缺乏商品意识，只把羊养着，不去换成钱，再把小羊养大，再换成钱，而把大羊那么养着，一旦遇到天灾人祸，牛羊死了，那不就成穷光蛋了。于是我对他们说:"你们可以在留足母羊、公羊之后，把喂大了的羊都卖了，再买小羊来喂呀! 这样你们就有钱了!"

可主人家说:"我们拿那么多钱干啥? 钱还要贬值呢哩!"

我真是无话可说了!

就在这时，主人的孙子回来了。这是个十一二岁的孩子，很活泼的。进屋见到我们毫不顾虑，叔叔阿姨地喊着。我问他上学学的什么，他也大大方方地回答，毫无拘束。

不一会，两个年轻人骑着摩托车上山来了，这是老牧民的儿子。我们看看时间晚了，就告辞回家。小学生和家长一起走出帐篷送我们。我高兴地说："你看，现在你们有摩托车了，多好啊!"

小学生听了，更得意地说："对! 将来我长大了，你们要来，我开直升飞机来接你们!"

这话虽是笑谈，可是，却一下震撼了我的心! 想一想，老牧民还没有什么商品意识，青年牧民却知道买摩托车了! 而第三辈的孙子，甚至已经想到开直升机了（因为山区，山大，直升机特别管用）!

第一代人，没有见过多少世面；第二代人，已经受到时代潮流的熏陶，有了现代意识；第三代人，接受了现代教育，有了文化，就更有了新的理想和观念了! 三辈人，有着怎样巨大的差异啊! 而希望，不就在年轻人的身上吗?

十三、啊，博斯腾湖

博斯腾湖是中国最大的内陆湖，也是中国最大的淡水湖。能够游历博斯腾湖，是我新疆之行的重要收获。

我和小华从南疆返回吐鲁番，她就从吐鲁番返回乌鲁木齐姐姐家，我想独自再游一下博斯腾湖。坐客车到博斯腾湖以后，我就去找一个旅馆。我直奔博斯腾湖码头。只见博斯腾湖浩浩荡荡，波光粼粼，没有一只游船。码头很小，四围都是芦苇、草丛。

晚霞中，我绕着湖边漫步，只见这湖水浩瀚无边，湖水周围长满了芦苇、草丛，根本难于走近水边。我只好走到一个小旅店，问主人怎么才能去游一下博斯腾湖呢? 主人说，这儿根本没有游船，也没有旅游路线，更没有旅游公司来组织。我心想，这下完蛋了! 千里迢迢跑到这儿来，却登不了堂，入不了室，岂不冤哉!

但是，我不是一个轻易放弃的人，经验告诉我，世上无难事，只怕有心人！这么大一个湖，总该有打渔的人吧！于是，我问店主：这附近有没有打渔的人家？

　　店主看了看我，见我十分诚恳，就说："这儿只有博斯腾湖的渔业公司在打渔。"

　　我一听，挺高兴的，就问这个公司在哪儿，我好去找。

　　他说：公司恐怕早下班了，他们也不会接待你一个游客。

　　我心想，我就直接找打渔的人吧？可他们住在哪儿呢？

　　店主见我那样热诚，就说：这样吧，这附近有一家人，就是渔船上的船长，你去找找他吧，看他愿不愿意带你去！

　　我的执着感动了上帝！我谢过店主，立即前往他介绍的那位船长的家。果然，他正在家门前收拾渔网之类的东西。这是一位身材高大、肌肤黝黑的中年人。我上前向他问好，然后说明了我的来意。他听后想了想说：原来我们也曾搭过游客上船，可是最近出了事，就不让载客了！

　　我忙问他出了什么事？

　　他说：前几个月有位客人搭他们的捕渔船去看湖，他们的渔船是几天都不回家的，每天下午派一艘机动船送当天打的鱼回岸，就把这个游客带回来。谁知，这机动船马达坏了，船上又无桨，无法划行，就只能在湖中随着风浪漂荡了！这只船与码头和捕鱼船都失去了联系。直到第二天捕鱼船回了公司，才知道这艘机动船还没回来，这才派船下湖到处找！直到第三天才找到！我们的渔民和那个游客就在船上饿了两三天！你看，多倒霉！这下，谁还敢再载客上船啊！

　　我一听，心里也确实吓了一跳！要是我也遇到机动船坏了，咋办？算了，别去了吧！

　　不，不！好不容易到了博斯腾湖，好不容易找到了好心的船长，我怎么能因为那么偶然的一个事件就吓倒了呢？打退堂鼓了呢?

不行，我得争取!

于是我对船长说："这机动船出事，是很偶然的，我不怕!你载我去吧!我是个作家，我要把博斯腾湖的风光和你们捕渔的艰苦和辛劳都写出来!"

船长见我决心很大，也很勇敢，就有些犹豫了。但是，他还是忠告我：我们这工作是很危险，也很艰苦的，明天五点钟就要上船!船上风浪挺大，稍不注意，就会掉进大湖!这湖，可是深不见底的呀!

我觉得，这正是锻炼自己意志和胆量的好机会，也是观察渔民生活劳动的好机会，怕什么!我遂勇敢地对船长说："这些，我都不怕!你让我去吧!"

他见我态度坚决，就爽快地答应了："好吧，你明天就跟我们去吧!我们明天五点就起身上船。你就住在我家吧!"

他们家同街上居民一样，都是住的平房。他让我住他家的一间空房。第二天早上五点，他就把我叫起来。很快，几位船员也来他家会齐。他们提着一些渔网等工具，带着我上了船。

新疆的黎明比北京晚两个小时。上得船时，天还昏沉沉的。船开了好一阵，天天才微微发亮。这时，我可以仔细打量我乘的船了!这是一条四五十米长的机器船，即长江上的货船。铁甲板下面有货舱，里面有水，是储存打来的鱼的。我们船旁边也同速行驶着另一只同样大小的船。两只船齐头并进，两边的船工把一个大网的四角分别提在手中，再分开来，同时把这渔网撒进湖中，两船各系着渔网的一头，渔网沉入湖底的下层也由两只船牵着，这样就构成了一条栏湖大网，由两只船拖着前进。湖中的鱼进了这大网，就不容易挣脱了——因为渔船速度很快，鱼儿再快也跑不出渔网。两只渔船开了一个小时左右，就逐渐靠拢，并同时把渔网慢慢提起来。这时，就只见渔网中的许多鱼儿在网中挣扎着、蹦跳着，也有一些蹦出渔网，跳进湖中，也有一些小鱼从网中跌落湖中。两只渔船最后靠拢，把网中的鱼舀入我们船上的水池中。然后，两船再缓缓分开，到几十米距离后，再把渔网撒下湖中，然后又同速向前，拉着拦江大网向前捕鱼了。

我再看湖面，浩如烟海，无边无际，四面都看不到尽头。我几曾看过这样的大湖啊！船一直向前开了几个小时，都没见到边！而且它还是淡水湖！它储藏了多少珍贵的淡水。这个湖，可真是上天赐给新疆的宝贝呀！

下午三点多钟，船员们把捕来的鱼放进铁桶，装进机动船。然后叫我跟着一个船员上了小船。船长握着我的手说："你就跟他上船吧！他会把你送到码头！"

我握着船长的手，连声道谢！

我们登上了机动船。船员把绳索一拉，马达发动了。机动船向看不见的岸边开去！

我回望船长，只见他已走向驾驶室。两只船又齐头并进，向着湖心驰去。

多好的船长，多好的大湖，多好的晚霞，多好的天空和大地啊！

十四、沙漠高速路畅想

从和田回乌鲁木齐，我们选择了横穿塔克拉玛干沙漠的高速公路。

汽车在笔直的大道上飞奔。两边是黄汤汤的沙丘。开始还偶尔看见和田河，当汽车进入塔里木盆地后，就再也见不到河流、绿树了。只有路两边不时有一丛丛的红柳和几株胡杨木。车到和田河与塔里木河交汇处的阿拉尔市，我们看到了更多的胡杨林和红柳。

胡杨木高大、粗壮、耐旱，生命力特别顽强。人们说它是三千年不死。死了，三千年不倒；倒了，三千年不烂。的确，沿途的胡杨林峥嵘向上，姿态奇绝。即使已经干枯的，也依然兀然屹立，昂然不倒，剑指苍穹，给人以奋发向上的警示和激励！

红柳也有顽强的生命力，根扎大地，用水最少，能长久地生活在沙漠之中，给人以绿色的希冀！

看着这沙漠上修建的高速路，看着这两种耐旱植物，我就想，我们能不能在这横贯沙漠的公路两边，种出几百公里长、上百米宽的胡杨林带和红柳林带，用这条林带保护这条公路不被沙漠掩埋，并用这绿色树林把塔克拉玛干沙漠一劈两半，向塔克拉玛干沙漠宣战，为全面治理沙漠奠定基础。

我更想到，我们的农业专家和林业专家，能不能像以色列的科学家那样，潜心研究治理沙漠的方案，发现并培育出比红柳和胡杨更好的植物，不但能适应这儿的恶劣气候，茁壮成长，抵挡沙漠的进攻；还能给人类提供实用的果实。同时，更好地管理好天山、昆仑山的雪水和天上的雨水，实行合理的科学的灌溉，这样，逐步地把优质抗旱耐旱的植物种植在辽阔的沙漠，把沙漠逐步改造成良田。

车行在辽阔的沙漠上，我的心还是乐观的。我坚信，三十年、五十年、一百年，我们终究能够改造沙漠，还新疆一个清凉的、绿色的世界！

十五、献了青春献子孙

在吴赤光姐姐工作的新疆地方病研究所住了一个多月，又到研究所昆仑山上的研究机构住了几天，我看到了研究所的同志们兢兢业业工作的情况，更看到了他们献身边疆、献身工作的热忱。研究所是60年代初从北京迁来的，工作人员、研究人员多数是从北京、上海等大城市转到乌鲁木齐市来的。几十年来，他们同边疆各民族一起，为新疆的发展繁荣，贡献了青春和力量。

他们又在这儿结婚、生育，安家，立业。几十年过去了，他们老了，儿女也长大了，也在这儿读书、工作了！他们的骨灰，将埋葬在这里，他们的子孙，也将在这里继续扎根！

他们常说：我们是献了青春献终生，献了自己献儿孙。

姐姐一家不也是这样吗？姐夫是山东人，上大学时学的物理，因耳神经出了问题，又改学外语。大学毕业后分配到北京一家研究所工作。后来，研究所迁到新疆，他也就来到了新疆。他的外文翻译非常好，为研究所的文化交流和科研工作做出了贡献，退休前成为新疆自治区外语高级职称评审委员会委员。"文化大革命"后他到重庆同姐姐结婚，就把刚调回重庆、在农村当了10多年知青的姐姐带去了新疆。姐姐也在新疆一待就是30多年，直到退休。他们为新疆献出了全部的青春。他们的儿女考上大学，当了博士，留在了山东和武汉工作。不然，也会留在新疆。

是的，广袤的新疆大地，应该记着他们这代人的苦辛和忠诚！铭记着他们几代人的贡献和功勋！

2012 年 7 月 15 日于北碚

第一辑 情漫山海

俄罗斯游记

一、俄罗斯情结

盼了很多年的俄罗斯之旅，今天终于成行了。

我们五六十年代成长起来的中国人，多数都有浓烈的俄罗斯情结。俄罗斯的普希金、列夫·托尔斯泰、契诃夫、莱蒙托夫、果戈理、高尔基、保尔·柯察金等著名作家的杰出作品，诞生于意大利、兴盛和扎根于俄罗斯的《天鹅湖》等芭蕾舞剧，美术大师列宾杰出的油画作品，还有俄罗斯优美迷人的名曲《莫斯科郊外的晚上》《咔秋莎》《三套车》《伏尔加船夫曲》等，更是风靡几代中国人。而中俄两国和两国人民的友谊，更是源远流长，亲密无间。尤其是普京和梅德韦杰夫执政以来，中俄两国更结成全面战略伙伴关系，并建立了上海合作组织，政治经济文化联系更加紧密。所以，在这个时候游历莫斯科和圣彼得堡，可谓天时地利人和。

我们参加的中国国际旅行社组织的俄罗斯七日游，从 7 月 2 日到 7 月 8 日。7 月 2 日早上 10 点 15 分从重庆出发下午 2 点 15 分到达乌鲁木齐，晚上 7 点 45 分由乌鲁木齐飞莫斯科。

机舱外是灿烂的阳光，南航的波音 757 飞机在平稳地前行。飞机在新疆上空飞行，从舷舱上俯瞰，只见大地一片白茫茫、灰蒙蒙、黄澄澄，放眼望天都是一望无际的沙漠或荒山。只在小河周边，有一些绿树，星星般点缀着无边的荒漠，令人不禁感慨万端。中国西北，包括新疆、西藏、青海、甘肃、宁夏、陕西的广大地区，都有那样多的荒漠，要把这大片山河改造成良田、森林、草原，还需要我们几代人的艰辛努力啊！

当飞机乘务员告诉我们，飞机即将降落乌鲁木齐市时，我向下俯视，只见远处是苍茫山岭，不时可以看到山谷中的皑皑白雪，飞机盘旋下降，森林、草原和良田以及积木般的楼房就慢慢映入眼帘，最终，高楼大厦出现在视野中。乌鲁木齐机场到了！

在贵宾室休息三个多小时后，我们来到候机厅。来自重庆、沈阳、昆明、大连、西安、成都等地的游客汇集在举着"浪漫俄罗斯游"标语的导游周围。她十分诙谐地说，她是宋霭龄、宋庆龄、宋美龄的妹妹，叫宋焕玲。她说，西安来的 11 位旅客的飞机延误了，她已给到俄罗斯的航班联系了，请他们等候。别人来一趟不容易，如果乘不上这班航班，就太可惜了！可是等到下午七点多钟，西安的飞机还没到，而前往莫斯科的飞机已经在不停地催促旅客上机了。导游只好让我们 27 位旅客先上飞机。八时许，来自西安的 11 位旅客终于赶到，匆匆登上飞机。我们也舒了口气。庞大的波音 757 飞机发动了，升空了。

飞机飞上碧空，左侧是大片荒山，右侧是大片绿色田园。天上云朵雪白，如山岳，如海浪，如亿万朵棉桃，如千万里锦缎。突然间，云朵裂开一个大洞，仔细一看，竟是真实的锦绣田园；再过一会，在如千山万岭般重重叠叠的云山之外，竟出现了一大片平坦的似白银般的云湖，是那样舒展，宽敞，平展……这瞬息万变的云彩，这无边无际的色彩，这多彩多姿的形象，吸引着我的眼球，炫耀着色彩的无限魅力，宣示着天宇的浩瀚辽阔。

飞机一直向西，向着太阳飞奔。太阳照在飞机两侧，照耀着无边无际的云海。

晚上十点半的重庆已是黑夜，可我们周围却是一片光明。当十二点钟了，重庆已进入深夜，可我们周围仍是一片烂漫的云彩。

导游告诉我，北京与莫斯科的时差是 4 小时。重庆深夜 12 点，莫斯科才晚上 8 点。所以，此时夏季的天空还是晚霞灿烂。

北京时间 7 月 3 日凌晨一时，即莫斯科时间 7 月 2 日 21 时许，我们的飞机抵达莫斯科机场。夕阳刚刚下坠，天空依然明亮。再看机下，莫斯科的房屋、田野依然看得一清二处，大地并没有坠入黑暗之中，圆圆的月亮朗朗地照临着大地。

在机场等行李，足足等了半个多钟头。出海关，办手续也很慢。导游说，俄罗斯的风格是"三快一慢"：说话快，喝酒快，走路快，办事慢。希望我们能适应这儿的特点。

当晚，下榻 33 层楼的旅行家公寓。导游告诉我们明天早上八点半早餐，九点半出发。我们问导游能否早一点？导游答曰："俄罗斯的司机九点半才上班。他们决不愿早上班，哪怕是给他钱！"想想我们国内，八点半已经上班了。

二、圣三一体修道院

导游介绍说，这次俄罗斯游，主要是到莫斯科和圣彼得堡，另外还要去游览俄罗斯一个著名的古典小镇谢尔盖耶夫镇，领略一下小镇风情及俄罗斯驰名世界的宗教圣地——圣三一修道院。从莫斯科到谢尔盖耶夫镇，上百公里行程，汽车一直在森林中穿行。两旁都是一眼望不到边的树林和草原，草地里开着绚烂的野花。不时点缀着一些小小的别墅，这是俄罗斯政府划地给俄罗斯人民，让他们自由修建别墅。他们可以在周末开着车，到森林中的别墅度假。

导游介绍说，谢尔盖耶夫镇是谢尔盖耶夫修建的，谢尔盖耶夫是一位爱国的教徒。14 世纪，蒙古族统治了俄罗斯，德米特里顿河大公在准备与蒙古人征战时，还特别来到谢尔盖耶夫所在地区，请谢尔盖耶夫为他祈福。谢尔盖耶夫为俄罗斯王子祈祷，并预言俄罗斯必胜。这是一场重要战争，谢尔盖耶夫请来的勇士打败了蒙古族的勇士，这次胜利激励了俄罗斯人民。德米特里顿河大公奖励谢尔盖耶夫，俄罗斯民众也赞扬谢尔盖耶夫，并纷纷搬来修道院附近居住。谢尔盖耶夫在90岁时，把衣钵传给了大徒弟，从此谢尔盖耶夫被人们奉为圣人。他的遗体被珍藏起来，装入银棺，人们以亲吻他的遗体来祈福。谢尔盖耶夫所在的教堂被修建为全俄罗斯三大教堂之一。

车到谢尔盖耶夫镇，老远就看到教堂金光闪闪的尖顶，高指蓝天，显得那样高雅华贵而圣洁。进入那刻满宗教画面的大门，几座礼拜堂出现在我们面前。这是世界第一流的东正教教堂，堪与耶路撒冷的教堂媲美。修道院很大，有若干座教堂。每一座教堂都修得金光闪闪，都有一个贴着金铂的圆顶，圆顶上还有直插青天的金色十字架。园内有高大的树木和精致的花园，吸引着无数俄罗斯人和外国游客来礼拜和游览。

进入进餐大教堂，上百平方米的教堂里，金碧辉煌的壁画、雕塑，令人耳目一新！进餐大教堂里面是圣三一教堂。所谓圣三一，是指圣父、圣子、圣灵三位一体。圣三一教堂建于15世纪，是圣灵的灵魂棲息地，谢尔盖耶夫的银棺就设在里面。上百名俄罗斯民众在这儿祈福。他们一进大门就在胸口虔诚地划着十字，然后在门口一个柜台的长孔中自觉地放入钱币，然后领几支半尺长的灰色香，排着长长的队列，等待着去亲吻银棺中谢尔盖耶夫的圣体。而旁边，则有一些人在轻声地唱着圣诗，诵着圣诗，或是在抄着圣经。不管是老人或孩子，也不管是男人或女人，他们都那样的虔诚，那样地专注，那样地发自肺腑。没有人收费，没有人宣传，没有人张罗，修道士中有老人，也有青年，他们都显得那样有教养，有气质，有涵养。

旁边是圣母升天大教堂。大殿内有圣母升天图，周围是众多圣徒的画像和琳琅满目的圣像。教堂中间，放着几个木质的棺木，里面是得道高僧的圣体，不断有人画着十字，吻着那遗体上的玻璃。棺木散发着幽微的香味。导游解释说，得道高僧的遗体会散发出香味，而我则认为是棺木和香烟的作用。

在修道院内，有亭子中喷出的圣水。人们用手捧着洗手洗脸。我们都去捧起圣水，洗了洗风尘仆仆的手和脸。

东正教是天主教的支教，也是俄罗斯的主要宗教。其主要特点是信奉圣母玛利亚。

在修道院旁边的俄罗斯小餐馆里，我们品尝了俄罗斯传统美食。小小的餐桌可坐六人，先上一小竹篮的切成片的咸面包和一碗沙拉——拌了酸甜调料的切细的白菜，接着上番茄鱼肉汤（鱼肉仅仅是点缀），再上浇上了鸡丁的米饭，最后是加了甜酱的薄薄的炒饼。三位俄罗斯男士和女士张罗着慢慢上菜，真正是只有细细嚼，慢慢咽，耐心等待了。

午餐后回到莫斯科，参观阿尔巴特步行街。它与北京的王府井有些相似。街道两边是两三层的商店，陈列着琳琅满目的套娃、望远镜，以及俄罗斯的各种工艺品。在街道两侧，有用栅栏围起来，以鲜花点缀的小酒吧和小食店，很有风味。

三、莫斯科红场

莫斯科真是建在森林中的城市！

从我们下榻的酒店望出去，周围的高楼都是建在树林中，房屋与房屋之间间隔很大，中间都是树林，甚至是一大片一大片的树林。树林后又是一排房屋，房屋后又是树林，一望无尽的树林。公路两边，也是草坪和树林。尽管莫斯科经常塞车，可街道两旁的花园、树木、树林都尽量地保留着，没有用于拓宽道路。从政府到百姓都很重视环境保护，开发时也很重视保护树木、花草和植被。这是值得我们学习的。

俄罗斯面积有 1700 多万平方公里，人口才 1 亿 4 千万，其中森林覆盖面积达 60％，这几乎相当于中国国土的面积。有人说，即使俄罗斯人全部不劳动，靠卖木材就够他们维持西欧人的生活水平生活一百年，而一百年后，森林又成长起来了！而且俄罗斯还有丰富的石油、天然气、金银煤铁等资源，还有充足的淡水资源，它有总长度达 200 多万公里长的世界最长的河流，有世界最大的咸水湖里海和世界最深的淡水湖贝加尔湖，其储水量极为丰富。这些湖泊水产资源和矿产资源都极其丰富。

早上 9：30 分乘车参观莫斯科红场。红场是莫斯科的心脏，是俄罗斯重大节日举行群众集会和阅兵的场所。南北长 697 米，东西宽 130 米，面积 9 万平方米，是全世界第二大广场。全世界第一大广场是天安门广场。其地面全用条石铺就。红场在俄语中是"美丽的广场"的意思。

红场旁是克里姆林宫，红色的围墙环绕着克里姆林宫。城墙上建有十九座精致美观的塔楼。红场周围有国立博物馆，圣瓦西里教堂和莫斯科最大的古姆百货商场。红场中是列宁墓，列宁墓的水晶棺中保存着列宁的遗体。列宁墓上面是俄罗斯领导人检阅的地方。列宁墓后面有苏联时期各位主要领导人的坟墓及雕像。顺着红墙广场往前走，是高耸的钟楼；旁边是童话般炫斓缤纷的圣瓦西里教堂，五六座色彩不同、高矮有异的洋葱形圆顶建筑包围着一座高耸的尖塔，其造型之独特优美和色彩之炫丽壮观，真令人赞叹不已，沉醉流连！导游说，伊凡雷帝在请设计师修建好此楼后问设计师：你能不能造出更好的楼，设计师回答说可以，伊凡雷帝为了不让世界上有更好的建筑，竟残忍地将设计师眼睛挖掉！我们围着这教堂观赏着、沉醉着，为莫斯科的艺术惊叹不已。

在红场外边的亚历山大花园里，有无名烈士墓。墓前有团熊熊燃烧的圣火，两个英武的士兵轮换着为他们战岗。群众中流

传着一条名言:

> 你的名字，无人知晓；
>
> 您的功名，永世长存。

四、克里姆林宫

下午，我们参观了克里姆林宫。从库塔菲亚塔楼下的拱形大门进去，走过一段斜坡，就到了特洛伊塔楼（又名圣父、圣子、圣灵三位一体塔楼）。穿过塔楼就是偌大的广场，里面耸立着几座著名的教堂：圣母安息教堂、圣母报信大教堂以及大天使（十二门徒教堂）教堂等。

圣母安息教堂是俄罗斯最主要的总领教堂，于 1475—1479 年由莫斯科大公伊凡三世建造，1481 年俄罗斯著名圣像画家季奥尼西主持的画队及 17 世纪著名宫廷画家伊凡集中俄罗斯的圣像画家完成了庞大的圣像壁画。圣母安息教堂内的大型壁画可以说是集古俄罗斯的艺术精华及 14 世纪至 17 世纪圣像画之精华。这座教堂内还珍藏着历代大公、沙皇及主们的历史手稿文献及用黄金、白银、珍珠、钻石铸造雕刻的珍贵艺术品。几百年来，俄罗斯的重大庆典仪式均在此举行：大主教的授职典礼，历届沙皇的加冕以及重要法令的颁布。教堂之南、北、西侧则为历任主教之陵寝。

旁边的圣母报信大教堂修建于 1485—1489 年，它是皇家教堂，其气概显得更加宏伟、庄严、隆重、气宇非凡。多层式的圣像壁上，供奉着东正教众圣者的尊容，这些圣像画均由 14 世纪末至 15 世纪初之俄罗斯著名圣像画家鲁布廖夫及格列克二人创作，教堂内的大型壁画则由俄罗斯著名圣像画家季奥尼西之子费奥多西带领的宫廷画家完成。这些圣像画和大型壁画色调鲜艳夺目，亮丽缤纷，气势宏伟，彰显着皇家气派和威望，具有很高的艺术价值。

再旁边的大天使教堂则是安葬历届莫斯科大公及沙皇陵寝的皇家祠堂。它建立于 1505—1508 年，为威尼斯建筑大师诺维之杰出作品，教堂内部的壁画则系当时俄罗斯最优秀的壁画家共同协力完成。

在克里姆林宫内部广场上，在沙皇钟楼旁边，还有一尊巨大的炮王和世界上最大的钟。

走进这琳琅满目、价值连城的宗教的、艺术的、历史的大殿，令人心灵感到震撼、灵魂受到洗涤。它们让人感受到俄罗斯建筑艺术、绘画艺术的非凡成就！

克里姆林宫内最雄伟、最庞大、最庄严的大殿当然是克里姆林宫大宫殿了！这座以俄罗斯传统艺术风格修建而成的三层高、长方形的皇宫共有 700 间房屋，占地近 20 万平方米，显得格外宏伟壮丽、气势磅礴。它是俄罗斯最高权力中心所在地。现在，普京就在里面上班。我们参观者可以在离它几十米的广场上眺望它。导游小张给我们讲，五月初她还在此广场见过普京的车队从她们面前经过。

五、涅瓦大街

9 点 30 分从莫斯科火车站乘软卧去圣彼得堡。第二天早上 5 点到圣彼得堡车站。上火车前，导游告诉我们，软卧车厢上经常有人偷窃，要我们提高警惕。我们在锁紧软卧的门以后，又用毛巾拴紧门闩，而且通宵警惕。但是，到站时，却发现我们紧锁的车门被人用钢刀撬开了，拴门的毛巾亦被人用刀子划破。但幸好我们警觉，没有被盗。可是，我们旁边车厢的两夫妻的一万元的人民币和八千元卢布却在昨晚被盗了！同时，另外几个中国团队的旅客也都被盗窃了。看来，俄罗斯有盗窃集团专门在火车上偷窃中国旅客。这应该引起俄罗斯公安部门和铁道部门的高度重视，狠狠打击盗窃集团，以保障中国游客的安全，维护俄罗斯的形象和声誉！

6点多钟，在华人餐馆早餐后，汽车载着我们经过玛丽亚宫、蓝桥广场、列宾艺术学院，在涅瓦河畔狮身人面像旁照相，再经过普京和梅德韦杰夫毕业的圣彼得堡国立大学，来到瓦西里岛。瓦西里岛是彼得大帝按照他非常喜欢的阿姆斯特丹来设计建造的。在瓦西里岛上有两座已经没有使用的红色灯塔，但就那么两座灯塔，却做得那么考究、华丽、漂亮！灯塔柱上部有雕刻精美的饰有战船船头的浮雕，柱脚则是四座象征涅瓦河、沃尔霍夫河、伏尔加河和第聂伯河的人形雕塑。这两座灯塔被称为海神柱，象征着俄罗斯人民战胜大海的钢铁意志！而整个瓦西里岛呈圆弧形，像一只驰入大海的巨轮，圆弧形顶端的瓦西里岬犹如巨轮的船头。这恰好像我家乡重庆市渝中区一样呈圆弧形，而朝天门广场就像船头，在嘉陵江与长江的挟拥下驰向东方！

游览涅瓦大街。涅瓦大街以打败瑞典军队的俄罗斯民族英雄涅瓦命名，已有两百多年的历史。涅瓦大街非常漂亮壮观而又富有民族文化风情。街道基本上都是五层，也有少数三层或四层的楼房，每一栋楼都各有特色，互不相同，显得格外美观动人。但更重要的是它的历史和文化。音乐大师柴可夫斯基、著名作家果戈理等都在此居住过，1837年普希金决斗前曾在文化广场的咖啡厅喝过最后的咖啡！

我们游览了涅瓦大街的滴血教堂（又叫喋血教堂），是为纪念亚历山大二世而修建的。亚历山大二世废除了农奴制，在历史上很有功劳，但却被人暗杀。为了纪念他，人们在他的遇刺地修建了这座耶稣复活教堂。教堂建得非常精致、优美，五六座洋葱头顶座，深褐色的基调令人叹为观止！教堂外部的装饰大量使用马赛克拼图，穹隆顶部则贴着搪瓷片，内部的绘画作品，均为马赛克镶嵌画。

不远处的喀山教堂则显得粗犷得多。它是为纪念俄罗斯军队战胜拿破仑军队的伟大胜利而修建的。教堂内埋葬着战胜拿破仑的指挥官库图佐夫元帅，教堂北面耸立着库图佐夫元帅的雕像。教堂主体圣殿是一座金属结构的绿色圆形屋顶，里面收藏着大量俄罗斯雕塑及绘画，使其成为俄罗斯艺术圣殿。主体圣殿两侧延伸着由数十根高大的石柱撑起的上百米的巨型的长廊，显得气势恢宏。

六、叶卡捷琳娜宫殿

下午参观叶卡捷琳娜宫殿。这是俄罗斯最富丽堂皇的宫殿，被称为世界八大奇迹之一。彼得大帝生前将皇村这片土地赠送给心爱的妻子，即未来的叶卡捷琳娜一世女皇。当时，她只修建了小规模的建筑，其后，经过伊丽莎白女皇和叶卡捷琳娜二世女皇大兴土木，才形成了现在的辉煌。叶卡捷琳娜宫殿内部全用黄金装饰，显得金碧辉煌，华丽富贵。宫殿内陈列着许多名贵的世界名画，其中还有中国皇帝送给她的国画。叶卡捷琳娜宫殿最著名的是琥珀厅，其全部宫墙均用琥珀装饰。琥珀是生成于几千万年前，由松树汁滴下累积成团，再经过地壳变迁，高温熔铸和挤压，形成的化石。其色泽艳丽光华，圆润细腻，极其罕见昂贵。1717 年普鲁士国王弗里德里赫一世送给彼得大帝一批稀有的琥珀砖，后来叶卡捷琳娜就用这些琥珀砖建造了琥珀厅，建成了金光闪烁、美不胜收、罕有其匹的世界奇观！

叶卡捷琳娜宫殿坐落于皇村，而普希金曾经在皇村小学读过六年小学，而且还写过不少诗热情赞美皇村，故俄罗斯人又称其为普希金城，由此可见俄罗斯人对文化的重视和对普希金的崇拜。

皇村内还有中国村，它是由 10 栋带有弧线形的中国式房檐的建筑构成，它通过两座小桥与叶卡捷琳娜宫殿相连接，其中一

座桥叫"随心所欲桥",桥上有一个中西合璧的杰作,一个小圆
亭由八根欧式风格的柱子托起一个富于东方情调的顶篷。这充分
反映了叶卡捷琳娜宫殿兼收并蓄的特点。

七、冬宫博物馆

冬宫博物馆又名艾尔米塔斯,艾尔米塔斯是法语,原意为博
物馆,远离尘世的地方。它是俄罗斯最大的国家博物馆,也是全
世界最大的博物馆之一。其雄伟壮观的建筑艺术让人叹为观止。
整个冬宫博物馆由彼得大帝于17世纪初修建的冬宫和叶卡捷琳
娜二世修建的小艾尔米塔斯和旧艾尔米塔斯,以及尼古拉一世于
1839年兴建,在建筑设计和内部装潢上都达到了最高水准的新
艾尔米塔斯等五栋建筑共同组成。其外观是那样的宏大庄重、磅
礴连绵;其建筑风格是巴洛克风格,即大量使用夸张、奔放、富
有表现力的建筑形式;而内部装潢又是那样的富丽堂皇。

冬宫博物馆收藏的艺术品之精湛珍贵和丰富博杂,其艺术价
值之高,稀世难匹。这里面不仅有最珍奇的皇室精品,也有来自
全俄罗斯的出土文物,更有历代皇室从全世界各地收购的最稀
罕、最值价的法国、意大利等国的顶级艺术家的各种风格流派形
式品种的艺术极品、文物珍宝。其展厅就有:东欧厅、西伯利亚
文物考古厅、古希腊罗马厅、西欧艺术厅、俄罗斯文化厅、东方
世界艺术文化厅、古钱收藏厅、军械库厅、梅尼希科夫宫殿、学
术图书馆等。其中有达·芬奇的名画《圣母达丽》和《圣母宾如
阿》、毕加索的《巴黎蒙马利特勒的林荫大道》、雷诺阿的《女演
员琼娜·圣玛利》、莫奈的《蒙日热拉涅的水塘》、高更的《神奇
之泉》、罗丹的《永恒的春天》、凡·高的《回忆在埃惬的公园》
《在阿尔的技艺场》《紫丁香灌木丛》《小茅舍》、马蒂斯的《红色
的房间》《舞蹈》以及托尔斯泰的手稿,还有中国18世纪的珐琅
彩瓷器《狮子》等等,真是丰富无比,数不胜数,观之不尽,美

不胜收，令人目不暇接，赞叹不已！在这里，你不仅能感受到来自世界各地的不同的文化气息，更能沉浸在俄罗斯的精美的艺术世界之中，受到深深的陶冶，感到意外的惊喜！

八、向普希金致敬

在我的俄罗斯情结中，对普希金的怀念占据了非常重要的地位。到圣彼得堡以后，我就提出要看普希金。导游带我们参观了位于莫伊卡河滨 12 号普希金故居。这里原为女公爵沃尔孔斯卡娅的私宅。普希金从 1836 年秋以后同全家人住在这里。普希金在同荷兰公使的养子若尔日·丹捷斯进行决斗时受了重伤，即在此养伤。当时，社会各界人士都怀着悲痛的心情前来看望重伤的诗人，广大读者也纷纷以各种方式表达对他的担忧。1925 年，圣彼得堡人民在此建立了普希金故居博物馆。博物馆里悬挂着基普连斯基创作的普希金的画像以及他的夫人普希金娜的画像。普希金的办公室书架上的满满的书籍和书桌上零星的文稿，仿佛还在怀念着诗人；故居的钟固执地停留在 1837 年 1 月 29 日逝世的那一刻，仿佛还在等待着诗人归来。但是，诗人已经永远地离开了人间。

不，伟大的人民诗人永远也不会死亡！他永远地活在他的诗歌中，也永远地活在亿万人民心上！我们，不就是在普希金等诗人的诗歌的抚育下成长起来的吗？我深深地记得，我青年时代是怎样阅读着、背诵着他的《给凯恩》《致西伯利亚的囚徒》《纪念碑》，阅读他的诗体长篇小说《叶甫盖尼·奥涅金》，读他的《茨冈》《上尉的女儿》和《别尔金小说集》等。普希金被称为"俄罗斯文学之父"，他的诗那样广泛而深切地反映了俄罗斯社会，抒发了纯真的爱情，表达了人民对自由幸福的向往。他的作品语言热烈、自然、清新、流畅、优雅，对俄罗斯的民族语言和文学的发展起了重大作用。

在涅瓦大街的艺术广场上，在国立俄罗斯博物馆广场前，我们又见到了普希金的青铜雕像。他穿着长长的外套，高高地站立在赭红色的大理石座之上，他轻扬着头颅，平伸出他的右手，注视着前方。我虔诚地走到他面前，恭恭敬敬地向他鞠了一躬，表达我对他的尊敬和怀念。而在我的心中，《纪念碑》一诗春雷般轰鸣起来——这首诗写于1834年亚历山大一世的纪念柱在彼得堡的皇宫广场上建立起来的时候，诗人在这首诗中表达了他对自己诗歌的高度肯定和对沙皇统治的蔑视：

> 我为自己树起了一座天然的纪念碑，
> 人民的道路通向那里，再也不会荒芜，
> 他抬起了自己不屈的头，
> 高过亚历山大的纪念石柱。
>
> 不，我不会完全死去——我的心灵
> 通过珍秘的琴声将将超越我的骨灰、避免腐朽，
> 我将永享荣誉，即使在这月光下的世界
> 哪怕还只有一个诗人居留。
>
> 我的名字将传遍伟大的俄罗斯，
> 她那各族的语言将把我呼唤：
> 高傲的斯拉夫、芬兰，至今野蛮的通古斯，
> 还有卡尔梅克，草原的伙伴。
>
> 我之所以久久地为人民所喜爱，
> 是因为我用诗歌激起了他们善良的感情，
> 是因为我在这残酷的时代歌颂过自由，
> 并且为倒下的人们祈求宽容。
> ……

九、新圣女公墓

7月5日晚，从圣彼得堡乘火车返回莫斯科，早餐后即前往列宁山观景台，俯瞰莫斯科全景。这时，黎明的曙光刚好照耀在我们眼前，莫斯科宏伟地呈现在我们眼前。苏维埃时期的名歌《列宁山》又响起在我的脑海：

> 亲爱的朋友我们都爱列宁山，
> 让我们迎接黎明的曙光。
> 在高高山上我们仰望四方，
> 莫斯科的风光多么明亮。

> 工厂的烟囱高高插入云霄，
> 克里姆林宫上曙光照耀，
> 啊世界的希望，俄罗斯的心脏，
> 我们的首都，啊，莫斯科！

然后去到莫斯科大学。莫斯科大学是俄罗斯乃至全世界最知名的高等学府。始建于1755年。莫斯科大学校门庄严宏伟，学校面积宽阔，有5700多个房间，有三万多学生。配套设施极为高档完备。莫斯科大学是一所综合性大学，理科，特别是数学、物理，是其强项。

接着去到新圣女公墓。这是俄罗斯的名人公墓，相当于我国的八宝山公墓。但是它的修建非常独特，每个人的墓地大小、形状、墓碑与头像、身材的设计、雕刻均不相同，而且又非常讲究针对每个人的特点设计。因此，走进新圣女公墓，宛如进入了一座雕塑博物馆、设计大观园。在这里，我们既缅怀了名人们的成就和功勋，又重温了俄罗斯的光荣历史，还欣赏了具有高度艺术水平的雕塑杰作。赫鲁晓夫的墓碑是一大块黑白相间的花岗岩，隐喻着人们对他的截然相反的评价。"穿甲弹之父"的墓碑很独特，在他的塑像前立着一块10厚厚的钢板，上面还有三个弹洞。著名飞机设计师图格涅夫的墓碑是在大理石上刻着一条机翼，下面是他出生和逝世的时间。苏联著名作家保尔·柯察金的雕像：双目失明，一只手放在书上，显示了他写作的《钢铁是怎样炼成的》；旁边是他用过的战刀和军帽，象征着他生前的战斗经历。圣女墓地还有俄罗斯著名作家契诃夫、果戈理，苏联时期著名作家法捷耶夫，中国人民熟悉的舞蹈家乌兰诺娃。还有苏联女英雄卓娅和她的弟弟舒拉及其母亲——《卓娅和舒拉的故事》的作者的雕像。

下午，参观了宏伟壮观的胜利广场，观看了精彩的莫斯科马戏团的表演。

7月6日晚，我们从莫斯科飞回乌鲁木齐，结束了俄罗斯的旅游。

2012年7月3日至7月13日于莫斯科—圣彼得堡—重庆

震惊世界的奇观

——漫游吴哥窟

柬埔寨的历史和吴哥窟的由来

2010 年 10 月初，我同妻子龙燕利用国庆长假，参加了五天吴哥窟之游，看到了神秘壮观的吴哥窟，游览了洞里萨湖，心灵受到了强烈震撼，灵魂得到了深切净化，深感不虚此行！

吴哥是柬埔寨语"首都"的意思，它也的确是柬埔寨真腊王朝时期的首都。柬埔寨的英文名是 Cambodia，又因其民族以高棉族为主且历史上还曾建立过"高棉共和国"，所以也称为高棉。柬埔寨在东南亚南部，西邻泰国，北接老挝，东有越南，南为暹罗湾，面积 18 万平方公里。柬埔寨属于典型的热带气候，年平均温度在 27 度以上，非常炎热。

柬埔寨历史非常悠久。早在公元前三四千年，湄公河流域及洞里萨湖就有人类活动，公元一世纪左右，印度人汾填打败了柬埔寨女王柳叶，并同柳叶结婚，建立了扶南王朝。公元 6 世纪末至 7 世纪初，扶南王朝被他的属国真腊兼并，真腊王国从 7 世纪建国，一直到 16 世纪。从 9 世纪到 13 世纪，真腊王国定都吴哥，史称吴哥王朝时期，也是高棉历史上的鼎盛时期，就是在这三四百年的时间里，真腊王朝修建了璀璨夺目的吴哥窟，把建筑、雕刻、艺术发扬到极致；生产、商业、生活也达到了很高水平。也就在这个时期，公元 1296 年，中国元朝使节周达观出使真腊，写下了《真腊风土记》一书，全面而真实地描写了当时百姓的生活、生产、商业、宫室、廷宫生活等，显示了吴哥窟当年的兴盛和辉煌。

14 世纪初，暹罗（今泰国）攻打真腊，血洗吴哥，真腊王朝不得不放弃辉煌的吴哥，迁都南面的金边。16 世纪到 19 世纪，柬埔寨一直受到越南和泰国侵扰，泰国还成了柬埔寨的宗主国。19 世纪晚期，法国挟强大的殖民势力占领东南亚，越南、泰国、柬埔寨都先后成了他的殖民地。20 世纪初，柬埔寨人民掀起民族独立运动。1953 年 11 月 9 日，西哈努克国王在美国、日本、泰国的支持下，建立了柬埔寨王国。

在真腊王朝迁都金边以后，由于无人知晓的原因（有人说因为暹罗攻城后的屠城，又有人说是战后的瘟疫游行，还有人说是因为高棉人怕吴哥城闹鬼），吴哥窟竟然为浓密的热带雨林所淹没，成为杳无人迹、无人知晓也无人问津的历史遗迹。1858 年，法国探险家亨利·穆奥（Henri Mouhot）也许是受到周达观《真腊风土记》一书的启发，循迹探索，深入吴哥的原始森林之中，找到了埋藏于密林中的珍宝。于是，吴哥窟终于再现于世。从此，这埋在深山雨林中的瑰宝引起了全世界人民的关注，1992年被联合国教科文组织列为世界文化遗产，同中国的万里长城、埃及的金字塔、婆罗浮屠并列为东方四大奇迹。许多西方人见到吴哥，都感慨地说，即使古希腊、古罗马的遗迹，在它面前也会黯然失色！

小吴哥

整个吴哥古迹散布在面积约 45 平方公里的土地上，目前已发现的古建筑就有六百多座，堪称世界建筑艺术的奇迹，人类建筑与艺术的宏伟圣殿。其最主要的是小吴哥、大吴哥、女皇宫、塔普伦寺等。

小吴哥（Angkor Wat）即吴哥窟，它是公元 1113 年至 1150 年由苏利亚华曼二世修建，主要是供奉印度教的仳思奴神。在柬埔寨语言中，它是"首都的寺庙"之意。它是整个吴哥艺术中保存和维护得最完整的寺庙，也是吴哥古迹中最杰出、最壮观的印度教寺庙，它还是现今世界上最大的庙宇。小吴哥非常宏伟，老远望见她，就令人不威而严，五体投地。在心中大呼："太伟大了!"

小吴哥由护城河、内外城墙、回廊、中央神殿及五座圣殿组成。穿过宽阔的护城河，进入西门，迎面而来的是一条三百多米长的石砌大道，大道两侧的护栏上有七头蛇的石雕。走完石砌大道，就到中央神殿入口处。入口外有第二道回廊，长长的回廊里雕刻着古高棉的历史，宣扬着国王的功绩，更有着众多的仙女雕像，她们个个姿态不一，神情相异，显出雕塑家很高的艺术造诣。从中央神殿入口进去，就可以看到高高的神殿了，神殿有三层石砌的基台，在第二层基台的四方，各建了一座圣塔，而在最高的中央基台上，则建起了最高的中央圣塔。这五座圣塔形成一种烘云托月之势，象征着须弥山上的五座山峰，即印度教众神居住的地方，也是宇宙的中心。世界上最大的庙宇高达六十几米，全用巨石垒造，竟然没有用一点黏和剂，没有用一点钢筋、水泥，全靠在石头上刻出凹凸部分来联结，或靠在石头上刻出相对应的隼头来衔接垒成。仔细想想，要把这几十万、几百万甚至上千万块大小规格形状各异的石头堆砌成如此宏伟而有气魄，精致而又美观的宝塔，需要其规划多么的详尽，工作量之大，组织能力之强，技艺之精湛！真令人赞不绝口，令人惊慕不已。更重要的是，这座寺庙的石头上还雕刻着那么多精美无比、形态各异、内容丰富的石雕。显示了高棉艺术的辉煌！

在吴哥窟基座的两侧有两个极长的艺术长廊，雕刻着非常精致优美的石头浮雕。第一走廊里面有《乳海搅拌》《高棉军队行军图》及《天堂与地狱》，第二走廊里有《守护神毗瑟孥》及众多优美迷人的女神像，都雕刻得极为精致，美轮美奂。

第二天凌晨，我们又欣赏了小吴哥的日出。

我是一个旅游爱好者，几十年来，看过了无数的朝霞落日。但是，没有哪次看日出，能引起我如此的震撼，激发起我如此强烈的庄严感。

我们早上五时起床，五点半左右到达小吴哥。此时的天空依旧朦胧，吴哥窟上的五座宝塔在黎明前灰色天幕上投下模糊的剪影。这时吴哥窟左侧的水池旁已是人山人海。大家都期待着这庄严的一瞬，气氛十分庄重肃穆。

这时，东方天际渐变白、变黄变红，吴哥宝塔形成黑色的剪影，显得那样庄重，那样神圣，那样庄严。更妙的是这黑色的剪影与整个博大无边、华彩缤纷的天空全都倒映在左侧的水池中，经过阳光的照射和波浪的反射，变得更加妙不可言。

游客们都欣喜而紧张地按动快门，渴望摄下这光华灿烂的一刻，留下永恒的感动。

大吴哥

大吴哥（Angkor Thom）就是吴哥城，它是苏利亚华曼七世于 1181 年至 1219 年修建的。长达 12 千米、宽阔的护城河环绕着这座古城，横跨护城河的桥梁两边的栏杆上，各有 54 尊雕像，一边是佛陀，一边是阿波罗，这 108 座佛像表情各不相同，而且每一尊神像之间还有一条巨蛇相连。高大的城墙保存完好。五座城门中，数南门保存和修缮得最完善。高达二十米窄窄的城门上，雕着四个巨大的四面佛，它们分别代表着慈悲喜舍四种教意。四座石像正中，耸立着一座高过佛像的石塔。看到这四面佛，你不得不惊叹柬埔寨古代艺人的神奇技艺，鬼斧神工。

进了吴哥城南门径直走 1500 米，就是巴戎庙，又叫百茵庙或巴杨庙。庙里有 54 尊四面佛，这个数字代表着吴哥王朝当时的 54 个省份。这些四面佛都带着神秘的微笑，它似乎象征着柬埔寨人民善良宽容的天性和心灵，有人说，这就是柬埔寨又叫"微笑高棉"的原因。在巴戎庙的门楣和梁柱之上，雕刻着形态各异又都优容典雅的仙女像，让人流连忘返。在巴戎庙的中心，屹立着一座佛塔，其中供奉着巨大的佛陀像，而佛塔的四壁上，则是描绘吴哥国王出巡和老百姓的战争、生活的场景。这些雕刻是那样生动细腻，经历八百年风霜，却还能让人身临其境地感受到当时金戈铁马、征战杀伐的景象。

巴戎寺北面是斗象台，周边的围墙上雕着大象角斗时的浮雕，以及几个大象的头颅和巨鼻的壁雕，显示出当时艺术家们的精湛的技艺技巧与想象才能。

斗象台西边是古皇宫庄严的入口，里面是参天的古木和宽阔的步道。步道尽头就是巍巍然高耸的吴哥王朝天上宫殿的遗址。

天上宫殿是砖红色的、有三层基座的石砌建筑。传说这座高塔是用黄金打造的，但是现在已看不到黄金的痕迹，它是九头蛇后的寝宫。传说，吴哥国王每晚都必须同她会面并商量国家大事，甚至于说，如果哪一天这位九头蛇后没有出现，就预示着国王即将死亡。

在天上宫殿南面是巴本宫。这是一座高大的神殿，周达观在《真腊风土记》中说，这座宫殿比巴戎庙还高，雄浑巍峨。它是乌达亚迪亚华曼二世在 1060 年修建的，供奉着印度教的湿婆神。

塔普伦寺

从大吴哥北门出城，其东北方就是宝剑塔（Preah Khan），其柬埔寨语是"圣剑"，它是真腊国王苏利亚华曼七世为纪念父亲并宣扬他征服占婆族的战功而修建的。这座庙宇格局极其宏伟华贵，建筑规模几乎与皇宫接近，宫墙上的雕刻也非常细腻典雅。其中一座豪华的厅堂，雕塑着许多舞蹈的仙女，被人们称为舞厅。在宝剑塔主殿中央，可以看到由条条廊柱形成的一个门接一个门的令人觉得深邃而华丽的特殊景致。

导游带我们从宝剑塔向东走了三公里左右，就到达了涅盘宫。这座宫殿的构成十分奇特，是一座圆形的大水池。池中央有一个小岛，岛上是一座石塔和寺庙。石塔上有两条盘绕的巨蛇，人们称它为"缠绕的龙"。当时，人们在池中种满各种药草，雨季水满池塘，池塘就成了天然药浴池，病人和患者就可以在池中沐浴治病了，这类似我们现在的药浴池。

从涅盘宫往南，经过达内寺、塔高寺，就是塔普伦寺。塔高寺是真腊国王苏利亚华曼五世在公元 1000 年前后修建的。这座寺庙用大大小小的石块堆砌成了三座圣塔，但石头都保留着粗坯的原貌，上面没有雕刻。这明确地告诉我们，吴哥窟的所有建筑都是先用石头堆砌成各种宫殿、寺庙、房屋，最后再由艺匠雕刻出图案、艺术品来。虽然这些原形巨石未经雕琢，却蕴藏着未被开发的原始美感，让观众去想象它深藏着的美和悠久的历史！

塔普伦寺的入口处高高的城门上，雕刻着一尊巨大的四面佛。寺庙内有着极其精美奇妙的佛雕，我们从东门进去之后，就又见到了类似宝剑塔的"舞厅"，其中的仙女几乎个个都是那么飘逸潇洒，在尽情跳着天上的曼妙的舞蹈。神殿内供奉的智慧女神更显得高贵优雅，据说是建造这座寺庙的苏利亚华曼七世为纪念其母亲并依据其母亲的容貌雕刻的。

塔普伦寺最使我感兴趣的是它寺庙内的树。首先，走进塔普伦寺仿佛走进了原始森林，寺庙内种满郁郁葱葱的大树。其实，整个吴哥古窟也到处都能看到参天的古树，但是，塔普伦寺却显得格外的多。其次，是它里面有一棵奇怪的树，当地人叫它"油树"，在它的树干上有一个焦糊糊的洞，导游说，当地人用火烧它，它就会滴出油来，这种油可用来点灯。这引起我遐想，要是我们能好好种植推广这种油树，不是可以大大增加真正的绿色油类吗？更重要的是寺内展现出的巨木绞缠寺庙的罕见奇观。其实，在达松将军庙中，我们也看到了一棵老树，其树根完全抱住门前四面佛中的一面佛像的奇观，引起我们的惊叹。而在塔普伦寺内却更看见，庙内的许多宫墙、城门被参天的"蛇树"所盘绕、绞缠、包裹的奇观。早在19世纪法国人发现这座古庙时，就曾想撤除这些盘踞在佛像四面的古树，但是，人们发现，这种撤除反而会带来对神殿的更大破坏，因为这些树根已经插进、融进神殿的建筑之中，已经无法单独把树干除掉。于是，他们将这些盘根错节地包裹着寺庙建筑的巨木同寺庙一起保存，让它们共同构成神庙的历史。一个多世纪过去了，这些巨树与古庙已更加紧密地结合在一起，这些巨树的巨根已长得更大、更多、更深、

更广，它们穿绕在、缠结在、绞缠在神像、巨佛、门楣、屋檐、
梁柱之上、之间、之中，给神殿平添了无与伦比、绝妙罕见的奇
特景观，让我们在惊叹古神殿的悠久历史和古神树的伟大活力的
同时，还进一步领会自然与人类的相互竞争、相互切入、相互纠
缠中又相互依存、相互融汇、相互依托的水乳交融、复杂辩证的
密切关系，进一步懂得尊重自然、敬畏自然、热爱自然的道理。

女皇宫

　　女皇宫的真名是班特丝蕾寺（Banteay Srei），由于它的建筑
娇小玲珑，雕塑晶莹剔透、高贵华丽，被人们认为她应该是女皇
居住的琼楼玉宇，便被称为女皇宫。其实，吴哥王朝既没有女
皇，这个殿宇也非王宫而只是一座庙宇，供奉着印度教的湿
婆神。

　　有资料说，女皇宫是一个很有功劳的宫廷大臣耶日纳瓦拉阿
修建的。为了不至冒犯国王，他故意缩小建筑的规模，它的大
门，竟只有150厘米高，一般人进门都得低头才行，而且它也没
有像一般的印度庙那样将神庙建在高耸的台阶上，突出其崇高和
庄严，而是将神殿建在平地上，反而显得亲近、温柔与和谐。

　　女皇宫的规模虽然缩小了一些，宽100米，长120米，但麻
雀虽小，五脏俱全，围墙有内外三层，墙外还有护城河。它的建
筑小巧精美，雕工精致细腻，在吴哥遗址中可以说登峰造极，被
人们称之为吴哥艺术之钻石。

　　首先，其正门就显得非同凡响。虽然矮小，但上面的雕塑却
精美绝伦。门楣上，湿婆神正乘坐着三头巨象坐骑，威风凛然。
三头巨象下面，是一头威武的狮子，正在为湿婆神护航。在湿婆
神周围，艺术家雕刻出花草的美丽漩涡，似云涛释卷，又如海上

波澜，无比华丽。

从大门进入祭殿的堤道两侧，竖立着一根根象征着男性生殖器的"林迦"，它也是湿婆神庙的象征。

堤道右侧的回廊门楣上，雕刻着善良的天神与凶恶的阿修罗的故事。这本来是印度教和佛教都有的善恶对立的故事，表现娑婆世界在善恶中的轮回转世。一般都把天神雕刻得祥和美艳，阿修罗则丑恶凶猛。但是，修建女皇宫的艺术家，却一反常态，赋予天神丑陋的面孔，而把阿修罗刻得美丽异常，以此表现出更深层次的内容，阿修罗凭借其美丽的面庞欺骗百姓，残害人民，而天神因相貌丑陋，反而得不到人民信任，以至天下大乱。最后，面相丑陋、内心却善良的天神制止了容貌美艳内心却凶恶的阿修罗，世界才复归于祥和。我们在门楣上看到天神将阿修罗压制在下面，告诫世人勿以貌取人。看来，这柬埔寨的佛像，与我们重庆大足石刻里的艺术品一样，都有着深刻的哲理和教化作用。

巴肯山

出吴哥城南门外不远，就是巴肯山，它是吴哥城附近的最高点，高约六十多米。山顶上建了巴肯寺，这里最适合登高远眺，所以，成为游客们欣赏夕阳的好去处。只是到巴肯山没有修好的车道和步行道，巴肯寺修在五层基台上，而基台的台阶又陡又窄，上下几乎都得手脚并用，五体着地向上爬。

巴肯山在吴哥历史上占有重要位置。因为，在此之前，真腊王朝首都设在罗洛斯，后来，国王耶输跋摩一世登上了巴肯山，他突然灵机一动，决定选择这一带作为新都城。于是，经过几百年励精图治，研手砥足，终于建成了吴哥的盖世辉煌。这就像中国的乐樽和尚决定在三危山开窟建成敦煌，又像彼得大帝决定在芬兰湾建设圣彼得堡一样。

巴肯寺建在巴肯山顶，基脚是 13 米高的五层平台。最基础的一层，是正方形，四边各 76 米长，刚好占满巴肯山的地基。从基础一层开始，层层缩小，也层层高升，直到第五层的平台顶上，修建了精美的宝塔，耸立着高高的印度教须弥山风格的佛教塔尖。耶输跋摩一世信奉佛教，在巴肯寺供奉着湿婆。耶输跋摩一世是一位心胸开阔的君主，他也鼓励大家信奉佛教。中央主塔象征须弥山，主塔之外，在各层平台之上，还建了 108 座砖塔。

登上巴肯寺，向北可以眺望大吴哥（即吴哥城），吴哥城内的巴戎寺，斗象台、巴本宫，均依稀在望；向南则可遥望小吴哥（即吴哥窟），吴哥窟内的五座圣塔更诱人流连观赏。只有精美绝伦的女皇宫，似乎望不见，只能在想象中再次感受她的无穷魅力。

但是，游客登上巴肯山，更多的是为了观赏落日。当璀璨的晚霞把朵朵云彩染上金碧、火红、金黄、橘红之时，天空变成了一片色彩的大海，瞬息万变，美不胜收。这时候，我深深领会到吴哥古建筑和雕塑艺术的辉煌灿烂。它们将同这辉耀天宇的夕阳一起，同小吴哥的朝阳一起，永远地辉映在我的心空……

2012 年 7 月 22 日于重庆

梦幻普吉岛

　　7月初，学校刚刚放假，重庆的温度就已攀升到三十六七度了，我们忙着联系避暑之地。就在这时，小儿子来电邀请我们参加他们公司组织的普吉岛之游。儿子的孝心自然不能辜负。于是，我们欣然前往。

　　乘泰国航空公司的大飞机，于7日凌晨3点飞抵普吉市，下榻卡隆区 ASSESS 宾馆。这是一个精致美丽的宾馆：一层的所有标准间都修在两座条形的游泳池旁边。从每间房屋的屋后花园出去，就是碧莹莹的、U 字形的游泳池。这游泳池2米宽，1.4米深，绕着几排平行的房间，曲池两边是南国的花卉树木，青翠碧绿，生意盎然。配合着宾馆内缤纷的花木，把整个宾馆妆扮得美艳逼人。宾馆免费的自主早餐也丰盛可口。

　　普吉岛位于泰国西边的安达曼海域之中，属于大西洋。而泰国东边，则面对太平洋，真有意思。

　　游普吉岛，首要任务是欣赏其海景，其次是观赏它的歌舞。

　　第二天，我们就游览了位于攀牙海湾的割喉群岛。小小的汽艇在碧绿的大海中奔驰，只见大海中耸立着星罗棋布、大大小小的岛屿。这些岛屿形态奇异，雄伟壮观，美丽迷人，有着婀娜的曲线，像馒头，像骆驼，像屏风，像并肩的巨人，还有一座岛屿下小上大，像一根纺锤，上面绿树丛生，碧绿可爱。这些石灰岩岛屿上时有断崖，嶙峋陡峭，上面那黄绿错综的颜色，犹如一幅幅天然的壁画。由于有着海水海风的润泽和梳理，一座座岛屿都树木茂密，很有美感，很有韵味。到了深海，好几座小岛环列着，中间停着四只大的趸船。游艇靠趸船后，游客们登上两人坐的橡皮小艇，随着船家观赏岛屿四周以及石洞中那些形形色色、美丽迷人的钟乳石和石笋，仿佛置身于梦幻般的仙境之中。登上美国电影"007"拍摄实地——占士邦岛，观赏那嶙峋的山峰，傲然挺拔的山崖，我不禁想起桂林的山水来。这里真不愧海上桂林之称！比起前些年游览过的越南的海上桂林，攀牙湾的海岛壮阔美丽多了。纵然如此，攀牙湾仍然比不上我心中的桂林山水。桂林山水更加美丽奇幻，确如贺敬之的诗句所形容："云中的神啊雾中的山，神姿仙态桂林的山！情一样深啊梦一样美，如情似梦漓江的水！"才离开祖国两天，竟又思念起祖国的山河来了！

晚上的国际人妖表演，更令人赏心悦目。人妖们体态之姣好迷人，身材之高挑袅娜，面容之娇艳漂亮，表情之温柔甜蜜，眼神之夺目荡魄，舞姿之精妙绝伦，歌声之柔美温婉，真称得上国色天香！再加上服饰之华丽高贵，头饰之五彩缤纷，阵营之壮观宏伟，表演之变幻绚奇，使整个演出美轮美奂，华光灿烂，魅力四射，魔力无边。其震撼力，吸引力，艺术魅力，都达到了极致！其中有中国舞蹈、朝鲜舞蹈、印度舞蹈以及俄罗斯、欧洲的舞蹈，还有双面人的表演等，令人目不暇接，美不胜收。它们确实是泰国为全球打造的世界一流的高级表演！而这些人妖，他们经过多年的艰辛熬炼，把人体的美，容貌的美，同舞姿、歌唱、表演的美相结合，并将其发挥到了极致。他们为艺术所付出的心血与汗水，青春与血汗，牺牲与屈辱，有多少人知道呢？所以，看了他们这么精美、华贵、绝妙的，甚至是绝世罕见的舞蹈，我真想对他们深深鞠躬，并借这篇文章，向他们传达诚挚的敬意！作为一个传记文学作家，如果有可能，有条件，我还真想写一写他们真实的人生，写一写他们心灵的追求和愿望，他们内心的酸甜苦辣，他们人生的波澜起伏……

8日上午，我们乘汽船游历了大皮皮岛（Phi Phi Don）。这是世界著名度假胜地，被泰国政府列为国家公园。明媚的阳光照耀着优美的海岛，宁静碧绿的海水，柔软洁白的沙滩。当船靠岸后，大家争先走向海滩，或游进深海，或在海边冲浪，在海潮中斗浪。不久，又乘船去大堡礁，在船上戴上潜水镜，吸氧器，下到海中浮潜。头埋进海水中，可以见到许多彩色的游鱼。大家洒下面包屑，鱼儿蜂拥而来。游得更远，还可看到五彩斑斓的珊瑚。可是，也许是由于晕船，我未能领略它的绝美风光，也没有下海游泳。

第三天到蓝钻岛，我晕船的症状有所好转。能够快意地享受清新美丽的海滩，活力四射的海潮，仰卧海上，观蓝天白云，赏洁白沙滩，让清澈湛蓝的海水把自己托上浪峰，沉入浪谷。蓝钻岛的海礁小巧奇特，像利剑，像虎牙，像雄鹰，尖锐犀利，极富于美感。

晚上的幻多奇表演给了我极大的震撼。首先，其嘉年华村中泰式风格的建筑就以其独特的魅力吸引了我。还有那金娜里皇家雅宴自助餐馆，宏大的餐馆有几百排餐桌，可供四千人同时就餐，餐厅四周雕刻着巨大的神鸟"金娜里"，她们是那样庄重，那样美艳，似乎正在天上陪伴着我们用餐。我们自由地享受着泰国名厨精心准备的泰式、中式、西式佳肴。用餐后，我们游览了西米兰娱乐中心，那么多令人兴奋的游戏使我们这些花甲老人都忍不住参与其中，打气枪，打篮球，钓鱼等，玩得开心极了。晚上九点，节目正式开始。我们进入了雄伟壮观的象王宫殿。这座以最先进的科技手段构建而成的大剧院，可容纳3000多人。"梦幻王国"文化幻术开始了。十几头大象小象在驯象师的引导下走进剧场，开始表演精彩的节目，特别是十几个大象把前脚踏在前一个大象身上，排成一排，甚为壮观，令全场观众热烈鼓掌，捧腹大笑。高空表演更绝，八位穿着荧光色衣服的艺人在漆黑的高空中悬挂着，在强烈的灯光下上下升腾，左右飞翔，表演着极其精彩的节目，令人赞不绝口！整个表演气魄雄伟、精彩绝伦，融合了多种令人惊叹的艺术技法与手段：泰国文化、神奇隐术、四维空间特效、高空表演、象群表演、烟火爆炸特效、特技表演、惊险绝技表演等，给我以强烈的视觉与听觉的感官刺激，给我以难以忘怀的梦幻般惊喜与欢乐！

第四天，我们迁住巴东区希尔顿酒店。它与豪华的假日酒店相对，毗邻巴东海滩。

第五天一早，我们来到芭东海滩。只见几公里的海滩呈一字儿排开，平坦整洁，白沙柔软，海滩上，一字儿铺放着沙滩椅，沙滩椅上撑着伞，等待着游客的到来。洁白的海浪，一大排一大排地涌上海滩，无休无止地涌上来，甚为壮观。

此刻，我的心情，也无休止地涌动着对大自然的热爱之情，涌动着对祖国的挚爱之情！

2013 年 7 月 13 日于重庆

第二辑

意溢

人间

QING
MAN
SHAN
HAI

梦见慈母

那是一个平凡的傍晚，妈妈和我们七姊妹正要吃饭，二妹突然开口说道："今天是妈妈的生日，哥哥快代表我们向妈妈祝贺！"大妹赶紧叫弟弟进来。我们七姊妹端着酒，齐声说："祝妈妈生日快乐！"

我看着妈妈被岁月浸染的白发以及悄悄爬上眼角的皱纹，不禁话语凝噎，"妈妈为了我们七姊妹，操尽了心，受尽了苦！我们感谢你！"说到这里，我心头一热，滚滚的热泪就从眼中滚出……

睁开眼睛，才知这是一个梦，一个美丽、深情的梦，我眼里还在流着泪，沉浸在梦境之中。

妈妈呀，你为了我们七姊妹，受了多少苦啊！特别是生我的时候，你难产，大出血，痛得昏迷不醒。你忍受了三天三夜的痛苦，才在美国大夫的医治下生下了我。我的生命，是你用幸福的爱情、剧烈的痛苦与无尽的爱心换来的呀！

妈妈呀，你不仅给了我宝贵的生命，还给了我幸福而美好的童年。小时候，你从来没有责备过我一句，更没有打过我一下。甚至于没有严格地管束过我！总是让我吃得饱、穿得暖，独立自主地学习，轻松愉快地生活，欢快愉悦地玩耍。应该说，我的童年是非常幸福的、自由的、欢快的，那些"官兵捉强盗"的游戏，那些长江边的"狗扒烧"，那些"打豆腐干""吹飞机"的游戏，带给了我怎样的欢愉和甜蜜呀！还有听评书，看武侠书，也给我热爱和从事文学奠定了基础。你总是鼓励我自觉地学习而不是强迫我学习；这使我小学、中学都刻苦地但又是自己主动地学习；都不是父母老师要我学习，而是自己喜欢学习，自己要学习，自己喜欢读书、学习。直到现在，我的读书、科研、写作，都是出自我的兴趣和愿望，出自自己的理想和信念。

妈妈呀，你把无尽的爱心倾注在我们身上。你自己节衣缩食，把好菜好饭都给我们吃，而你自己却吃最孬的剩饭剩菜。我记得，1954年暑期，你在九龙坡发电厂工作，小妹才半岁多，保姆又走了，你让我暑期临时去照看一下小妹。你住在厂里的一间宿舍里，白天上班，晚上带着小妹睡觉。你上班了，小妹睡在凉床上，我就在旁边看着她，抱她拉屎撒尿，然后自己坐在旁边看看书。小妹哭，我就逗逗她，抱抱她。你每天上午和下午上班时都要抽时间给小妹喂奶，晚上就带着小妹和我睡觉。那时候，我们天天在单位伙食团吃饭。伙食团有甲菜、乙菜、丙菜，分别是一毛五、一毛、五分钱一份，你总是买一个甲菜给我吃，而你自己则吃丙菜。我劝你买两个甲菜，或是我们共同吃甲菜，你都不干。你总说："你在长身体，应该多吃点，吃好点！"可是你却既要上班，又要喂奶，还要哄小妹睡觉，晚上还要洗我们两人的衣服，洗小妹的尿布，才真该吃好些啊！

最难忘三年困难时期。我看见不少家庭因缺吃少穿而打架吵嘴，闹得夫妻反目，兄妹成仇。可是，我们家却在母亲爱心的熏陶下，团结一心，相亲相爱，互相谦让，共同度过了最困难的时光！那时候，吃的、穿的、用的，什么都定量。母亲总是自己少吃，而尽量让父亲和我们吃饱、穿暖。1959年，父亲去了海孔农场，我在重庆一中读高中，妈妈总是宁肯自己饿着肚子，也要省下粮票，给父亲和我加餐，母亲还用猪油炒面粉再加上白糖做成"三合一"，让父亲和我带到单位和学校去吃。有时她们机关发点罐头，母亲也总舍不得吃，千方百计找人给父亲送去。父亲常说："我在农场没有饿死，全靠你们妈妈全力支持我呀！"1960年我考入四川大学后，母亲还是坚持每月给我寄两斤粮票。而当我寒暑假回家，却看到妈妈和弟妹在伙食团将一小豌胡豆或是一豌面糊糊，就当一顿饭。妈妈总是对弟妹说："你们爸爸一个人在农场，又要劳动，不吃饱不行。哥哥读大学，又是男孩，最需要营养！"

妈妈呀，你把全部的心血都放在我们身上，你让我们怎能不思念你！

妈妈呀，你是外公外婆的独生女，外公外婆把慈爱、善良、宽容、勤俭、节约的美德传给了你。爸爸给我讲，你小时候是杨家的娇女儿，从没做过家务，可是，同爸爸结婚后，你每天早上都要起来给爸爸把早饭煮好，把爸爸照顾得无微不至。爸爸经常夸你赞你。外公外婆晚年一直跟我们住在一起，你尽心尽力地侍候了他们，尽了孝道。你是外公外婆的好女儿，是爸爸的好妻子，是我们的好母亲！

你在单位上一直都是先进工作者，从来没有同任何人发生口角，大家都亲切而尊敬地喊你"四姐"，这可是你娘家对你的昵称啊！幸运的是，你把这些美好的品质遗传给了我，使我能善对亲人、同志和朋友，使我在四川外语学院工作 30 多年没有同什么人争吵、闹矛盾；在十年"文化大革命"中也没有伤害过任何一个领导和同事。而父亲则把他勤奋好学、坚毅顽强的品格遗传给了我，使我能始终保持顽强拼搏的精神，事业上取得了一些成就。我该怎样感激你们啊！你们很平凡，只是普通的群众，但是在你们身上，确实体现了我们中华民族的优良品质，这是值得我骄傲和自豪的。

司马迁说："孝始于事亲，中于事君，终于立身。扬名于后世，以显父母，此孝之大者。"我亲爱的母亲和父亲，你们虽然都已去世，我再也不可能继续孝顺你们了；但是，我要像司马迁说的那样，团结好我的兄弟姐妹，善待我的家族和亲戚，而且更重要的是，要尽最大的努力搞好自己所从事的教育和文学事业，为你们争光，为我们祖国和民族争光！让你们在九泉之下也感到欣慰，让你们引以为豪！

　　就在此刻，天已经蒙蒙亮了。群山怀抱中的育才学院在金色的霞光中甦醒了，我赶紧起床，提笔写下了我的思念，献给我慈爱的母亲！

2004 年 9 月 2 日晨于育才学院六艺庄

爸爸，儿子永远怀念你

一

爸爸妈妈，儿女们又来看望你们了。

今天是正月初三，我和弟妹们来给你们拜年！

香烛点燃了，纸钱燃起来了。在你们面前，向你们三鞠躬，为你们祝福，为你们祈祷。也请你们保佑子孙后代幸福安康……

二

妈妈，你离开我们后，我写了《梦见慈母》，表达了我对你的思念之情。

爸爸，你离开我们将近三年了。三年来，我一直在琢磨着要为你写一篇文章。但是，思绪纷纭，情怀沉重，内容又太多，还未拟出头绪。

此刻，我在缭绕的烟雾中似乎看到了你和妈妈的身影，缭绕的炊烟似乎也牵起了我的悠长而纷乱的思绪。我感到，我应该动笔了……

三

爸爸，你常常给我们讲你小时候的事情。我们郭家原籍北京，是明朝大臣郭守敬的后代，老祖宗是京官，我的十代先祖郭朝一在康熙年间派往四川做盐道台。先祖入川时，制订了四句家规作为传宗接代的字辈，一直沿用至今：

朝廷其荣厚，宗泽成才久，辅国世恩延，公忠大业守。

你是这个族谱中的第九代，1919 年 9 月出生在重庆市中区。原名才契，后改名学渊。你祖父泽周，字咸甫，长期经商，因资质聪慧、诚信忠厚，深得老板赏识，被聘为该商号驻上海庄客（现在叫上海分公司经理或驻上海办事处主任），负责西南山货桐油、猪鬃、生丝、茶叶、土漆的出口和日本、欧美洋货的进口，常年往来于上海与重庆之间。不幸才 30 岁就英年早逝了。你父亲成钧，字秉衡，那时才 14 岁，所分家产被亲属骗去，他没有读多少书，只当了一个小职员。你父亲母亲生了 16 个孩子，很多孩子出生不久就夭折了，只养活了 6 个。小时候，你看到家庭经济困难，想到你是长子，所以，尽管你已经考上了高中，尽管婆婆以"打会"的方式已为你上高中筹备了 60 个现大洋，你还是毅然决然地放弃了读书的权利，才十五六岁的小小年纪，就一个人背着行囊，到北碚去当乡村教师了。

你常常自豪地对我们讲述你舍弃读书而去工作的事。我知道这是你孝心的表现。因为你参加工作，不但让父母减少了支出，而且你还把全部工资交给父母，一下就改善了家庭的经济状况。我常常想，你为家庭做出了多么大的牺牲。如果你能继续读书深造，以你的聪颖资质和勤奋努力，你的一生该会做出多么高的成就，你的儿女也可能会有比现在更好的前途。

第二年，你看到华西兴业公司招聘练习生，就赶去参加考试。在后来的岁月中你常常对这次考试娓娓而谈，一是考试主持人是后来成为重庆乃至全国的商界名人、担任过重庆和全国工商联主席的胡子昂先生；二是你在考场上做的文章你非常满意，乃至终生都背得，并且经常背诵给我们听。

　　你以优秀的文章和优秀的外语成绩被胡子昂录取后，即开始从事会计工作，并且终生都从事财经及财经教学工作，直到退休后成为高级会计师和财经学校校长。

　　你参加工作后坚持在业余时间进修学习，每天下班后，你都到各种会计和文化培训班读书，边干边学，很快就掌握了会计工作的规律。你不满足于只懂商业会计，又到其他行业工作，你先后担任重庆20兵工厂会计处课员，四川丝业公司第一制丝厂会计股长、主任，和丰企业公司重庆总公司会计主任，聚城钱庄内江总庄会计主任，聚丰银行重庆总行稽核。你工作踏实刻苦，工作几年以后，你就担任了会计股长、科长、主任，工资也拿得很高了。才二十几岁就拿了上百个大洋的工资，经常拿很多钱给爷爷和家里用。

　　你对工作极负责任，"九·二"火灾发生时，你正在南岸玄坛庙家中休息，突然看到长江对岸朝天门冒起滚滚浓烟，你想起公司里那些账本（那时你工作的丝业公司就在朝天门），你立即带着同事赶到公司去。谁知这一去竟没有回来，急得妈妈抱着我和妹妹，望着熊熊燃烧的朝天门哭了两天两夜。第三天你才回来，说是你们赶到朝天门之时，大火已烧红了整条街，等你们从火中抢出财会资料再从大门冲出来时，大门已烧起来了，跑出大门，大火已把朝天门烧光了。你们跑到河边，早已没有渡船了，而岸边的火还顺着汽油往江边燃，江面上的船也被汽油燃起来了。就在这危急时刻，恰好你们公司的一只小木船从上游飘来，把你们渡到了嘉陵江，送到了江北，回到了婆婆家。今天通航了，你才赶船回家来。你当时硬是冒着生命危险把公司的账本抢救了出来！

新中国成立前夕，你失业了，全家生活无着落。你领了一大袋失业金，还不够买几斤米。在最艰难的时候，你曾经想过全家自杀，可是，看到我们几个可爱的孩子，你转瞬放弃了这个想法！你带着我们回到爷爷家，同外公外婆一起，熬到了解放。

新中国成立后，你很快参加了工作。在西南贸易部当财会科长，备受重视。你介绍妈妈、爷爷、大姑妈、大姑爷、郑大爸等人参加工作。为此，你经常自豪地说：要不是我给你们妈妈和爷爷介绍工作，困难时候，我们真不知道怎么过！

新中国成立初，你和妈妈工作非常忙碌。除了星期天，我们平时很难见到你们。你们总是天刚亮就上班去了，晚上我们几个都上床睡觉了，你们还没回来。你后来给我讲，那时候，我们重庆、四川的生产有多好啊！四川重庆每天要运多少万头猪、多少万担粮到北京、到上海、到全国各地去。我们重庆和四川人民对全国的贡献太大了。当时刚成立的人民政权要同奸商斗争，从各地运来保障人民生活必需的平价粮食、食盐、布匹，很快被不法奸商套购一空，他们想囤积居奇，等人民政府没有库存了，他们就高价卖出。为了打击这种歪风邪气，政府又从各地组织来大批货源，这下，奸商们傻眼了，他们知道斗不过人民政府，只好乖乖把买进去的粮食、盐巴、布匹，又低价卖了出来。就这样，政府稳定了物价，保障了广大群众的基本生活。

新中国成立前，你经常失业。新中国成立后，你生活有了保障，你七个儿女都上学读书，你还把外婆、外公接来奉养，并请了保姆照顾他们。你对共产党、对新中国，打心眼里热爱。你对工作，十分敬业，业务水平又高，并且自奉极严，廉洁自律。你给我讲，你在市商业局财务科工作时，全市财务制度都是你拟订的。在储运公司当财会科长时，市里举行财务考核，你在科级干部中考了第一名。你领导的储运公司财务科则考了全市商业系统总分第一名。你还给我讲，储运公司书记有一次批的报销单不合制度，你坚决给他退了回去，然后给他讲清了道理。从此，这位书记每次开干部会都请你参加，总要请你就财务问题发表意见。这位书记还宣布：以后凡是财务上的事，一律由郭科长说了算！

你非常关心年轻人的成长，热心培养年轻干部。在储运公司，你觉得苏宁生聪明、忠厚，尽管她只有初中文化，你却手把手地带她，给她压担子，让她在实际工作中去闯、去干、去提高，使她很快成长起来，你不仅让她接替你担任了财务科长，还在退休前郑重地向组织上推荐她作公司接班人。而后，苏宁生果然当了储运公司副总经理，为储运公司和朝天门市场的建立和发展，做出了较大的贡献。现在，苏宁生已退休了，但是，每次见到她，她都会情不自禁地提到你对她的帮助和培养！

你对工作的热情一直持续到退休以后。你于1979年退休。那年你刚好60岁，一退休，你就同几个老同志自己出钱，创办了重庆蜀东财经学校。学校非常红火，教学质量很高，学生很多，学校修起了四层楼的教学楼，买了办公室。不久，重庆民进渝中区支部成立建新职业学校，因为你是民进成员，民进组织就调你到建新学校当副校长，主持学校工作。你一干就是十几年，把一个学校搞得有声有色，用自己办学挣的钱买了新校舍。直到你75岁，觉得上班走路太吃力了，才主动辞去了校长职务。你高兴地说，你离校时不但买了房子，还给学校留下了几十万元的积蓄。

你从建新学校退下来之后，仍有不少单位请你去工作。记得有一家私营企业请你去做财务总监。他们只要你每个月去一两天，看看账，签上你审核的大名，就给你很高的工资。我们都很为你高兴。可是，你去了两次，就坚决不去了。我们问你为什么，你说："他们是想利用我在财经界的名气，为他们做假账打掩护，我怎么能做这种事呢!"旁人劝你，又不是你做的假账，怕什么? 再说，现在有几个企业不做假账呢，你管那么多干什么，签字拿钱就行了。你一听，把脸一沉，表情严肃地说:"哼，我可不能把一生的英名，败倒在这几个钱上! 我这辈子，成千上万上亿的钱都经手了，也从没染指过一分钱。退休时干干净净、清清白白、两袖清风。我怎能为这点小钱，把我的名声弄脏了!"从此，你再也没有去那个单位了。

爸爸，你一生从事经济工作，从你手里经过的钱不计其数。可你却守身若玉，清廉如水。我敬佩你，敬重你!

四

爸爸呀，你对我言传身教，教我做一个正直的人、诚实的人、刚直不阿的人、勤奋好学的人、乐观向上的人。这使我终生受用不尽。你一生刚直正义，自信自强，凭真本事吃饭，从不愿低三下四的求人，更不愿巴结权贵，为自己谋私利。你给我们讲，你二十几岁到成都去工作时，职务很低，收入也少，这时，你听说好朋友戴长诗在银行当经理，很有地位，如果你去找他，他肯定会给你安排一个好的工作。可是，你不但不去找他，反而离他远远的，还生怕让他知道你也在成都。我们不解地问你为什么，你说:"我不能让他看到我工作单位不好，过得比他差，我不能让他瞧不起我!"

你于1958年调到重庆商业技校当教导主任，重庆市商界有你多少学生、多少得意门生当了各级干部呀! 可是为了避嫌，他们没当干部时你还经常同他们交往，他们一旦当了干部，你就不再找他们了。大妹从华西医大毕业后分到凉山州下面的一个偏远乡村，你都不愿去求人把她调回来。我的弟弟、小妹当知青，你也不愿去求人、走后门。

你不但自己不愿走门子、巴结人，而且对这样的人还嗤之以鼻，哪怕他还是我们的亲戚或朋友。这样的性格注定你不会官运亨通。你对人更是爱憎分明，疾恶如仇，绝不含糊。对品德高尚、作风正派的人，你称赞、敬佩，愿与他交朋友；而对品质恶劣、作风不好的人，你避而远之，不与其交往。

在政治观点、大是大非问题上，你原则分明，旗帜鲜明。新中国成立后，你对新中国、对毛主席、共产党，十分热爱；"文化大革命"初，你对林彪、江青嗤之以鼻。当时，我高中的黎功迪老师来我家看你，你们两人一面吃饭喝酒，一面大骂，说林彪一看就是个野心家，江青也不是什么好人。吓得妈妈直劝你们小声点。其实，你们也知道，公开谩骂江青是要被抓起来的，但是，你们就是忍不住一腔怒火呀！你对邓小平的改革开放政策衷心拥护，称赞邓小平使中国走上了富国强民的道路。

你的这种性格也遗传给了我们，宁愿吃亏、受罪，都不愿去求人。有人说这是"死要面子活受罪"。但是，你就这个德行，改不了。

爸爸呀，你对爷爷、奶奶，十分孝顺；对姐姐、弟弟、妹妹，非常慈爱；对亲戚、朋友，十分热情。你从没伤害过任何人，从没整过任何人。你经常给我讲：待客不可不丰，自奉不可不简。你的这种纯洁、正直、热情好客的性格，值得我们好好学习。

爸爸，你一生爱好读书，从小我就看到你每天晚上看书到深夜，直到晚年你80多岁了，仍然每天如此，直至深夜。看书成为你最大的爱好和习惯。你不但爱读书，而且写作水平也很高。你写了不少文章，文笔流畅，词句优美生动。这对我影响极大，使我一生也以读书写作为最大的乐趣和嗜好。

爸爸，你还记得吧，小时候，你常给我讲岳飞的故事，讲武松的故事，讲薛仁贵征东的故事，讲刘关张桃园结义的故事，你使我从小就敬佩这些民族的英雄、侠义的英雄，也使我从小就喜欢看武侠小说。小学四五年级，我们住在解放东路，旁边有个茶馆，每天晚上有个老人来说书。我去听了几次，竟然迷上了，就每天晚上去听书。有时候你晚上回来得早，就到茶馆来喊我回去。但你也并不骂我，只是说这里面人太多，空气不好。一路上，你关切地问我的学习情况，给我讲桃花源的故事，讲李白醉草吓蛮书、让高力士脱鞋的故事，讲王勃滕王阁的故事。有时，还带我到小食店去吃一碗醪糟汤圆或者小面，我感到好温馨，使我至今难忘！

我走上文学创作的道路，与你对我的熏陶和感染密不可分。

你很爱我，但我却多次惹你生气，给你添了不少麻烦。我小时候，被一个同学欺负，你带着我去找他的家长理论，结果，这个学生的家长竟然就是你的顶头上司，而且他正说要提拔你。但是，为了我，你还是同他理论，要他好好管教自己的孩子。当然，这样一来，你的提拔成了泡影。时至今日你给我讲起此事，仍毫不后悔。你说，我就是见不得为富不仁，仗势欺人。还有一次，我在二十五中读初一，也许是班主任讨厌我上课爱说话，期末竟给我操行打了个丙等，而且还通知我下学期转到四十中去读书。当时我家住在道门口，离二十五中很近，走不了五分钟，离四十中却很远，要走将近一个钟头，那时我年纪小，个儿又矮，让我一个人每天走那么远的路去读书，多费事，又多不安全哪！你很生气，带着我去找班主任，给他说明情况，请他不把我调到四十中去。可是，班主任却推脱说学校已经决定了，他也没有办法，要我们自己去找学校领导。校长听了你的陈述，同意把我留在二十五中，我们又去找班主任，他却又说他班上的学生名额已经满了，不能收下我。你跟他据理力争，可班主任就是不答应。你跟他大吵一架，又领我去到教务处，把我编到了另外一个班。

回家的路上，你没有骂我，只是沉重地说：你看，就为你表现不好，班主任都不愿意要你，害得爸爸去受气，去给班主任吵架。我听了心里好难过，暗下决心，今后一定要好好学习，给爸爸妈妈争气。于是，我从初二起，在新的班级刻苦学习，成绩直线上升，成为班上的佼佼者。初中毕业，我考上了全市最好的中学，后来又考上了西南最好的大学。你对我的教育，使我走上了勤奋上进的道路。

你对我的期望很高，克服一切困难培养我。我高中毕业时，国家进入困难年代，我们家生活也十分艰苦了。当时家里七姊妹，都在读书，外公外婆和舅舅也跟着我们住，全家十一二口人的担子，都压在你和妈妈肩上。我看到你们每学期开学都借钱为我们缴学费，心里十分难受，想到自己是长子，应该尽早为父母分忧，决定向你学习，不读大学，高中毕业就参加工作。我的这个决定还没给你们说，只给几个同学谈了，被我的班主任黎功迪老师知道了，他星期天专门到我家给你谈了此事，说我很有天分，要你支持我考大学。你听了大吃一惊，表示无论如何都要让我考大学。黎老师走后，你又给我谈了很久，要我好好读书，一定要考上重点大学，做一个优秀的作家。我考上川大以后，你和妈妈不仅每月给我寄生活费，还勒紧裤带节省口粮，给我寄来粮票，让我身体健康地读完了大学。大妹、二妹于1962年与1965年先后考上大学，你和妈妈在那样艰难的条件下，硬是支持我们念完了大学。你们的爱，真是比山高，比水长，是无比的伟大，无比的崇高，也是我们终生也报答不了的啊！

你对儿女的正确主张总是十分支持。大学毕业时，国家号召我们到边疆去、到基层去，到最艰苦的地方去，到祖国最需要的地方去。我也想到新疆、到云南、到边疆去，体验人民的生活，写出带有异域风情的文章，为人民奉献出精美的精神食粮。于是我在分配志愿表上毅然填上了新疆军垦兵团、云南和贵州基层。

当我把这个决定写信告诉你和妈妈时，你对我的决定给予了热情支持。你不但给我，而且还给系领导写信，表示支持我到边疆去、到基层去，到祖国最需要的地方去。你在信上说，你有七个儿女，久麟到边疆去，家里没有任何困难。系上还把你的这封信张贴出来，鼓励大家都能响应党的号召。你对我的决定，是多么理解和支持啊！我常常在想，要是我真的分配到了新疆或云南，我可能会多吃一些苦，但人生的阅历肯定也会丰富的多。

人生的命运，是多么的难以捉摸呀！

爸爸，我知道你十分疼爱我，并且以我为荣。我每次发表了作品，得到学校或社会的奖励，你都喜形于色。但是，你从不当面夸我，只在背后夸我。弟妹给我讲，你在我母亲去世后，就准备把你和母亲一生省吃俭用节约下来的一点钱按贡献分给我们七姊妹。当时我不在，你首先就说，哥哥（指我）最早参加工作，每月都把工资的一半交给家里，对家庭贡献最大。听了弟妹的转述，我非常高兴，觉得爸爸你实在是理解儿子，高度肯定儿子。但是，我不同意你在生前就把积蓄拿出来分给我们。我立即赶到家里，给你谈了我的看法：你和妈妈的积蓄是你们一生艰苦奋斗积攒的一点财产，是你们晚年生活的保障。现在妈妈走了，你更应该吃好、穿好、住好、玩好，手上有钱，才好自由支配，生病住院，也有个保障。我们做儿女的，也不需要你的钱。你留着慢慢用吧！你接受了我的意见。

晚年，我把你接来我家，给你请来保姆，精心侍候你。你心情十分愉快。你在 2002 年 9 月 23 日的日记中写道："自 2 月 2 日由沙坪坝七中宿舍入住白市驿久麟家，倏忽已届两月余。来此后与原意依长子生活，安度晚年，完全如愿以偿，不负所期。充分反映出久麟有孝思，吴日华媳更能与久麟同心同德，对我体贴照料，胜如亲女，孙女也敬爱祖父，绕膝为欢。住地远离市区，环境清静，适应老年生活，久麟存书甚多，我随意翻阅，足以遣怀！……我年事已高，有子女奉养，所领退休工资，足以安度晚年，不应有何奢望。现在政府贤明，经济长足发展，国民生活天天向上，足以慰怀也矣！"

有一次，保姆小谢问到什么是教授，你对她说道：教授是社会上最有知识的人，是培养高级人才的人！我从这话中，深深感觉到你对我的器重和挚爱。

五

爸爸呀，你对妈妈的爱，你同妈妈的爱情，深情缠绵，终生相依相伴，堪称典范。

大约是读初三时，我们住在打铜街。有一次我找什么东西，在皮箱的盖子的皮包里，发现了一大包信件。我好奇地打开一看，竟然是你写给妈妈的几十封信！这些信全用一色的白纸写的，还一封封编了号。字迹清爽、整洁，文笔清新、流畅，充满了感情。我忍不住一口气读完了。第一封信是你刚刚在磁器丝厂参加一位朋友的生日宴会认识母亲后写的，信上写明是请我母亲的六姨妈转交的；以后几封是你与妈妈约会的信；还有你出差在外给母亲写的信……从这些信中，我看到了你对母亲的一颗真挚的心。我看完这些信之后，又悄悄地把信放回原处。我从来不敢把此事告诉你！

你的性格十分急躁，但在日常生活中，你对母亲却很温柔，很和气，还很幽默风趣。每个星期天，你只要在家，总是带我去买菜，回来后，又亲自炒菜。你的菜炒得很好吃，全家都喜欢。吃饭时，大家称赞菜炒得好，你总是诙谐地说：这是你们妈妈的功劳！

你对母亲的意见，也十分尊重。我们与你发生分歧时，总是通过母亲给你转达，常常是你最后接受了母亲的意见。我们都知道，妈妈才是家里真正的决策人。

妈妈生病后，你十分担心、焦急。妈妈去世以后，你一下就蔫了，仿佛一下就老了十岁！你经常说：你们妈妈走了，我也不想活了。我着急地劝你，爸爸，你可千万别这么想。妈妈在天堂里也希望你多陪我们一些日子啊！你活得越久，妈妈就越高兴。你听了，点点头，表示同意我的观点。但是，到吃饭的时候，你还是拿出一双筷子，一只碗，放在妈妈常坐的靠着你的席位上。母亲忌日一周年、两周年，你都提前告诉我们，让我们去看妈妈。你常说：你们妈妈是最好的妈妈！

我要说：爸爸，你也是我们的好爸爸，是妈妈的好丈夫！

你的正直、热情、刚毅、乐观，你的好学不倦、诲人不倦、克忠职守、忠于友谊，你对家庭、妻子、儿女的责任感，给我们树立了不朽的楷模，值得后辈永远学习和纪念。

妈妈去世接近三年时，你念叨了好几次，说你非常想念妈妈，要去和她团聚了。我有些不祥的预感。顿时想起刘三姐里的歌词：

> 连就连，
> 我俩结交定百年。
> 哪个九十七岁死，
> 奈何桥上等三年。

七月份送你去医院检查，医生要你住院。没多久，就在妈妈去世三周年前夕，你就驾鹤仙逝了。

莫非真是应了那句老话：哪个九十七岁死，奈何桥上等三年？

爸爸呀，你真是到天堂与母亲团聚了……

六

香烛点燃了，纸钱燃起来了，鞭炮点起来了。

爸爸妈妈呀，在缭绕的烟雾中，在乒乒乓乓的鞭炮声中，在隐隐约约的仙乐之中，你们出现在我的眼前，出现在缥缈的霞彩之中。你们正欣慰地看着我们，向我们抛撒着吉祥的鲜花，向我们说着祝福的吉言！

爸爸妈妈呀，愿你们永远幸福安康欢乐吉祥，也保佑你们的儿子儿孙，永远幸福安康欢乐吉祥！

2006 年 2 月 6 日至 8 日白市驿菊香斋

异国的恩人，您在哪里

　　我父母是在日本飞机疯狂轰炸重庆的艰难岁月里相识、相爱、结婚的。一年以后，母亲怀了我。也许是受了战争的创伤，也许因为是头胎，母亲难产了。由于失血过多，母亲突然抽搐、昏厥了过去。接生婆吓得束手无策，忙叫我父亲准备后事。眼看母子快要没有呼吸，全家人急得直哭，幸好我父亲镇定，他当机立断，立即请来轿夫，把躺椅改成担架，把母亲抬着，从江北嘴乘小木船渡过嘉陵江，送到位于临江门的由美国传教士办的宽仁医院（现重庆医科大学第二医院）。也许是我们命不该绝吧，担架刚抬进医院，迎面就走来了美国的妇产科主任女医生。她见到担架，立即用熟练的中文询问了病情，又迅速听了诊，她见我母亲生命垂危，叫人立即抬进手术室，由她亲自动手术。

　　手术室内，女大夫在进行抢救，手术室外，父亲像热锅上的蚂蚁，牵肠挂肚地焦盼着，期待着。突然，手术室里传出一声婴儿的啼哭，父亲悬着的心才放下了。谁知，生下我以后，母亲又陷入了昏迷。女大夫又进行紧急抢救。慢慢地母亲睁开了眼睛，迷惑地问："这是在哪儿？"当她听说我已平安出世，苍白的脸上绽开了幸福的微笑。

　　但是，这灿烂的笑容很快又凋谢了——母亲又一次陷入昏迷。女大夫立即对她实施了抢救，并嘱咐护士和我父亲精心护理。就这样几经波折，母亲终于在第三天的黎明，奇迹般地好转了。

当母亲从父亲手里接过我频频亲吻的时候，她是怎样的激动、幸福和百感交集啊！

直到我们母子平安出院，医院才叫结账、缴费。

半个世纪过去了。现在，我父母亲已是儿孙满堂，我也成了作家、教授。我们怎能忘记那位异国的恩人呢？父母亲经常念叨：在日寇的铁蹄践踏中国大地的时候，她一个女人，离开生活富裕而且安定的美国，来到万里之外，烽火连天，贫穷落后的重庆，用她精湛的医术为大后方人民接生、治病，支援中国的抗日战争，这是多么难得啊！

异国的恩人啊，您在哪里？

永远的恩师

我肃立在您的遗体前，向您恭恭敬敬地三鞠躬。然后，我又虔诚地跪在了蒲团上，深深地叩了三个头。我在心里默默地向您诉说："黎功迪老师，我的恩师，我永远的老师！您的身体虽然走了，可是，您对我的教诲和关怀，您热爱学生、终生挚爱教育事业的精神，将永远铭记在我的心头。您没有走，而是永远活在我们心中！"

看看周围前来悼念您的重庆一中的教师以及学生和亲友，我仿佛又看到您给我们上课的情景：当时的您大约三十多岁，正值风华正茂。笔挺的身材，端庄的脸庞，高挺的鼻梁，锐利而有神的眼睛，浓密而整齐的头发；您上课时，站得笔直，上身微微前倾，一手撑着讲台，一手指着前方，极有气魄，讲话铿锵有力，掷地有声，颇有演说家的风范；你讲课时旁征博引，知识渊博，板书更是潇洒漂亮。

我仿佛看到您从讲坛上走下来，走到了我身边，微笑着问我："久麟，你的作文写得不错，我想推荐你去前进报当记者，推荐你参加学校的鲁迅文学社，你愿不愿意？"我一个刚刚考进重庆重点中学的十五多岁的小伙子，能得到老师这样的关照，真有受宠若惊之感，忙站起来，腼腆地点头回答，我想去！您高兴地说："好吧，我下午课外活动时带你去吧！"

于是，您带我去了前进报社。那里，几个高年级的同学正在编报，您把我介绍给了他们。从此，他们就带我采访写作新闻。几天后，您又带我参加了鲁迅文学社的活动，每个星期都参加他们的读书和讨论。我们鲁迅文学社的社长，就是后来在重庆家喻户晓的力帆集团董事长尹明善先生。

黎老师啊！您也许想不到，您推荐我去前进报社和鲁迅文学社，使我爱上了新闻采访与写作，参加鲁迅文学社阅读活动，又使我更深地爱上了文学，并把我引上了文学的道路。

有一天，您对我说，课外活动时你到我寝室来，我给你讲一下作文。

您住在项家院二楼的一间单身寝室，窗外就是过道。窗前放着一张书桌，上面放着整整齐齐的几排学生的作文本和你的教案，进门左边是一张小床，旁边是两把木椅，木椅中间是一个茶几。其余墙壁上排列着几大书架的图书。图书大多是精装的名家名作。你取出我的作文，当着我的面给我批改起来，指出哪些地方写得好，哪些地方还需要修改，哪些字写错了，或用得不对，我真的是如坐春风，如饮醇酒……批改完了，要到吃饭时间了，你说，就在我这儿吃吧。我们边吃边谈。你拿出碗筷，到伙食团打来两盒饭，让我与你一起吃，你给我讲古今中外文学家的故事，讲读书治学的方法。你还指着几大书架上满满的书说，你喜欢看书，这些书有喜欢的，都可以借去看。要多读些名著，多背些好诗。

于是，您的书柜，就变成了我的图书馆。你让我看了《红楼梦》《西厢记》《莎士比亚戏剧集》《草叶集》《浮士德》《子夜》《家》《沉船》《果拉》等古今中外名著，这大大地促进了我的文学水平的提高。

您还非常重视我们班上的课外阅读和学习。当时，正是如火如荼的年代，您指导我们阅读和讨论《钢铁是怎样炼成的》《古丽亚的道路》《把一切献给党》《可爱的中国》等书，帮助我们树

立革命的人生观和世界观。还把指导我们阅读课外书籍的经验写
成了《让红色书籍丰富学生的思想》的文章，在全国发行的《语
文教学》杂志上发表。

黎老师啊，您对我的关怀和帮助尤其体现在对我高考的指导
上。1960年，是国家经济最困难的时候，也是我们家庭经济最
艰难的时候。眼看父母为我们七姊妹的衣食、学费操心淘神，日
渐衰老，我作为老大，深以不能早日为父母分忧而惭愧。遂决定
不报考大学，高中毕业后就去工作。您当时已不是我的班主任，
但当您从同学口中知道我的这个决定后，立即找到我，要我珍惜
自己的前途，继续深造。您说，要给我父母谈谈这个事。就在那
个星期六下午，让我带你专程去到我家，给我父母报告了我学习
的情况，并希望他们支持我报考大学，把我培养成一个有用的人
才。我父母还不知道我有放弃高考的打算，听黎老师说了以后，
表示无论家里多么困难，也要让我读大学，把我培养成才！那天
晚上，黎老师和我父母语重心长地开导我，要我不以家中暂时困
难为念，一定要立大志，报考名牌大学，做一个有所作为的人。
您的一片爱才惜才之意，父母亲的一片眷眷之心，深深地撼动了
我的心旌！我不能辜负我的恩师，不能辜负我的父母。我投入了
紧张的高考复习之中，终于以优异成绩考入了全国重点大学——
四川大学中文系。黎老师看着我的录取通知书，高兴得合不拢
嘴，请我到沙坪坝餐厅里去美餐了一顿。

大学五年，每次寒暑假返渝，我都要去看望您。大学毕业
时，我渴望到新疆建设兵团去工作，以写出反映边疆风情的文学
作品，但川大却把我分回故乡的四川外语学院。我本来不想当教
师，一心想搞文学创作，但是，我想到了你，于是，我安心当了
教师。今天，我已经从教四十八年，这么多年来，是您忠于教育
事业的精神在久久地激励着我……

我一生接触过很多好教师，但像您那样全身心地关注学生、

挚爱学生，忠于教育事业的，确乎难得。您不仅学识渊博，备课认真，讲课有水平，批改作文有指导性，板书非常之好，更重要的是您是全方位、满腔热情地关心学生。您像一座熔炉，一江春水，把全部的爱心和才智，倾注在学生身上。您在重庆一中执教三十多年，培养了多少人才！做出了多大的贡献呀！每次我去看望您，您总是满腔热情给我讲您的学生的学习、工作，讲他们的发明，创作，讲他们的工作和进步，您还经常把学生们的书信、照片、作品一一拿出来，同我一起欣赏。那时候，您笑眯着眼，欣慰地指给我看，这些学生，现在成了作家、记者、教授、校长，或者当了经理、厂长，参赞……这时候，您眉飞色舞，那样开心，那样畅快。我出版了作品，总是先送给您。您翻看着我送给您的新作，感慨地说："我是学文的，却一辈子没写什么作品。我最大的安慰就是，每年四月二十一月校庆那天，学生们回来团聚。还有就是平时学生们带着他们的作品，他们的成绩来看我，我就满足了！"

看着您原本浓黑、漂亮的美发变得稀疏而花白，原来容光焕发的面庞变得苍老多皱，我不禁噙着热泪，紧握您的手说，"不！黎老师，您有很多作品！那就是您的学生，您的弟子，我和我的同学，都是您的作品！您用您的心血和辛劳，哺育我们成长；您用你的智慧和品格，雕琢我们的灵魂。我们的成长，离不开您的教育和培养。您是真正的灵魂工程师！您的学生都将永远学习您，敬重您，怀念您！"

是啊，您对我的关心和指教，伴随我五十多年。去年，突然接到我在重庆一中工作的阿姨的电话，她告诉我说，黎老师有事要找我，让我打电话给您。我不知道您有什么事，忙给您回去电话，您在电话中说："你送给我的《中国二十世纪文学史》我看完了！写得很好，有很高的理论水平和学术价值！"我　听，感到非常吃惊，您已是八十六七的老人了，还把我这四十多万字的理论专著认真读完了，并给予那么高的评价。老师对学生太夸奖了，太看重了！您接着说，有一个人的名字，是不是写错了，你好好查一下！您说了一个音乐家的名字，告诉我在多少页，让我仔细检查一下，如果搞错了，再版的时候再改过来。我一听，更是感慨万千。黎老师啊，您对学生的作品，看得有多么认真，连里边的一个笔误，您都敏锐地发现，而且还如此慎重地找到我，向我提出来，让我修改。这里面包含着多深的爱心和多强的责任感啊！我感激地说："黎老师，您过去是我的老师，现在还是我的老师，今后，也永远是我的老师！"

是的，黎老师，您没有走，您永远陪伴着我，关心着我，指导着我，像我的父亲一样！

黎老师，我永远的恩师！

2013 年 5 月 24 日晚于渝

愿天假我再度十八

在大学执教 40 多年。每当我走进教室，看到一个个活蹦乱跳的新同学，看到那一张张青春焕发的面庞，看到那一双双专注凝神的眼睛，心里就会涌起难忘的回忆，想起我刚进大学的日子，想起我的黄金岁月，想起我的青春十八！

1960 年，我 17 岁，由重庆一中考入西南最高学府——四川大学。像一只幼稚的鲤鱼，一跃跳过龙门，游进大海，我由生活的小溪游进了知识的大海。

川大也真是我畅游的大海了！书库里有上百万册的古今中外典籍和数十年来国内外的重要期刊；中文系资料室里，各种各样的编目、索引、卡片、剪报应有尽有。而且学校还根据教学进度和需要，配备了一整套古今中外必读和参阅书借给我们放在寝室轮流阅读。我在惊叹于人类知识的广博浩瀚的同时，也产生了"生也有涯。知也无涯，学无止境，终生奋发"的决心，顿觉肩上压下千斤重担，胸中撑起万里风帆。

川大确实是学习的宝地。尽管我毕业的中学在全省已算第一流的。但比起川大来，也不能同日而语。四川大学坐落在锦江之畔，幽幽碧水，依依绕过校园；丝丝绿柳，脉脉垂钓岸边。望江公园与学校一墙相隔。波光云影，辉映校园，古井琴韵，陶冶学子。古朴宏伟的图书馆，古色古香的教学楼，宽敞平坦的运动场，浓荫常罩的校干道，花丛环绕的荷花池，都是我们读书、学习、锻炼、交流、切磋的好地方。

川大的教师，尤其是我们中文系的教师，更是全国一流水平。特别幸运的是，我考入川大正是政策放宽的时候，几乎所有的知名教授（包括前些年打入另册的"右派分子"），都登上讲坛，给我们传授知识。如著名的鲁迅研究专家林如梭、《文心雕龙》专家杨明照、《厚黑教主传》作者张默生，以及陈志宪、赵少咸、庞石帚、石扑、华忱之、赵振锋、张永言、梁德曼等。真个是群星灿烂，照耀在我的心空。

就是在这人杰地灵的环境中，我中学时播下的作家、教授梦，开始发芽抽叶；正是在这骀荡的万里长风之中，我扬起青春的风帆，向着理想的彼岸进发！

当悠悠的钟声响起，天边刚刚放亮，我翻身起床，洗漱晨练之后，一个人来到教学楼，写作阅读。数九寒冬的清晨，呵气成雾，手脚都冻僵了。我一边跺脚搓手，一边读书。陶醉在诗情画意之中，忘情于美景佳酿之中，慢慢把寒冷忘记了。春夏之晨，去到望江公园，面对溪水，或练练嗓音，唱唱歌曲；或登上望江楼顶，迎接日出。观赏那鲜红的晨曦从碧绿的竹海上冉冉升起，把红光镀在锦江之上，把温暖洒在我的脸上，心灵也燃起热情的火焰。

上午大都有课。我总是专注聆听，认真记录。有时候，还把老师讲课的技巧，乃至老师的神采举止、音容笑貌都记了下来。下午，去阅览室、资料室浏览新出的报纸杂志，了解中外文学艺术信息。

晚饭后，漫步于校园之中，倾谈于荷花池畔。青春、理想、人生，读书、研究、创作，无所不谈。图书馆开门了，赶快去占个位子，然后又潜心于书本之中。直到关门，才回到寝室。谈谈天，唱唱歌，酣然入梦。

星期天，学校经常举办各种讲座。这是拓展知识领域，扩大思维天地的好时机，绝不能放过。有时也到街上书店翻阅一下新到的书籍，或到草堂寺、武侯祠、青羊宫游玩一天。在自然的美景中陶然一醉，在历史的长河中怡然畅游。

大学不仅是积累知识的时候，更是锻炼才干和提高能力的时候。我不甘停留于机械、被动的学习，而是有意识地发展自己的特长，培养自己的创作和科研能力。我醉心于诗歌散文的创作之中，同系上的几位诗歌爱好者一起相互交流读书的心得体会，相互欣赏、品评和修改着彼此的创作。想到毕业后可能要当教师或编辑，我也锐意学习评论写作，有计划地写下了大量的读书笔记和评论文章。我关注生活，积累感受，培育灵感。一旦灵感光临，不管是在上课或是在睡觉，我都要立即记下来。有时三九天的夜晚，诗意萌发，我顾不得穿上毛衣，披上一件大衣，就到路灯下写起来，边写边打寒战。第二天，把诗抄出来给诗友们品评时，那股子高兴劲，早把夜半的寒冷忘得一干二净了。

每一年的中秋节，我都要与同窗到锦江边赏月。一江碧玉，映着一轮皎月，月里嫦娥隐约可见。我和同窗吃着月饼，吟诵着古诗，轻唱着歌曲，憧憬着未来。记得我当时就吟了一首词：

忆不竭，锦江欢度中秋节。中秋节，兴会标举，遥至银阙。

唤起嫦娥破愁绝，同舞霓嫦共欢悦。共欢悦，情漫秋江，心怀日月。

啊，多么令人怀念的情谊，多么令人难忘的岁月！

回想起那时候，我们的经济生活有多么窘困。国家处在最困难的关头，几乎一切都不够，一切都定量，一个月难得吃一片肉，没吃一个蛋。学校的花园和运动场都种上各种蔬菜。我们的体育课只能打打太极拳。全部劳动时间都种菜，收菜交给食堂，就给打牙祭，发一盆牛皮菜，这就是最大的犒赏了！不少老师，同学患了"水肿病",也有人称它为"饥饿病"。有的同学退学去做生意,开饭馆;有的同学消沉了,打不起劲来学习。但是,我和多数同学一样,没有被一时的困难吓倒、压倒。我们把全部的心力放到学习、创作、追求之上。我常想,时代降重任于我辈,我辈若不苦其心智,劳其筋骨,忍受一时的艰难困苦,学得真才实学,学得过硬本领,那将怎么去报效亲人,奉献祖国啊!

的确,艰苦的生活不仅没有挫折我的决心,反而砥砺了我的意志和品格,培养了我艰苦奋斗的作风和良好的生活习惯,为我走向成才之路,打下了坚实的基础。

啊,十八岁,我珍贵的黄金岁月!啊,川大,冶炼我青春的熔炉!

假如我再度十八,我仍愿再回母校,重享美妙的韶光!再次聆听亲爱的老师的教诲,再次陶醉于古今中外的名著,再次到望江楼吟诗放歌,再次在路灯下捕捉灵感,更好地磨砺坚强的意志,陶冶美好的情操,培养过硬的本领,以便更好地实现人生的价值,迎接未来的挑战!

啊!愿天假我再度十八!

喷香的耗子肉

1964 年春，我们川大中文系几个年级的学生到四川仁寿县富家公社搞社会主义教育运动。下乡前的动员会上，系领导反复强调这次下乡是贯彻毛主席的阶级斗争的路线，要与贫下中农同吃、同住、同劳动。不要尽想着搞创作，搜集素材。

我分到仁寿富家公社富家大队。工作组长亚欣是省歌舞团的领导，歌曲家，也是一位老八路。他在我的笔记本子上写下了一首《抗联之歌》的歌词，应该是他写的吧？后来我看了《达吉和他的父亲》的插曲，作词就是他。我才知道他是一位著名词作家。

我到的生产队是五队，住在一个鳏夫家里。这位房东个儿不高，但身板较壮实，人很老实厚道。他的妻子大约是困难年代饿死的，给他留下了两个女儿，大的十来岁，小的七八岁，都在上小学。为了养活两个女儿，他起早贪黑、勤耕苦做，过着极其艰辛的日子。好在两个女儿聪明活泼、勤奋好学，给他苦涩的生命增添了一丝光彩。社教工作队要我们选最贫苦的农家住，于是我就住进了他们家。他住着两间泥垒的房，外面搭的灶房和饭堂。他和两个女儿住大的房子，我就住偏房，只有十多平方米，放着一口白木大棺材，一张大桌子。我睡在棺材上，在棺材上放上用线连排好的竹棍，就是床铺了。我这人从来就不信鬼神，也没有多少忌讳，就坦然地在上面睡了一个多月。我们工作队员按每天一斤粮票、三角钱的标准交给房东当作伙食费。但是房东根本没有米吃。他只是每吨煮饭时抓一把米在一大锅水里，煮沸后再放几大盆红苕、青菜在里边，煮成一大锅清汤寡水的红苕稀饭。有时候他也给小女儿专门用布袋煮一小碗米饭。他的灶房又兼作动物食堂，我们一吃饭，他养的鸡呀、鸭呀、狗呀、猪呀，一起出来了，在我们脚下、脚边、脚上拱来拱去，跳来跳去，争抢着吃我们掉下的、丢下的、喂他们的菜粒、饭粒。真的是鸡飞狗叫猪儿拱，热闹非凡！他们三人兴高采烈地同这些家禽、家畜交流着，对话着。

到农村以后，我才真正理解了什么叫"神仙难过二三月"——就是天气寒冷，而农民把秋天收的谷子吃完了，麦子却还没有登场，所以日子最难熬！每天只能吃红苕稀饭，每顿吃它一大碗，很快就饿了，肚子饿得咕咕叫。工作队怕队员们饿坏了，每个星期天开会时就给我们打一次牙祭，让我们吃点肉，还组织来一些饼干点心，让我们买回去"加餐"，聊以充饥。可是，我的房东和他的女儿总是天天顿顿都吃红苕、稀饭，我实在不忍心一个人吃，常常临睡前请他们一起吃。房东总是舍不得吃，而让两个女儿少许尝一点。

下乡一个月后，我突然生病了，发烧头痛，四肢酸软，起不来床。社员们都关心地来看我，房东和他女儿更是一日数次来看我，端茶送水，给我专门熬黏稀饭。晚上，还给我端来荷包蛋。捧起这热腾腾的荷包蛋，我眼里禁不住涌出泪花。小时候，妈妈也时常给我煮荷包蛋，那是在大城市，经济条件好。可这是在穷山沟，社员好不容易喂两只鸡，捡几个蛋，他们是舍不得吃的，总是积攒起来，到赶场时去换点盐做咸菜。当天晚上，我失眠了。下乡之前，系领导再三教育我们下乡后要和贫下中农同吃、同住、同劳动，专心工作，不要一心只想搞创作。我于是下决心全心全意工作不去写诗作文。可当天晚上，我却被房东的情意感动了，滚烫滚烫的感情终于喷涌出来，凝聚成了我下乡以后的第一首诗——《深情哪能用碗装》。真奇怪，披衣起床写好了这首诗，我很快就入睡了，而且，第二天，我的病也居然好了。

过了两天，我看见小妹妹拎着一条大耗子从房里出来，欢天喜地地说："爸爸，爸爸，你看，昨天打到一条大耗子!"

她爸爸满脸堆笑："好，快把它熏起来!"

我知道他们安了鼠夹子打耗子，但没想到她们会把耗子提在手里，更没有想到他们竟然把耗子倒吊在柴灶门口原来挂大铁罐的那个铁钩子上，用柴灶的余热熏耗子，这下连饭菜都要染上耗子的臭味了吧？我真想对他们说，这样做不卫生，快把耗子扔掉! 可是社教工作队的纪律又使我闭住了嘴。我只是饭前饭后都尽量不去看那倒悬着的耗子的尸体就是了。谁知道，第三天晚饭之前，幺妹高兴地哼着歌回来，喜气洋洋地说："郭叔叔，今天要打牙祭啰!"我心里一愣，莫非他们上街买了肉回来？但是转念一想，她爸爸今天没上街呀! 一会，房东煮好菜稀饭以后，就把挂在灶前的耗子取了下来。我远远一看，这耗子被柴灶门口飘出的火苗和热烟熏得黑糊糊的。房东熟练地用刀把耗子皮剥开，连同耗子的肠子肚子一齐扔掉，然后把熏得红通通、黄焦焦的耗子肉放在菜板上，用刀切成小块，放在碗里，再撒上一撮盐，一撮海椒，一撮花椒。最后，房东喜滋滋地把这碗耗子肉端上桌子，端端正正地放在了天天吃的泡咸菜和泡辣椒之间。两个女孩守在旁边，笑吟吟地看着这一切，这下忍不住跳起来欢呼："打牙祭啰! 吃肉啰!"

呵，这就是打牙祭——吃耗子肉？我的心顿时凉了半截。完了，他们竟然要吃这肮脏透顶的耗子肉，我可怎么办？我不能不同他们一桌吃饭，可又不愿也不敢沾这耗子肉，连他们筷子拈过的咸菜、辣椒，也不能吃。今天就闭着眼睛吃白饭吧!

谁知道，我刚坐下，端起饭碗，房东就拈了一条最肥的耗子腿，恭敬而亲热地放到我碗里，"郭同志，请！"我惶惶然要拒绝，可一望见他诚恳而深情的眼睛，却怎么也开不了口。就在这时，幺妹又拈了一块最大的胸脯肉放在我碗里，睁着一对水灵灵的大眼睛，甜蜜蜜地望着我，笑嘻嘻地说："郭叔叔，吃吧！喷香哩！"

我拒绝吃耗子肉的全部决心都在这一瞬间崩塌了！我迟疑着没敢动筷子，眼睁睁地望着他们。只见他们兴高采烈地拈起耗子肉，乐呵呵，美滋滋，香喷喷地吃起来。我还能说什么，犹豫什么呢？他们能吃、敢吃、爱吃，我为什么不能吃呢？这些重情重义的老乡呵，把他们爱吃的耗子肉都先敬给了我。我闭起眼睛，咬了一口。呵，这耗子肉果然是香喷喷、脆酥酥、油浸浸的哩！我于是放心地吃起来。

从那以后，我再也没有吃过耗子肉。但是，这喷香的耗子肉哟，却永远同我亲爱的房东一家，以及难忘的农村生活连在一起，漾起我深心的怀念！

珍贵的袜底板

社教工作即将结束，我们就要返回川大上课了。离开生产队的前一天晚上，开完最后一次社员大会之后，一些年轻的姑娘小伙还挤在我那小屋里热情地同我道别。快十一点钟了，他们才陆续散去。我送他们出门，看着他们穿过院坝，走向田间小路。夜风拂过竹林，发出簌簌的琴声，回忆起一个多月来，同社员们一起劳动、开会、讨论，不禁升起一种深深的依恋之情。

回到我住的茅草屋，发现李秀云还站在桌子旁，似有所待地等着我，眼中的神情，似留恋，似感伤，又似热切的期待。她手上还紧紧地攥着一卷什么东西。

我一下愣住了："你?"

她那一双深黑的眼睛深情地盯着我，似乎要淌出泪水来。她走到我身边，羞怯地说："你，你就要走了，我，我想，送你一点东西!"

我慌乱地说："不! 我不能，不能收礼……"

她红着脸，把手中的东西塞到我手中，"你，你回去后才能打开!"说完，用手掩住即将流出的泪水，转身跑了出去。

我追出门，在竹林边赶上了她，想把东西交还她。

她推开我的手，哽咽着说："这是我熬了好几个晚上绣出来的，你，你要收下!"

我忙说："好，我谢谢你!"

她捂着脸，跑向了田间小路。

千言万语涌塞在喉头，却什么也说不出来，只能呆呆地看着她的背影消失在黑暗之中。

夜风拂过竹林，发出簌簌的琴声。

回到屋里，我立即打开她用红花巾包裹着的礼物，这是两双用五彩丝线精心绣织的袜底板！

我不觉心头一颤。这金色、红色、黄色、蓝色的丝线绣成的五彩图案，是她多少个不眠之夜一针一线绣出来的，里面凝聚着她怎样深挚的情意呀！而且，常识告诉我，姑娘们千丝万线、千情万恋绣成的袜底板，往往是表达她们少女纯真爱情的信物。

我怎么能接受这样贵重的礼物啊！

回忆，像那簌簌的晚风拂过心头。

记得，来到生产队以后，每天晚上开会前，我都要教社员们唱歌。这既活跃了气氛，又凝聚了社员，还丰富了农村的文化生活。这特别受到了年轻姑娘和小伙子的欢迎。他们往往很早就吃了饭赶到开会的院坝里，要我教他们唱歌。那时候都是唱的革命歌曲，如《送别》《洪湖水，浪打浪》《我的祖国》等。我发现，在这些年轻的姑娘中，最早到场的，往往是她。她长得清秀，水灵，约莫二十一二岁，父母前几年去世了，尚未结婚，在当时，也算得上是大姑娘了。她一个人生活，无牵无挂，又没多少家务，所以下班回家很快吃完饭就来了。她来了以后就要我教她唱。到了教歌时，她又总是坐在第一排，一双滴溜溜地黑眼睛紧盯着我，兴高采烈地唱着。她性格热情爽朗，开会发言也很踊跃；划分自留地时，她也跟在身边帮着测量、计算。我们自然把她当作了积极分子。我和老农商量工作，她也经常参加。

有一天，我突然感冒发烧，昏昏沉沉，茶饭不思，倒床不起。社员们纷纷来慰问我，照看我。其中就数她来得最勤，嘘寒问暖，送药递水，有时还捎来水果糖、水果；有时，坐在床边给我讲队上发生的事情；有时，还给我唱几句我教她们唱的歌。一天，她还拿了她同我们社教工作组的两位女演员的合照给我看。在房东和她，以及社员的精心照料下，我的病没几天就好了。几天后，我去区上开工作队员会。会后，工作组组长、省歌舞团音乐家亚欣同志把我留了下来。

他轻言细语地说："小郭，工作队可不能谈恋爱哟！"

我说："这我当然知道。"

他语气重了一点："可有人反映你有这个迹象哟。"

我惊异地回答："我没有啊！"

他话外有音地说："没有？可有人说你已有了梦中情人了！"

我更诧异了："什么？梦中情人？"

他宽容地笑了："有人说你生病期间，梦中都在喊一个女社员的名字！"

我真感到惶惑了！我那时正读大四，才二十一岁，还没有交过女朋友，对她，我更不可能考虑！我只是同她接近多一点，接触多一点，哪里就谈得上谈情说爱，甚至梦中情人呢？如果真是在梦中喊过她的名字（回忆到这里，我真不知道这话是怎么传出去的。莫非我睡觉后还有人在侦察、跟踪我的行动吗？否则，怎么会听到我半夜的梦呓呢？——在生产队，我可是一个人睡的茅草屋哟）。那最多也就是潜意识的流露，不足为凭的！但是，既然领导指出了问题，我当然必须注意了！

于是，我向亚欣组长说明了情况，保证不会谈恋爱，也不会造成影响。回到队上后，我开始注意同她保持一定距离，尽量少同她接近。她似乎逐渐有所察觉，眼中流露出一种哀怨之情。有时，我也觉得很尴尬，觉得太不近人情，对不起她。但是，想到工作组长含蓄的批评，想到工作组的纪律和声誉，我又不得不如此。更尴尬的是，我又不能向她说明。

现在，捧着这沉甸甸的五彩袜底板，我思绪不宁。我不能接受这礼物，可是又不能退还给她，那样对她的打击更大。而且，更尴尬的是，我又不能对她说明这一切，解释这一切！

第二天一早，我去区上买了一对枕巾，两块香皂，打听到她外出时，送到她家里，然后离村了。第二天，我回到了川大。很快，我收到了她的信。我礼貌地、客气地回了信。我既不能答应她什么，也不能伤害她。以后，就再没有联系了！

五十年过去了。有时候也会想起她。想起她送给我的五彩袜底板，想起她圆圆的脸庞，深黑的眼睛，想到她离别时那哀怨的眼神。我不知道她结婚了没有？生活得是否幸福？她也许不知道，多少年来，我都珍藏着她送我的那双用多少个不眠之夜精心刺绣的五彩袜底板，也始终珍藏着她留给我的无法接受的真情……

五彩的袜底板哟，难忘的忆念！

独闯深山老林

社教运动进入尾声，突然几个积极分子告诉我：小兰姑娘被她嫂子卖到白云公社了！

我一听，又气愤又担心！小兰才十五六岁，是运动中的积极分子，也揭发过他哥哥当生产队会计时的一些贪污行为，我怕她在我们走后受到哥哥的报复，正在给她物色一个较好的家庭把她安顿下来，让她健康成长。谁知竟被她嫂子先卖了！这不是严重违反婚姻法，破坏社教运动吗？这绝不能容许！我立即找到新当选的胡队长商量。

她也刚听说此事。她说：小兰的嫂子因为小兰在运动中揭发了她哥哥的问题，一直怀恨在心。看到你们社教工作队要走了，就收了白云公社一个中年男人的几十元钱、几丈布票，把小兰骗到白云公社去卖给人家了。过两天就要成亲。乡亲们知道了都很着急！

我说："那我们得立即把她接回来！"

她说："对呀！接回来就再不要回她哥哥家住了。"

是呀，小兰回来了就再不能同她哥哥住在一起了，怕他们继续报复打击她。可是，她又没成年，又没房子，怎么办呢？我一下想到胡队长爱人在区里工作，胡队长又没有孩子，她带小兰几年不正好吗？于是我就给胡队长提出：把小兰接回来以后，就在她家住。等小兰长大了，成年了，帮助她找一个好婆家。

胡队长愉快地答应了。

但是，谁去接小兰呢？因为这涉及两个公社、两个大队、两个生产队，且又是我社教工作中出现的问题，所以必须由我去。但是，我们社教工作队还有四五天就要撤离了，撤离前还要到公社做总结工作。时间就只有三四天了。白云公社离我们很远，要到綦江县城去转车。当时汽车班车每天都只有一趟，极不方便，三天能赶回来吗？可是，我这两天不去，这事就得留给公社解决了。万一他们忙起来，耽误了时机，那就完了。而且，我们这两天不赶去，别人要是强迫小兰成了亲，那生米煮成了熟饭，就更加难办了！看来，无论怎样困难，我都得亲自去跑一趟了。

我立即赶到大队，把情况给工作组长汇报了。组长也很着急，同意我立即赶去，三天内赶回来。

我到高庙公社车站去询问汽车班次，班车每天只有早上一班，今天的班车早已开走，只有明天才有了。而明天再坐车到了綦江，就赶不上到白云公社的唯一的早班车了，那三天内肯定赶不回来！看来我得搭一部便车，争取今天赶到县城才行。正在着急，公社的秘书告诉我，说公社有一部货车马上要去县城，问我坐不坐？我高兴极了，立即跑过去。可是，到了车场一看，我一下傻眼了！

这是一辆载牛的车，上面已经装了三头牛，车厢被横着的三根木棒隔成了三格，每一格里一头牛。木棒就捆在货车车厢两边的栏杆上。在捆第三头牛的木棒后面还有一尺多的空隙，可以站一个人。与三条大公牛挤在一个车厢，那该有多臭、多脏。更可怕的是，这是何等的危险！车还没开，三头牛就在上面乱挤乱拱，这车要一开，牛在里面站不稳，更要乱挤乱拱乱滚，万一把木棒撞掉，那牛一下滚过来，不把我踩死，不把我压死？这车可不能坐呀！

正想着，司机来了，带着他的爱人和两个女儿，打开车门，坐进了驾驶室，准备开车了。公社的秘书走过来说："郭同志，你要赶时间，就只有坐这装牛的车了！"

我说："要是这棒子被牛挣松了、挣脱了，一下压下来，不把我压死吗？"

秘书笑了："一般还是不会的，我们有时也坐这车。"

我一想，时间那么紧张，乡亲们都敢坐，我又为什么不可以坐一次呢？冒险就冒险吧！于是，我把心一横，爬上了汽车。

我平时最爱坐着敞篷汽车看风景（那时单位也没有客车）。可今天，我在车上却是胆战心惊，如履薄冰！车子在山路上颠簸，三头牛在车上乱窜乱跳，我则在它们的屁股后东藏西躲。我担心最后的牛踩着我，更担心牛挣断了、挣脱了木棒，给我压过来，我左躲右躲，有时候又坐到车厢角落，但又怕被摔下车，又只好下来，站在车厢角落。不知道颠簸了多久。车子总算到了綦江县城。

下了车，我这才长长地舒了口气，看看那三条大水牛，我真感谢它们没有把我压死。

第二天一早乘班车去到白云公社，找到妇女干部，同她一起走到小兰被卖去的生产队。

生产队长陪我们赶到小兰被卖的农民家，小兰正焦急地站在晒坝上等我，白云公社妇女干部已提前通知他们大队妇女干部告诉她我要去接她。见到我，她就哭着向我跑来，抓住我的手说："郭老师，快救我，快带我回去呀！"

妇女主任忙问她："你圆房了没有？"

小兰急忙回答："没有！没有！他们想强迫我，我坚决不同意！"

我夸她："你真勇敢！做得好！"

小兰说："我就盼你来救我呀！我知道你会来的！"

留下生产队长教育那个社员，我同公社妇女干部带着小兰回到白云公社。

我担心从綦江县返回我们大队时间太晚，参加不了总结，就向公社干部打听有没有到我所在大队的近路。他们说，从原始的深山老林穿过去，可以直接到我所在的大队。但是，这是一条小路，很少有人走，大约有三四十公里，两边全是森林。

我忙问道有没有老虎、豺狼、熊，他们说没有。

我又问："有没有人可以问路?"他们说路上没有人家，无法问路，但也只有一条独路，沿着小河沟走就到了。

我决定一个人闯原始森林了! 我把小兰交给公社妇女干部，让她明早送她上车到綦江，再自己搭汽车回生产队，以后同胡队长住在一起。小兰提出跟我一起走深山密林，我担心带着一个女孩路上出现意外，就劝她还是一个人乘车回去，安全一些。

第二天早上，我六点多钟就起床，背着一个黄色军用水壶，到公社食堂买了十个馒头，找了一根木棒，又作手杖又作防身武器，就一个人上路了。

那真是绵亘无际的原始密林呀! 莽莽苍苍，无边无际。森林中一条小溪，哗啦哗啦地奔流着，两边是茂密的水竹和茅草。一条便道顺着小溪向前延伸着，领着我向前走。开始，我吃着馒头，看着风景，兴致勃勃地走着。走了一个多钟头，觉得树林越来越阴森，山路也越来越狭窄，不禁有些胆怯，生恐从树丛中窜出条蛇或是一条狼来。为了给自己壮胆，也出于自己的爱好，我大声地唱起歌来，毛主席的《长征》《沁园春》，冼星海的《黄河颂》，还有当时流行的《马儿啦你慢些走》《送别》以及我喜欢的四川民歌、新疆民歌等。唱着唱着，劲也来了，气也足了。唱累了，就喝两口水，走饿了就吃一个馒头，欣赏一下风景。

突然，前面森林中冒出了一团团的烟雾，吓得我心头一颤: 莫非森林失火了! 这大火一旦漫延开来，该不会把我烧死! 我忙朝前面跑去。绕过一个山嘴，只见一片荒坡上两个穿得破破烂烂的农民正在烧荒，我这才放下心来。但是，我同时又感到了心疼和心酸。都进入 20 世纪中叶了，我们的农民还在使用最原始的刀耕火种，这将对资源造成多大的破坏，而且又是多么容易引发火灾啊！我不觉停下步来，给他们摆谈，并给他们讲刀耕火种的危害，我尤其强调了容易发生森林火灾的问题。但是，他们不接受我的意见，固执地认为不会引起火灾。我见说服不了他们，也就只好继续上路了。

这弯弯曲曲的小路，盘旋着、缠绕着、升腾着、下降着，带着我向前走。我不觉想起苏联歌曲《小路》来，于是我哼起了那优美而缠绵的歌曲：

> 一条小路曲曲弯弯细又长，
> 一直通向迷雾的远方，
> 我要沿着这条细长的小路，
> 跟着我的爱人上战场。

······

我又想起了郭小川的《路之歌》，我慢慢地、断断续续地背诵着这深情的诗篇，忘掉了旅途的疲倦。

下午，山势越来越舒缓，树木越来越稀少，渐渐地出现了庄稼，出现了人烟。找到农家问路，原来我所在的生产队就要到了。

下午五点多钟，我回到了生产队。胡队长告诉我工作组明天早上就集中开会了。他们多次问你回来了没有，让你快赶到大队去。

我把小兰的事情给胡队长交待后，提着简单的行李，去到了大队。

虽然我经历了坐牛车的风险，冒险穿越了原始森林，总结也去晚了，但是，我安排好了小兰的事情，心里十分高兴。

　　四十年过去了，小兰和胡队长她们生活得如何了？高庙公社的乡亲们生活得怎么样了？我真想念她们哪！

　　我爱人听我讲了这段经历，感慨地说："你什么时候抽空去看看吧！也许会写出新的作品来。"

　　是啊，我真想去看看她们，再一次去走走那原始森林，再一次去重温那些艰难而有趣的生活……

2004 年 12 月 27 日于育才学院六艺庄

红石榴花

　　五月的一个黎明，我刚写好《罗世文传》的后记，第一缕晨光就镀亮了我的窗棂。我步出家门，来到校园散步，蓦然发现一朵朵红绸般的花瓣绽开在细小的碧叶间。啊，石榴花开了！我的心陡然一颤，一股强烈的思念之情，把我引向了校园旁的歌乐山的小路，引向了《红岩》中描写的白公馆监狱。

　　还没走到白公馆大门，老远就望见，在那挂着铁丝网的灰黑色的高墙之上，露出了一团团火红火红的花朵，凝聚成一片片鲜艳夺目的红霞，这正是我日夜思念的红石榴花啊！它们像一颗颗红玛瑙在闪耀，像一束束火苗在跳荡，像一支支火炬在燃烧，真是"满腔豪情关不住，一团红霞出墙来"！我深情地凝望着红花，激动地徘徊在树下，多少刻骨铭心的回忆涌上心头。

　　在金色的少年时代，我曾多少次随着飘展的少先队队旗，来到红石榴树下，听着辅导员深情的讲述，我睁大充满敬慕和探求的眼睛，仰望着满树红花，眼前仿佛出现烈士们精心培育石榴树的情景，在短暂的放风时间里，他们精心地为小苗浇水、捉虫、松土。小苗长出一星嫩芽，一片新叶，都会给他们带来无限欣慰和希望。烈士们在黑牢中，把多少心血，多少深情，多少想往，多少信念，都寄托在这株幼小却生机勃勃的石榴树上啊！可是，烈士们没有来得及看到石榴花吐红，就在烈火中壮烈捐躯了！他们把灌注着他们心血，寄托着他们理想的红石榴花，连同这开花的大地，一起留给了我们……

从此，这满树红石榴花，化作一片烂漫的云霞，照在我童稚的心空，也照亮了我少年时代幸福美好的生活！

石榴花不仅照亮了少年时代火红的生活，而且点燃了我青春的信念。在那人妖颠倒、是非混淆的年代，眼看开国元勋、革命功臣一个个被打倒，革命先烈被诬蔑为叛徒、特务，我母校的辅导员也因为领我们到烈士墓扫墓和给我们讲先烈斗争的故事而被抄家、批斗，我感到说不出的悲痛、气愤。在一个冷雨潇潇的清明，我独自一人，来到这石榴树下。初生的细叶，在寒风中微微抖动，我的心也在风雨中摇颤，隐隐作疼。猛然，我发现碧叶间有一个个小小的花蕾，花蕾上的点点水珠如珍珠般闪射出异彩。哦，石榴树在这凄风苦雨之中，也依然扎根沃土，伸枝蓝天，汲取着养料，积蓄着力量，收藏着色彩，孕育着花朵，向往着未来！

一会儿，雨霁风住，云开雾散，一柱阳光照亮我的心窗，当年，血腥的屠刀和地狱的烈焰，都没能使烈士屈服，也没能毁灭这石榴树的根苗。今天，一场妖风毒雨，又怎能把革命前辈的崇高形象从我们心头抹去？面对石榴树，我校正了生命之船的航向，扬起了信仰的风帆。我期待着石榴树早日擎起漫空彩霞！

这一天终于盼来了！沐着新时代的丽日熏风，石榴树绽开了艳丽的花朵，迎接着络绎不绝的人流。又一个红五月，我陪着少年时代的辅导员，漫步在红榴花下。那六角星形的花托衬起那红绸般的花瓣，犹如江姐、杨汉秀的灼灼红心；那勃发浓密的碧叶，又似许晓轩、陈然的青春信念；而那苍劲挺拔的枝干，则俨然是罗世文、车耀先的铮铮硬骨！

啊，祖国的大地上，红旗不倒，苍山不老，绿水长流，大树长青；亿万人民的心中，烈士英名，永垂不朽，烈士精神，万古常新！望着红石榴花，我猛然想到：作为一个后来者，一个教师和作家，如果能把烈士们的光辉业绩和浩然正气搜集整理，记录下来，传之后代，那该是多么重要，多么光荣，多么有意义的工作啊！

鲜红的红石榴花啊，照亮了我前行的道路……

就是在红石榴花的激励之下，我从 1979 年开始撰写罗世文烈士传记。三年多的时间里，我利用寒暑假和周末，到罗世文烈士的故乡调查采访，到烈士生活、工作的延安、川陕苏区老根据地调查采访，到中央组织部档案馆、川陕苏区档案馆等处查阅资料，并采访了杨尚昆、廖承志、童小鹏等多位老同志和数十位。三年多的时间里，当我在山南海北艰苦跋涉的时候，当我在采访中遇到重重障碍的时候，当我在写作中焦思灼虑的时候，红石榴花就会在我心中绽放，罗世文的形象就会浮现在我心头。鼓舞我克服一切困难和障碍，取得丰富的资料，写好烈士传记！

今天，我又一次流连在红榴花下，我感情的春水就像山间的泉水那样奔流不息。我要把这烈士传记奉献给我的父老兄妹，奉献给烈士在天之灵，也奉献给你——开放在我心头的红石榴花！

1982 年 5 月写于重庆白公馆石榴树下

注：罗世文，重庆共产党和共青团早期领导人，四川省委书记，1946 年牺牲于白公馆。《罗世文传》，1983 年 10 月重庆出版社出版，获四川省暨重庆市首届哲学社会科学三等奖。1991 年由作者改编为电视剧《雕像的诞生》，在中央台及各地方台播出，获中宣部文艺局暨中央电视台庆祝建党七十周年全国展播奖。

坐　轿

"新媳妇上轿——头一回。"

我不是新媳妇。可头一回坐轿，却真领略了坐轿的滋味。

那是在攀登峨眉山九十九道拐之后。从清晨开始登山，顶着七月的骄阳，爬到傍晚，直累得大汗淋漓，腰腿酸痛。经不起轿夫的左劝右请，也想体验一下坐轿的滋味，于是我上了轿。

刚上轿，果然舒服。自己不动脚，人却往上"走"，还可顾盼左右的山色云岚。正在得意之际，突然轿子往下一沉，身子往前一栽：原来是下陡坎了。我连忙双手紧抓轿竿，双脚紧蹬踏板，闭着眼睛，悬着心儿，任由轿夫摆布。

一会儿，要上坡了，我心想这下可能好一点。谁知却更加吓人，前边的轿夫踏上高坎，我一下子被倒置起来，脚朝天，头向地，味道真难受。更可怕的是，山路窄，石梯陡，徒步上山都很吃力，两位瘦瘦的轿夫却要抬着我这个胖子上山，更是累得直喘粗气，直冒大汗。我在悲悯轿夫的同时，更担心哪位轿夫踩虚了脚，捏滑了手，轿子一闪，一偏，一梭，我不被抛进万丈深渊吗！想着想着，我侧眼一看，不觉吓出一身冷汗。一边是绝壁，一边是悬崖，青山在跳，白云在摇，我就像暴风中断线的风筝，狂涛中失舵的小船，吓得紧闭双眼，死死抓住轿竿，像溺水的人紧紧抓住救命稻草一样。这哪是在游山玩水，简直是在拿钱玩命！我不但失去了平日里游览名山胜水的乐趣和兴致，而且平添了十二万分的危险，甚至连自己的命运也不能把握了。

我这是何苦呢？我再不能坐轿了！

我叫轿夫让我下来。再苦再累，我也要自己去走，自己去攀登。

也怪，双脚一踏上大地，我感受到了前所未有的舒畅和安心，就这样，我终于徒步登上了峨眉金顶，饱览了云海奇观。

这回坐轿，使我真正体会到大地的坚实，双腿的重要，只有一步一个脚印，一步一滴热汗，才能登上事业的金顶，领略人生的乐趣。想不花力气，靠别人抬上山顶，那是靠不住的，没有意思的，甚至是危险的！

我想，我这一辈子怕是再也不会坐轿子了！

游　泳

　　我游到湖心，深深地吸一口气，摊开四肢，仰卧水面，任身体在碧波中荡漾起伏。头上，是无垠的蓝天，几朵白云，轻轻飘拂，几丝云影，缓缓浮动。湖边，绿竹苍翠，如柔美的抒情曲；草坪清幽，似舒缓的慢板。酷暑的烈日也显得格外温柔，甜甜地亲吻着我。湖水澄澈、清凉，深情地拥抱着我。

　　水天万物，映在我眼里，录进我心里，我浸润在水中，融化在自然里。

　　最令人陶醉的是，我与湖水达到了那样完美的契合。自如地浮在水面，想仰卧就仰卧，想俯卧就俯卧，想做十字悬垂，只需伸开双臂，放直身体就行了。身体悬在水中，仿佛完全失去了重量，真是自由自在，轻松自如，优雅闲适，自得其乐。我感到全身心都无牵无绊，无牵无挂，无忧无虑。人世间宠辱皆忘，宇宙间风云俱谐。

　　湖边，小姑娘在学游泳，欢天喜地；湖心，小伙子在横渡，扬臂搏击。我不禁想起小时候在嘉陵江边学游泳，一脚踩进深水中，吓得连呼救命的狼狈情景。当你不会游泳的时候，你同水是多么陌生，水对你又是多么可怕。可现在哩，我却可以在湖心随心所欲地畅游了！

　　为什么？

　　因为我掌握了浮水的规律，学会了游泳的技术。

此刻，我静静地仰卧水面。观赏着水天风云，思索着宇宙人生，任身体与碧水融为一体，让心灵与自然融和无间。我似乎更深地领悟了顺乎自然、天人合一的境界。我想：只要我们真正掌握了人生、自然和宇宙的规律，就可以逐步达到人与社会、人与自然、人与宇宙的完美和谐。

川外，我的精神家园

　　1965 年 7 月，我从四川大学中文系毕业，挑着一箱书籍、一箱衣物，来到位于北泉三花石的四川外语学院报到。党委书记王丙申和院长马矶亭握着我的手，鼓励我好好学习，好好工作。我了解到川外是一个有着优良革命传统的学校，领导很有水平，教授专家也很多，我决心好好工作，搞好教学科研和创作，为学校争光！

　　可是，进校不久，一场浩劫降临了。我亲眼看见学校教学秩序被彻底破坏，学院领导和教授专家悉遭批斗、迫害、践踏、蹂躏，我不愿参加派性斗争，拒绝写任何领导和教师的大字报，也拒不在任何批斗会上批判任何领导和教师，尽量躲回家中看书、学习、写作。1971 年，我参加了市里组织的歌颂毛主席到重庆谈判的诗集《红岩村颂》的创作和编辑工作；1974 年我作为川外派出的重庆首批带队干部到忠县工作一年；我到西双版纳、通南巴、万县等地慰问、采访知识青年；我还由学院派到井口农大和巴县师训班上课，为重庆培训教师。

　　1976 年底，学院党委书记王丙申告诉我，市委书记要我为周总理抗战时期的警卫副官、老红军廖其康整理回忆录，学校十分支持，差旅费由学校报销。我遂去廖其康工作的特钢，为他记录整理撰写了《随卫敬爱的周副主席》一书。我到全国各地调查采访，又送初稿到北京给童小鹏等领导审阅。此书于 1978 年 3

月由四川人民出版社出版。从那以后，在川外领导关心支持下，我投入了传记文学创作研究工作。

1978年，我接受四川省委和重庆市委宣传部指派，采访陈毅事迹，于1979年出版了《陈毅青少年时期的故事》。从1919年到1984年，经过5年采访写作，出版了《罗世文传》，该书获四川省暨重庆市首届社科三等奖。以后又出版了《少年罗世文》。之后，我写了三部著名作家的传记《从小八路到大诗人——雁翼传》《敢向时代潮头立——柯岩传》《从牛圈娃到名作家——雁翼传》。随后，我针对传记文学研究缺乏的现状，把重点转到传记文学研究上来，先后出版了《传记文学写作论》《传记文学写作与鉴赏》《中国二十世纪传记文学史》三部理论著作。这三部著作都是由川外科研处立项，又由川外报省市教委和社科规划办公室作为重点科研项目。

"文化大革命"后，我在入党转正的支部大会上表示，我一定要努力工作，搞好教学、科研和文学创作，为党争光，为川外争光！几十年来，我兢兢业业从事教学，认真备课，努力上好每一堂课，认真批改作业。课余时间，我结合教学进行科研，先后出版了《散文知识与写作》《文学创作灵感论》（获四川省第五届暨重庆第三社科三等奖）《论贺敬之的诗》等专著。我出版了《郭久麟散文集》和诗集《爱的情弦》，以后又创作并拍摄了电视剧《沉默的情怀》（六集）和《雕像的诞生》（上、下集，获中宣部文艺局和中央电视台全国展播奖），撰写并拍摄《记日本友人石川一成先生》《歌乐情思》《四面山风光》等电视片。

回顾45年的教学、科研、创作，我深深感到，川外是我的精神家园。在川外校园中，我由一个大学毕业生成长为助教、讲师、副教授、教授，重庆直辖后，川外又推荐我担任重庆市第一届、第二届高级职称评委和首届硕士点评委。2012年底，在我70岁生日之际，川外还同重庆作家协会、重庆人文科技学院、中国传记文学学会、四川大学重庆校友会共同举办了"郭久麟作品研讨会",校长李克勇亲自参会并发言,副校长和科研处长、中文系主任等筹备并莅临会议。我深深感激川外领导对我的培养、关怀和帮助。同时,我也把自己的教学、科研、创作作为对川外、对故乡重庆、对我自己民族应做的工作,应做的贡献!

以重庆为荣　为重庆争光

　　我是土生土长的重庆人。在抗日战争的烽火中出生，是长江和嘉陵江的乳汁养育了我，山城的峰峦磨砺了我。我在南岸区、江北区、渝中区、沙坪坝区读了幼稚园、小学、中学，考入四川大学中文系学习五年，又分回重庆四川外语学院执教至今。整整一个甲子，除在成都读书五年以外，我的一生，都在重庆度过，我的余生，也必定在重庆度过。是重庆的父老乡亲和青山绿水把我养育，我也把我的青春，献给了我热爱的重庆，我还将把我全部的生命和智慧，奉献给我的故乡！

　　作为一个地地道道的重庆人，我感到光荣和自豪。重庆，有壮伟的山川，有悠久的历史，有蓬勃发展的经济，还有豪爽的男人和靓丽的女人，实属罕见。

　　古人云，仁者乐山，智者乐水。重庆可谓山水兼而有之，宜乎仁者、智者居矣。

　　重庆依山傍水，长江、嘉陵江拥抱于朝天门，乌江与大宁河汇流于长江之涪陵与巫山。当半个中国乃至世界都喊缺水的时候，只有我们重庆，却两江贯通，四水汇流，有流不尽的大江，用不尽的江水。当三峡大坝修好之后，重庆更拥有了世界上最大的人造的海洋，通过南水北调工程，长江三峡水库充沛的蓄水，就可以输送到北方，给干渴的大地送去甘霖。长江，我们的母亲河，养育了大半个中国。作为母亲河的儿子，我怎能不感到骄傲和自豪！

重庆自古就被称为山城，大江大山赋予了重庆豪气、骨气和灵气。重庆主城区，有黄山、南山、枇杷山、峨岭、歌乐山、中梁山、缙云山，而万县以下，更有闻名世界的三峡。重庆的山，大都依着水，山连水，水缠山，格外妩媚多姿。尤其是长江三峡，更是山水相依，山水相衬，相互辉映，相得益彰。那壮丽雄奇的山脉，那异彩纷呈的巫山十二峰，沿着迂回曲折的长江，徐徐向东展开，构成美不胜收的画廊，谱成展玩不尽的诗篇，让全世界的游人慢慢玩赏，给全中国乃至全世界的旅游业，增添了魅力和荣光。

重庆不仅山水雄奇，更兼历史悠久。我们的老祖先大禹在此治水，娶妻涂氏，在工作紧张时，三过家门而不入，为我们高标起艰苦创业、公而忘私的典型；我们的巴蔓子将军为了不违背诺言，宁愿舍弃自己的头颅，也要保住巴国的江山，为我们留下了献身故国、舍生取义的壮烈传说。巫山神女演绎着多少浪漫迷人的传说，李白、杜甫留下了多少光彩照人的诗篇。而最能显示重庆人刚毅豪迈之气的则是八年抗战时期。重庆，作为抗战陪都，在日本法西斯的狂轰滥炸之中，以山岳般的体魄和钢铁般的意志，支撑起神州的半壁江山，为全人类反法西斯战争建立了卓绝功勋，做出了不朽贡献，从而使重庆成为与华盛顿、莫斯科、伦敦等世界名城并驾齐驱的伟大城市。新中国成立以来，重庆曾经是大西南的首府，也曾是重点开放城市。尤其在 1997 年，重庆市成为中国最大、最年轻的直辖市，更加令人欢欣鼓舞。十年多来，重庆父老乡亲夙兴夜寐、艰苦奋斗，以最快的速度建好了人民广场、朝天门广场、火车站广场，修建了好几条高速公路，架起了好几座跨越长江、嘉陵江、乌江的大桥，成为中国著名的桥都。重庆的摩托车、汽车、机械、化工、电子及房产业也都蓬勃发展，我们的教育和文化事业也欣欣向荣。目睹故乡这些年日新月异的变化发展，我打心眼里高兴！

重庆的发展，离不开重庆人的艰苦奋斗，开拓奉献。我们重庆男人吃苦耐劳，豪爽侠义；重庆女人靓丽热诚，爽利干练。我热爱重庆的父老乡亲，我也为是重庆人的一员而自豪。

"胡马依北风，越鸟巢南枝"，鸟兽尚且知道留念故土，报孝父母，作为一个重庆人，更应该孝顺父母，热爱重庆，建设故乡，为重庆争光。

几十年来，是重庆的父老乡亲把我养育，是我的母校和老师，是我所在的四川外语学院，是重庆的党组织，把我由青年学生，培养成大学教授和人民作家。我在党旗下宣誓时，就庄严地向组织表示，我一定要竭忠尽智、呕心沥血，搞好教学和科研工作，为川外争光，为重庆争光，为祖国争光！作为一个教师，三十多年来，我把教学当成极其崇高的事业，总是认真备课，认真讲课，满腔热情地指导学生，尽心竭力地帮助学生，看到我们的学校蓬勃发展，看到自己的学生在各条战线做出显著成绩，取得杰出的成就，我心里就感到格外甜蜜，感到作为一个教师的光荣和幸福。

五十年来，在教学之余，我几乎放弃了一切的业余爱好，抓紧一切时间，废寝忘食地进行科研创作。我写诗、写散文，抒发我对故乡、对祖国的热爱之情，描绘重庆和祖国的锦山秀水；我到全国各地采访，撰写了老一辈革命家周恩来、陈毅、吴玉章的传记，还花了三年多的时间，克服种种困难，写出了牺牲在重庆白公馆的罗世文烈士的传记，后来又把罗世文的传记改编为电视剧《雕像的诞生》，并写出了歌颂成都十二桥烈士的电视剧《沉默的情怀》，让这些长眠地下的英烈们的形象在亿万人心中永放光彩。我写了不少通讯、报告文学，出版了《当代西南企业与企业家》。我写了不少文章，描述和赞扬重庆的文学家、艺术家、翻译家、教育家、企业家，并结合自己的教学和创作体会，撰写

出版了《文学创作灵感论》等文艺理论著作。我还写了《歌乐情
思》和《记日本友人石川一成先生》等电视专题片，展现了重庆
的自然风光，歌颂为重庆的教育事业做出显著成绩的日本专家。
在这些科研和创作之中，都凝聚着我对故土的深情，凝聚着我对
父老乡亲的挚爱。

　　年过花甲以后，我被聘到西南大学育才学院任教，为育才学
院主持编写了六部教材，成立了"中国西部传记文学创作研究中
心"。我不但撰写出版了《传记文学写作与鉴赏》《中国二十世纪
传记文学史》，主编并执笔撰写了 170 多万字的《大中华二十世
纪文学史》，而且还创作了《雁翼传》《柯岩传》《张俊彪传》《梁
上泉评传》四部作家传记，字数达 160 万字以上。现在，我手头
还有好几项科研和创作正在进行，我还有好多计划中的工作没有
完成。我自觉豪情不减，壮心不已！真想再工作几十年，再写出
更多更好的作品，把我生命的光和热，把我全部的智慧和才华，
毫无保留地献给生我养我的故乡重庆，献给我的父老乡亲，献给
我亲爱的祖国！

2002 年 9 月 25 日初稿于重庆四川外语学院
2015 年 4 月 25 日修改于西南大学育才学院

一条标语的启示

我们一生，看过不计其数的标语、口号，但是，真正贯穿我的一生，给我带来健康、幸福和安乐的，却是一条写在许多运动场上的标语：

> 每天锻炼一小时，健康工作五十年，幸福生活一辈子。

一、每天锻炼一小时

"每天锻炼一小时"，作为贯穿了我的一生的信条，给我带来了无穷的健康和快乐。

我出生在长江和嘉陵江汇流处的主城区，从小就喜欢下河游泳，并且终生都热爱游泳，这是一项很好的运动。真正的锻炼是从初中一年级开始的。不满 12 岁的我考进了离家很近的重庆市第 25 初级中学。受学校良好校风的影响，我和班上很多同学一起，开始了早上的锻炼。我每天早上六点多就起床，有时从家门口沿民族路跑到解放碑，再沿邹容路左转新华路跑到学校，然后在校门口花一角钱吃一碗八宝粥和两个磁粑块，有时跑步到学校，沿操场跑 10~15 圈。下午没有课的时候，就打乒乓球、篮球，有时还到朝天门码头的沙滩上去踢足球。这样的习惯，我坚持了二年，自己觉得非常愉快和惬意。

考入重庆一中以后，我爱上了体操，还参加了学校的体操

第二辑 意溢人间

队，并担任了队长。单扛、双扛、自由体操，我都很喜欢。学校没有吊环和鞍马，指导老师帮我们联系到重庆建院（现与重庆大学合并）的体操房去训练。我们体操队还参加了沙坪坝区的比赛，最终仅次于南开中学。

进入川大以后，国家经济严重困难，学生都吃不饱，上体育课都只能教教太极拳，我当然也没有精力和体力做过多的运动，但我仍然坚持每天清早上起来散步、做广播操，晚饭后在校园散散步。1962年经济逐渐恢复，我们也能吃饱饭了，我又逐步加强了锻炼。

分配到川外以后，学校当时在北泉三花石，离北温泉很近，我们就经常到温泉去游泳。学校搬到烈士墓以后，每天仍然坚持六点半起床，到校园跑步做操半个多小时，晚饭后散步半个小时，下午课外活动时也下楼打打羽毛球、乒乓球。晚饭后坚持散步，活动一下。

1974年我参加重庆首批知识青年带队工作，队长王霄翔是重医副院长，很重视体育锻炼。他带领我们坚持每天洗冷水澡。夏天洗冷水澡很舒服，可到了冬天，就困难了。但是，他依然每天早上六点多钟点，就把我们驻队干部喊起来，到厨房旁边用井水冲澡。寒冬腊月，从温暖的被窝突然去到寒风刺骨的露天坝，再用冷水泼到身上，那真是冷得你直跳，全身雾气蒸腾。但是，冲完澡再用毛巾擦拭，又浑身热乎乎的了。穿好衣服后，我们开始打太极拳，做操。全身舒坦极了。从那以后，我坚持每天洗冷水澡。只是50岁以后，有些怕冷了，就改成了热水澡。这个每天洗澡的习惯，一直坚持到现在。

就这样，六十多年来，我始终坚持每天锻炼一个多小时，70岁以后，我仍然坚持每天早、中、晚饭以后散步半小时、打打太极拳。每天这一个多小时的锻炼，看来是占用了我一些宝贵的创作和科研的时间，但是，磨刀不误砍柴工，每天的锻炼给了我健康的体魄、青春的活力、饱满的精神。再加上我有良好的生活习惯：早睡早起，不熬夜，不贪睡，每天洗澡，吃饭定时定量，每天早晨大便。所以，我七十多岁了，仍然身体健康，精神饱满，头脑清醒。教书，可以一天上六节课，而不感觉太过于疲倦；创作、科研，也能每天坚持六至八小时。

二、健康工作五十年

"健康工作五十年"，为我晚年教学工作树立的一个初步的目标。

2003年秋，四川外语学院人事处突然通知我退休，我当时大吃一惊。因为前两年，川外国际关系学院院长要我到他们学院去执教、主持中文教学工作，条件是保证延退五年，但社科系领导不放，说我是教学骨干，保证让我到退休年龄时再延退五年。所以我就没坚持到国际关系学院。可怎么才延聘一年，就让我退休了哩？我自觉精力正旺、头脑灵活，创作和科研都正在笔锋劲健之时，而且，我的省级科研课题《中国二十世纪传记文学史》尚未结题，我受聘担任重庆市高校高级职称评委和市学位办硕士点评委亦未到期，怎么就让我退休了呢？我虽然对此很有意见，但我又不愿求人，更不愿为这些琐事去跟别人争论，就马上签了字。心想，不上课更好，我正好当"专职"作家，整天在家写作！过几天，见到李克勇院长，他听说我退休了，颇感吃惊地说："你是知名教授，我们校领导是要留你继续任教的嘛！马上要创办中文系，我们很需要你！我刚从法国回来，还不知道这件事，我去给人事处说，你不要着急退休！"第二大，李院长打电话给我，很抱歉地说："人事处已将你的退休材料上报市人事局，无法挽回了，你要当时没签字就好了。"于是，我退休了，开始在白市驿宽阔的住宅赶写《中国二十世纪传记文学史》。有一天，突然接到川大同班同学胡国强电话，说他退休后应聘到西南大学育才学院（现转设为重庆人文科技学院）文学院主持工作，要我去帮他老大哥一把，当文学院教授和学院教授委员会委员。他说，待遇还不错，还要给你分房子，安空调、天然气灶、热水器什么的。我想起孟子说的："学不厌，智也；教不倦，仁也。"教学是智慧、仁义之事，自己精力还好，教学轻车熟路，而且又是老同学来邀请，何乐而不为呢？去吧！于是，2004年仲夏，我去了育才学院。

10年来，我作为学院内聘的教授和教授委员会委员，除了每周担任9至12节课程以外，我还担任学院教授委员会委员暨文学理论教研室主任。我热心辅导青年教师，指导学生社团活动。更重要的是，我还带领青年教师编写了6部适应我们三本学院学生需要的教材，这些教材都由出版社正式出版，在全国公开发行，大大地提高了育才学院的知名度和教学、学术水平。

不少朋友甚至亲友都劝我不再教书了，我回答他们说，我要像运动场标语上说的：健康工作五十年！我是1965年开始教学生涯的，我要工作到2015年。当然，在从教五十年、离开教学岗位之后，我还会继续阅读、旅游，更加自由自在、轻松惬意地从事我喜欢的创作和科研工作。

三、幸福生活一辈子

"幸福生活一辈子"，这是我一生的追求。

什么是幸福？每个人的要求和体味不同。能不能幸福生活一辈子，这既是一个物质的追求，又是一个精神的追求。我认为，我的一生是幸福的。我有一个幸福的家庭。我是老大，又是十代长房长孙，所以，我的爸爸妈妈奶奶爷爷都十分疼爱我，甚至有些宠爱我、溺爱我。我的弟妹很多，他们也都尊敬我，喜欢我。我与朋友同事总是友好相处，父母从小就给我十分宽松、自由的环境，让我自觉地、主动地、自由地学习，从没像现在的一些家长那样给孩子布置什么学习任务，或者要求我达到什么样的分数。小学三年级前都是无忧无虑，放学之后就是踢球、打毽、跳绳、拍画、滚铁环、打珠子，或者玩官兵捉强盗、老鹰抓小鸡的游戏，真是好玩极了。四年级以后，我学会了看书，就一头栽进了书海之中。从小人书，到童话、神话故事书，到武侠书，之后还迷上了评书。进入初中后，学校老师让我们不要看武侠书、听评书，我又把精力全部投入读文学书籍和科普杂志之中。考入重庆最好的重点中学之一的第一中学后，我更得到了班主任、语文老师黎功迪的喜爱，把我推荐到学生自办的《前进报》当记者，到鲁迅文学社参加课外阅读，并让我自由地借阅他家的丰富藏书。这使我在一中的学习生活变得更为紧张而愉快。我不但学好了全部功课，而且写报道，写诗歌，写散文，并且还尝试着将民间故事和长诗《白兰花》改编为电影剧本。那时候，根本没有高考的压力，因为自己心里清楚肯定能考上好学校。

考上川大中文系以后，我像跃过龙门的鱼儿，游进了知识的大海，自由地吸吮着知识的乳浆。老教授的渊博学识，图书馆的百万典籍，同学们的探讨与争鸣，大大地开拓了我的胸襟，也延伸了我的视野。虽然那时候每天都饿着肚子，但是，我却并没有感到悲观和痛苦，仍然刻苦地学习着，顽强地进取着，执着地磨砺着。早上，我总是第一个起床，第一个到教室。晚上，我经常等候在图书馆大门口，等待着抢先走进去，找到自己的位子，开始独自学习。我们的物质生活可能是艰辛的，可是我的精神却是昂扬的，奋发的，积极乐观的！我认为，暂时的困难是对我的砥砺和考验。以苦为乐，在奋进中感受着幸福，寻找着幸福，在追求中享受着幸福，实现着幸福！正是这样的人生观，让我在困难年代没有虚度，让我在艰苦岁月里勇往直前！

分配到川外不久，"文化大革命"开始了。北京动荡，川外动荡，中国动荡。我在那些残酷地触及各级权威的批斗和武斗中感到了寒彻骨髓的悲哀。但是，我仍然在内心中保存着对未来的希冀。我不相信历史会被人涂抹得面目全非，我不相信黑白颠倒的历史会长久延续。于是，我拒不参与武斗，尽量避开派性斗争，躲进家中成一统，埋头读书与写作。我在读书和创作中求得心灵的平衡和宁静，在读书与研究中提升着自己的襟怀与能力，也在读书与写作中追寻着幸福和未来。终于，"文化大革命"结束，我把全部的热情和心血投入了教学、创作和科研之中。我在《独攀巫山最高峰》一文中，借独自攀登巫山最高峰的壮举，抒发了人生的追求与感慨：

> 沉醉于无限愉悦的情境之中，我感到似乎是命运之神在昭示和激励我不停地跋涉、不懈地登攀，哪怕山高水深、路远道险，哪怕孤身一人、没有同伴，你也要坚定不移地向着你认定的高远目标挺进！只有这样，你才能登上一座又一座高峰，领略一程又一程美景，饱享艰辛攀登之后的极度幸福，实现人生的最大价值，达到生命的光辉顶点！

我把独攀巫山最高峰当作自己人生的象征，把一次次创作和科研，当作一次次登攀，我一步步登上事业的高峰，也一次次地"饱享艰辛攀登之后的极度幸福"。我的传记文学创作从撰写周恩来的回忆录开始，到写陈毅元帅青少年时期的故事，再到写罗世文的全传；从写革命家的 10 多万字的传记，到写 40 多万字一部的《柯岩传》《雁翼传》《张俊彪传》《梁上泉评传》等文学家的传记。我还把传记文学的创作与传记文学的理论研究结合起来，由总结自身传记创作心得开始撰写《传记文学写作论》，到既总结古今中外传记写作经验，又鉴赏评析中国两千多年来传记文学名篇佳作的《传记文学写作与鉴赏》，再到全面系统梳理和总结中国 20 世纪传记文学发展规律的《中国二十世纪传记文学史》。最近，更同张俊彪主编与主撰了 170 万字的煌煌史典《大中华二十世纪文学史》，完成了当代文学史编写中的一次大革新：即第一次按七种文体编写文学史，并第一次把传记文学作为独立文学文体纳入文学史的编写之中，实践了我提出的传记文学应是独立文学文体的主张。在这三四十年里，我不但把传记文学的创作与科研结合起来，而且还把诗歌的创作与科研结合，把散文的创作与科研结合，出版了诗集，也出版了诗歌的评论集；出版了《郭久麟散文集》，又出版了散文的理论著作《散文知识与写作》；我还总结自己创作中的大量灵感体验，将其上升到理论，写出了《文学创作灵感论》这部高难度的文学理论专著。我把教学、创作和理论研究都当作十分愉快的事情，在艰苦的探求中享受着精神的愉悦和幸福。

功夫不负有心人，我的教学科研和创作得到了文学界、教育界的认同和赞扬。2010 年和 2012 年，西南大学育才学院与四川外国语大学分别联合重庆作家协会及中国传记文学学会、中外传记文学研究会、四川大学重庆校友会举办了"郭久麟传记文学研讨会"和"郭久麟作品研讨会"。在这两次研讨会上，两个学院的院长和重庆作协主席陈川、书记王明凯以及重庆、北京的专家都分别发表了热情洋溢的讲话，对我的文学创作、科研和教学工作给予了肯定。这使我领略了极大的成就感和幸福感。

生活中，当然也有些不如意的事，我也犯过错误，受过不少打击、挫折和委屈，遇到这种时候，我总是想起庙宇里常见的偈语"大肚能容，容天下难容之事；开口便笑，笑世上可笑之人"和苏东坡的词"莫听穿林打叶声，何妨吟啸且徐行。竹杖芒鞋轻胜马，谁怕，一蓑烟雨任平生"，及时改正自己的错误和缺点，以坦荡的胸怀和乐观的态度面对这些困难和挫折，绝不悲观失望，绝不报复埋怨，而是尽快丢开烦恼和郁闷，在阅读、旅游、教学、创作、科研中去寻求新的乐趣和解脱。我关心国际国内大事，关注故乡、单位的发展，关注周围人们的生活，我相信世间万物总会向美好的方向发展，中国已成为世界强国，中国人民会过上好日子，我的家庭也会越来越幸福美满。我们的强国梦，我们的中国梦，一定能实现！我的文学梦，也一定会圆得美满！

我心中的泰山

——写于司马迁祠墓前

一

"高山仰止,景行行止。"

我终于来到了你的故乡,你的祠堂,你的面前。

我沿着以你的名字命名的古道,一步步走向你,走向你的身边,走向我心灵的圣地。

为了这一天,我走了多少年。

二

从中学时代,我开始接触你的《史记》,进大学以后更认真地加以研读,这些年,在写作和研究传记文学的过程中,我更反复地阅读你、研究你。你的博大精深,你的辉煌灿烂,你的高远宏放,你的远见卓识,你的不幸遭遇,你的坚毅顽强,你的献身精神,都使我钦佩不已。从那时候起,我就希望学习你,效法你，渴望着能像你那样，读尽世间的经史典籍，走遍神州的名山大川，结交天下的豪侠俊杰，了解社会的人情世故，把握历史的发展规律，然后，经过自己的深思熟虑和独立思考，谱写出英雄的赞歌，奏出时代的强音，绘出壮丽的画卷，写出锦绣的文章，为民族做出贡献，让生命焕发异彩。半个世纪以来，我始终把你作为最崇敬的文学家、史学家和思想家，作为我的楷模和榜样，作为坚强的精神支柱和巨大的推动力量。正是在你的熏陶和影响之下，我努力学习，深入体验，艰苦采访，潜心写作，出版了《陈毅青少年时期的故事》《罗世文传》《雁翼传》《柯岩传》《张俊彪传》等传记文学著作和《传记文学写作与鉴赏》《二十世纪传记文学史》等传记文学理论研究著作，同时，我还出版了《文学创作灵感论》等几部理论著作以及诗集、散文集、报告文学集，创作了《雕像的诞生》及《沉默的情怀》等电视剧、电视片，得到了社会的肯定。在学习你的过程中，我越来越认识到，你的人格有多么壮美，理想有多么高远，成就有多么辉煌，你在中国文学史、史学史、文化史、思想史、政治史上，又占有多么崇高的地位。

因此，几十年来，我一直渴望走近你，了解你。

走了几十年，今天，我终于走到了你的祠墓前。

三

昨天，我去到了龙门。

只见两岸悬崖绝壁，相对如门，黄河像一条巨龙，从两山之间飞腾而出，咆哮呐喊，声威如雷，久久地撼动着我的心魄。

今天，我来到了你的祠宇前。

梁山在西边巍然高耸，黄河在东边浩荡奔流。遥望龙门，在想象中波翻浪涌，高唱着龙的传人的颂歌。

啊，司马迁！你就是诞生在龙门之旁，诞生在黄河之滨。是黄河的乳汁哺育了你，是龙门的豪情薰陶了你。你是黄河与龙门的儿子，龙的传人，你是中华儿女的光辉典型！

四

跨过汉武帝采得灵芝草的芝水河，迎面一座高大古朴的木牌坊，上书"汉太史司马祠"六个大字。据悉，这是元朝大书画家赵孟頫所题，淋漓酣畅，柔中有刚。

过了牌坊，拾级而上，即为太史祠大门。此大门为三开间的唐代建筑，门额是"汉太史司马迁祠墓"，为当代中国著名书法家启功所书。踏进大门，就是用巨石铺筑的"马古道"。

我沿着陡峭的石梯，一步步向你的祠堂走去。你国字脸庞上雪白的长须，两眉入鬓，一幅刚毅严肃，抱负远大的模样。你亲切地望着我，似要对我讲述什么。偌大的祠宇，人们用砖石砌了四个高台，一层比一层大，一层比一层高。每一个祠堂里都展示各种文物和碑文。最后一层就是你的墓。墓呈圆形，直径达四五丈，墓高达两人多高，墓前有墓碑，上题"汉太史公墓"。令人惊讶的是，墓上竟有五棵古柏，枝柯纠缠，蟠若游龙，这莫非是你的精灵的化身，是你的灵魂在歌唱？

拜谒你的陵墓，我不禁肃然起敬，感慨万千……

你生活在汉朝的鼎盛时代。汉武帝文治武功，削平诸侯，抑制土地兼并，抗击匈奴侵略，经济发展，国家强盛。这个风云际会的时代，呼唤着人才，也呼唤着文学、史学、艺术、科学的发展，呼唤着天才的巨匠写出回顾历史、总结经验、歌颂英雄、弘扬民气的伟大著作。同时，这个升平时代，学术思想比较宽松自由，资料相对集中，到全国各地采访调查也较为方便。而且，这个文化繁荣的时代，文学和历史得到了较快发展，为文学和历史的结合创造了很好的条件。

因此，《史记》的出现，是历史发展的必然要求，也更是你家族的心愿和你个人的天才与勤奋的结晶。

你的远祖就是著名的史学家、天文学家，你担任太史令的父亲司马谈更是知识渊博，决心继承先辈遗愿，要写一部中国历史巨著。你还在幼年时，父亲就有意识地培养你，让你师从当时著名的经学大师董仲舒和孔安国。20岁时，又让你游历大江南北，对历史、地理、人物、风情进行考察。这里面，凝聚着父亲的几多心愿和希望。你领悟了父亲的心意，潜心地学习着、积累着、准备着。27岁你被任命为郎中，后又做太史令，你几次扈从汉武帝巡游各地，更加努力地探访和考察历史遗迹，结交天下英雄豪杰，"网络天下放矢旧闻"，开阔视野和襟怀，为你写《史记》，奠定了坚实的基础。

在你36岁时，你的父亲病逝。临行前，他拉着你的手，流着眼泪说："余先周室之太史也。自上世尝显功名于虞夏，典天官事。后世中衰，绝于予乎？……余死，汝必为太史；为太史，无忘吾所欲论著矣。且夫孝始于事亲，中于事君，终于立身。扬名于后世，以显父母，此孝之大者。……今汉兴，海内一统，明主贤君忠诚死义之士，余为太史而弗论载，废天下之史文，余甚惧焉，汝其念哉！"

你慨然接受父命，决定"述往事，思来者"。写出明主贤君忠诚死义之士，写出中华五千年历史。果然，三年后，你担任了太史令，开始了《史记》的创作。

五

就在你奋笔书写《史记》之时，你却因爱惜人才，为刚刚战败被俘的李陵说了几句公道话，竟被幽于缧绁，并遭到了人生最耻辱的刑罚——宫刑。在这个时候，你也曾想到过了却余生。但是，在这最严峻的生与死的冲突中，你想到了《史记》，想到了父亲的遗愿，"恨私心有所不尽，鄙没世而文采不表于后"。如果《史记》没有写完而死，没有完成先辈的嘱咐，没有实践自己的诺言，没有为人类做出贡献，这样的死，岂不"若九牛亡一毛，与蝼蚁何异"！于是，你想起了孔子，他在艰难困苦中写出了《春秋》；你想起了屈原，他在放逐中写下了光焰万丈的《离骚》；你想起了左丘，他在失明中写出了《国语》；你想起了孙膑，他在被背信弃义之人跺去双脚之后写出了千古不朽的《孙膑兵法》。

你决心以孔子、屈原、左丘、孙膑等先贤为榜样，忍受人生最大的痛苦与耻辱，在付出最惨痛的代价后，以顽强不屈的毅力，以整个人生的拼搏，把历史上的伟大人物和千古的兴亡教训都写了出来，"藏之名山，传之其人"！

你在心底，发出了气壮山河的呐喊：

"究天人之际，通古今之变，成一家之言。"

你为自己确立了怎样崇高而博大的志向啊！你不但要穷究宇宙与人生的关系，通晓千古变化发展的规律，而且还要把你先进卓越的思想以优美的文字表达出来，写出独具个性特色的遒劲华章！

可以说，你为千古文人提出了最高的人生追求和奋斗目标。

更可贵的是，你不仅是这样说的，而且还以你毕生的努力，用你悲惨万分却又是光焰万丈的生命，实践了你向父亲、向祖

第二辑 意溢人间

— 221 —

先、向民族立下的诺言。

历史应以最大的诚心感激你。几千年的后辈都应该以最大的诚意感激你，因为你的这个伟大决定使你超出了流俗之人，保留了伟大的生命，使你终于得以完成《史记》，为中华民族，也为世界人民，留下了彪炳千古的巨著，留下历史的、文学的和文化的珍宝，也使你的生命重于泰山，永垂不朽！

六

你重于泰山的生命凝聚在《史记》之中，闪耀在《史记》那无与伦比的思想的光华之中！

——你研究了宇宙与人生的关系，提出了可贵的、朴素的唯物主义思想。你无情地揭穿了阴阳五行家编造的虚假的谎言，犀利地戳穿了方士们散布的"君权神授"的无耻谰言。

——你有那样卓越的历史观，借尧之口，写出了权利应该"禅让"给对百姓有用且有能力之人而不应世袭的观点。

——你以相当超前的民主意识，借陈胜之口，喊出了"王侯将相，宁有种乎"那样振聋发聩的声音。

——你考察了几千年历史社会的来龙去脉，提出了"原始察终""见盛观衰""与时迁移，应物变化"的哲学观、思想观、历史观。

——你总结了古往今来无数优秀、卓越人物的成功经验，建立了进步的经济观、民族观、人才观。

——你博古通今、融汇古今，从古代贤人的学术思想中（包括儒家、道家、墨家、法家、名家、阴阳家）汲取营养，形成自己的哲学思想与独特见解。

——你思想超前、见识非凡，认为国家的一切重大事件都与当时经济密切相关，手工业、商业与农业同等重要，反对片面的"重本抑末"，主张手工业与商业自由发展。

——你主张"民为贵，社稷次之，君为轻"。你见解独特，把陈胜作为圣者歌颂，把项羽列入本纪赞扬，你把游侠、医卜、星相、货殖等普通百姓写入传记之中，写出了全民族的历史。

——你胸怀博大，认为中国是一个多民族的国家，主张各民族应该平等友好，主张大一统，以德化民，反对那些掠夺、扩张的不义战争。

——你见解独特，提出了衡量人才的三项标准，即立德、立功、立言。你认为人是历史发展最重要的推动力，认为人才的价值就是其对历史发展的贡献。你为我们民族谱写了、记录了、塑造了，也汇萃了三千年间的人才宝库，你不愧是最重视、最爱惜人才的人文学家。

七

司马迁，你不仅有先进卓异的超乎常人的思想，而且敢于并且善于把这些经过深思熟虑的思想见解勇敢无畏地表现出来，为中华民族树立了"不虚美、不隐恶"的批判精神，为中国史学高标起优秀的史学、史才、史识、史德精神，你创造了传记文学文体，也成就了你独领风骚的"一家之言"。

——你开辟鸿蒙，不依傍古人、前人，大胆独创，开创了以人物为中心的纪传体通史，为中国创造了体大精深，包罗万象的纪传体，一直绵延了几千年。

——你高度重视历史人物在历史发展过程中的重要作用，并独辟蹊径，率先把为重要历史人物立传作为中国史书的重要内容，从而开创了以人物为中心的史传文学，为中国乃至世界开创了传记文学这一新文体，为中华民族谱写了一道丰富多彩的英雄人物的历史画廊。

——你生在汉代，却敢于揭露和批判汉代历朝皇帝及其宠臣们的荒淫、奢侈、自私以及诛杀功臣、对外扩张，敢于批判和鞭挞统治集团内部背信弃义、趋炎附势、钩心斗角和互相残杀。

——你把极大的热情投给了传记文学，你把真实性、历史性、科学性同文学性、艺术性、审美性结合起来，塑造了那样多彪炳千古的风流人物，为中华的历史增光添彩。

——你以戏剧性的情节、典型化的细节、个性化的语言，塑造了孔子、孟子、蔺相如、荆轲等数十位胸怀理想、勇于事功、艰苦卓绝、百折不挠的英雄人物。

——你以浓烈的感情、悲剧的手法，塑造了项羽、陈涉、屈原、商鞅等众多功勋卓著、却又因某些错误或冤屈而招致失败的悲剧人物。

——你不是政治家，却善于在写人叙事的过程中用生动的事例和独特的性格寓褒贬、别善恶：在那些伟大、崇高、善良、刚毅的人物身上，赋予理想的光辉，倾注无限的敬仰；而对那些卑鄙、阴险、奸佞、残暴的小人，则揭露其腐朽与反动，并予以愤怒的鞭挞。

——你对的美好的政治、崇高的人物、高尚的品格无比热爱和激赏；对黑暗的现实、邪恶的人物、丑恶的现象无比愤怒和仇恨。你爱之深、恨之切，在你心灵中激起澎湃翻腾的感情波澜，赋予传记作品以强烈情感，给读者以强烈震撼。

——你描写人物，生动传神；人物对话，个性鲜明；抒情议论，饱含血泪；引诗传赋，慷慨激昂。真不愧"史家之绝唱，无韵之离骚"！

——你是杰出的语言大师，你吸收并改造了先秦典籍的书面语言，又汲取和融合了汉代以来的口头语言，创造了独树一帜的朴实、浅近、活泼、流畅的史记语言。

八

司马迁啊，此刻，我一步步走向你，走近你，走进你的故乡，走进你的心灵。我心中的情感，犹如龙门的激浪，波翻浪涌；我心中的敬意，犹如祠宇的松柏，肃穆青葱。

来到了你的故乡，我更了解了你！

你是黄河与龙门的儿子，龙的传人，你是中国史学家、文学家、思想家的千古楷模！你是中华儿女的光辉典型！

司马迁啊，你是磅礴昆仑，巍巍泰山，永远矗立在中国乃至世界的文化名人的群峰之上，也矗立在我的心中。

你的《史记》，犹如朗朗明月，永恒地照耀在中国乃至世界的历史与文学的星空之上，也辉耀在我的心空。

2003 年 8 月至 2005 年 12 月于重庆
2011 年 8 月再改于西南大学育才学院

司马迁之歌

一

你是我心中的泰山和珠穆朗玛峰，你是我生命中的黄河和长江。

二

你从远古的历史风云中走来，心中凝聚着世世代代的希望，谱写出中华民族辉煌灿烂的悠久历史。

你从历史的高山大泽中走来，心中回荡着祖祖辈辈的嘱托，刻画出中华儿女悲壮崇高的英雄风采。

三

你自幼博览群书，云游四方，用万卷典籍充实着的心灵，用万里江山开旷着你的胸怀。你向着历代的英雄豪杰顶礼膜拜，你为着中华民族的伟大历史骄傲自豪。

你牢记父亲病危时留下的遗言，把伟大的历史使命，义无反顾地担在了双肩！

你在历史的崇山峻岭中来回跋涉，你在历史人物的心灵间汲取认辨。你用智慧的经线编织着历史的画卷，你用情感的纬线描绘着人物的风采……正当你潜心于伟大的艺术创造工程时，仅仅因为说了一句真话，竟被抓进监狱，处以了腐刑。面对着刽子手的刀光剑影，面对着人生的奇耻大辱，你毫无惧色，你最担心的是手中的书稿！人，谁能不死，但有的死轻于鸿毛，有的死却重于泰山。如果没有完成先人的遗愿，没能写出心中的巨作，就轻易地死去，岂不轻于鸿毛？只有写出了不朽的著作，写出了华夏几千年的历史，写出了历史人物的形象、风采，心灵、性格，生命才会闪耀最灿烂的光芒，人生才能彰显出最高贵的价值，在你的心中，事业，比生命更宝贵，比荣誉更光辉！于是，你不惜忍受腐刑的痛苦屈辱，保全了珍贵的生命，在患难之中看透了人的本性，在逆境中认清了人的善恶。你学孔子，追屈原，效孙武，忍辱负重，发愤著书，以你崇高的理想、心愿，以你全部的智慧、心血，以你无尽的悲凄、痛楚，凝聚为伟大的《史记》！

四

"究天人之际，通古今之变，成一家之言。"

这是你作为一个伟大的历史家、文学家、思想家、哲学家所发出的真挚的心声和崇高的誓言。

你提出了何等高远宏伟的人生座标：你要全面考察和深入探索人类与宇宙的辩证关系；你要彻底地理解和贯通古往今来历史发展变化的轨迹和规律；你要写出洋溢着个人的独创见解和人生

体验的不朽诗篇。

追求真理和正义，探求事实和真相，探索宇宙、社会、历史、人生的规律，写出个人的独创的著作。这是多么崇高而博大的人生目标，又是何等恢宏而伟岸的理想信念！

这可以说是古今中外一切知识分子、科学家、哲学家、史学家、文学家、艺术家毕生追求的最高目标和最大心愿。

最可贵的是，你以自己的一生，完满地实践了自己的誓言。

因而，你成为一切知识分子、学者、专家的崇高典范！

五

我翻开《史记》，就面对着你的一片赤诚；我细阅《史记》，就看到了你的一片爱心；我朗诵《史记》，就聆听着你的谆谆教诲。

你是那样的博大，把数千年历史、千万里江山尽纳胸中；你是那样的深情，以文字的黄金，塑造了千百位英雄的形象；你是那样的博学，多领域俱精，古与今兼通，历法、天文、地理、哲学、历史、文学，你样样都懂。你是时代的百科全书，是时代不朽的圣人。你以哲学家的睿智、历史家的求实、文学家的文采、诗人的激情，写出中国两千多年的历史，写出了形形色色的历史人物。你把农民起义的英雄，当成帝王来描绘；你把当朝统治者的敌人，当作英雄来歌颂；你把游侠和刺客，作为豪杰来赞扬；你把少数民族，同汉族一样称颂；你把商人和游医，都看成是社会的中坚力量。你的见识、你的思想、你的见解，不受帝王的约束，不为世俗所规范，不为常规所局限，超越当时、超越流俗，流传千年而大放异彩！

因此，你的《史记》散发出卓越的、不朽的思想光芒！

你独创了史记的文体，沿用两千多年；你描写人物的手法，至今令人称羡：即使对你尊敬的人，你在写出他的优点同时，也不回避其弱点；即使对你厌恶的人，你在写出其缺点错误的同时，也敢于肯定其优点。

你为我们描写出浑圆的立体的人物，至今仍活跃于世界文学的长廊！

你开创了《史记》的崭新体制，也开创了传记文学的崭新文体。

你真是一位旷古奇才！

六

你是我最景仰的历史家、文学家、诗人，你是我们民族不朽的象征。

你用光辉的著作为中华历史创造了辉煌，你也用不朽的文字为自己塑造了永恒的雕像！

2002 年 4 月 7 日于四川外语学院

第二辑　意溢人间

追寻巫山古人足迹

　　地处三峡腹地的巫山，是大自然鬼斧神工造成的杰作，也是历史遗留下来的神奇缥缈的迷宫宝地。在四川大学中文系读书时，读到校友童恩正的科幻小说《古峡迷雾》，对巫山古人产生了神圣的追缅之情。前些年，当我在报上看到巫山县境发现了200多万年前的古人化石的消息，我的心更是激动不已，想不到我们真在巫山发现了古人遗址！于是，在前两年的年底，我到万州区参加了一个学术会议以后，探访了巫山猿人遗址。

　　凌晨，我在巫山县文物管理所一位工作人员陪同之下，由县城渡过长江，向位于长江南岸的巫山腹地进发。沿途是巍峨的山冈，遍坡的梯田，几树经霜的红叶，在青山间闪射着夺目的异彩。经过60多公里的山路，来到了修建一新的庙宇镇。1984年，中国著名古人类学家黄万波教授在离镇不远处的龙骨坡上，发掘出了一颗人类门齿化石和一段人类下颌骨化石，经测验，是200万年前的人类化石，同时还发掘出巨猿等120多种脊椎动物化石，其中有25种哺乳动物化石，进一步证明这儿确系200多万年前古人生活的遗址。

　　巫山古人遗址的发现，一下轰动了中国，震惊了世界！因为，在此之前，世界一些古人类学家在非洲发现了近200万年前的人类化石，由此推断中国人是从非洲迁移来的。黄教授的发现推翻了"人类起源于非洲"的论断，有力地证明长江三峡是人类的起源地之一，并把中国史前文化推进了近一百万年。

温煦的冬日的阳光照耀着龙骨坡附近的丘陵。我登上由中科院著名教授贾兰坡老先生题字的、已经用砖墙围起来的"龙骨坡遗址"，仔细地看着遗址内已经挖掘的层层台地，想象着当年古人在此生活的情景，我的思绪绵绵。这儿原来是苍郁茂密的原始森林，有几丈高、数人合抱的大树，有无数垮塌的溶洞，古人和动物的遗体就埋在地底。多少年来，乡民不断从这附近挖到"龙骨"，——实际上就是古人和动物的化石，"龙骨坡"因而得名。著名的考古学家黄万波教授就是在船上听人说这儿"龙骨"多，便到此调查挖掘而发现这座山上的古人化石的。我在工作人员带领下，用硬石在砂土中随便挖一下，也挖出了几小片动物的化石，还挖出了一些小乳化石。足见这儿动物化石之丰富！再看那挖掘现场标着地质层次的一个个深深的洞窟，对考古学家的艰苦工作和伟大发现，不禁倾心敬佩！

庙宇镇镇长告诉我，他们十分珍视"龙骨坡遗址"，已建立了"巫山人遗址研究所"，还准备修公路，架大桥，建龙骨坡公园，把庙宇镇建成经济发达，文化昌盛的一流城镇，促进三峡文化的发展，

站在这200多万年前古人类生活的遗址上，望着莽莽山川，茫茫人寰，不禁神思飞扬。两百多万年前，我们的先民就在这儿采果狩猎，在极其艰难险恶的环境中，抗击着风霜雪雨，搏击着毒蛇猛兽，一年年成长壮大，一代代繁衍生息，顽强地生存下来，并从这儿走向长江，走向全国，走向世界。

巫山古人的发现，雄辩地证明长江三峡是人类起源地之一，说明长江同黄河一样，是中华民族的摇篮和中华文明的发祥地。而三峡文化，以其文化积淀之丰厚，历史内涵之深远，学科包容之广博，成为中国的骄傲和光荣。我们重庆市理应打好三峡文化这张牌，在科技进步，文化繁荣、艺术创新、旅游发展、库区改

造、移民迁建以及城镇建设等方面，做出新的开拓和贡献，把重庆建设成长江上游的经济文化中心。只有这样，才能上不愧祖先，下不愧后代。

面对李冰

这是第几次游览都江堰了？每一次，我都感受到心灵的震撼，尤其是当我面对崇敬已久的你。

是的，你就站在我的面前！面对你高大魁梧的身影，看着你亲切爽朗的笑容，我不禁肃然起敬，我不禁想象飞腾，不禁视通万里，思接千载！

茫茫雪水从山口奔腾而下，漫过成都平原。山洪暴发之时，山水漫过街道，冲进民房，居民苦不堪言，山洪冲进田园，田园变成泽国。人们盼望着有人能治服水患，让大家安居乐业。

老天爷没有辜负百姓的希望。公元前250年，你被任命为蜀郡守。你一到任，看到在洪水中流离失所的居民，听到田园被淹没的难民的哭泣，顾不得休息，立即就带着你的谋士、助手，在风雨中奔走调查，在田野间向老农讨教。经过漫长的调查研究和讨论，你终于找到了最佳方案：在青城山下，在雪水流入成都平原的山口，你就地取材，用楠竹编成筐子，装进鹅石，再用三角木架，做起了一个个马扎，在鱼嘴处的江中筑成分洪道，把雪山上咆哮而下的洪水分成了内江、外江。内江的水流入成都，供百姓使用；外江的水流入岷江，供川西平原灌溉用。就地取材做成的马扎，垒成了控制水位的堤坝，控制着进入城市的水量：水太多，则取一些马扎，让多余的雪水流入岷江；水流量小，便增加马扎，让水多一些流入成都，保证市民的需要。为了更细致地调节水量，你又在鱼嘴下游的宝瓶口设置了冲沙排石拦洪的离堆。借助洪水的冲力，将多余江水拦入岷江，又将江中的石头泥沙冲到浅滩之上。这是最早的也是最科学而简洁便利的治理污染的方法。

在你的治理下，桀骜的江水变得驯服，按照你的指令，按照人们的需要，乖乖地流向需要的地方。从此，辽阔的成都平原水旱不生，五谷丰登，常年丰收。你也许想不到，你这个工程竟然沿用了两千多年。两千多年来，都江堰流出了川西的繁荣和兴旺，流出了百姓的健康和幸福。至今，成都人民、川西人民、四川人民，都感谢你，你用你的智慧和心力，为成都人民造福千年，为四川人民造福千年。你用你的行动和功绩说明了一个朴素然而却经常被人遗忘的真理：为官之道就是提高社会生产力，推动社会进步，造福人民群众！

面对着你，我又想起了诸葛亮。在四川，你和诸葛亮都是最受景仰和爱戴的官员。但是，在许多人心中，诸葛亮比你更出名，更聪明，几乎是智慧的象征。可是，我却想斗胆地说，诸葛亮不如你，不如你李冰！你上任以后，为群众制服了水患，增加了作物的产量，改善了人民的生活；而且，你留下了一座不朽的水利工程，世世代代造福千百万人民。可是，诸葛亮为相十几年，给蜀国人民带来了什么呢？战争！灾难和眼泪！六出祁山，打了六次大仗。每次诸葛亮都统兵数万，数十万，杀得天昏地暗，日月无光！魏蜀双方死了多少战士，一千、一万、十万？这是多么可怕啊！而且，这数万、数十万将士的粮草、军饷，要多少百姓来供给呀！小小的蜀中之地，要承担那么沉重的战争，负担那么重的粮草和军饷，蜀国人民过着怎样饮寒交迫的生活啊！而这年年不断的战争，究竟是为了什么？对人民又有什么好处呢？可以说半点好处也没有。那么，诸葛亮为什么又要不断地发动这些征战呢？从表面上、现象上、名义上看，是为了蜀国，为了刘禅，为了给刘氏王朝一统天下，为了报答刘备三顾茅庐的私恩！但是，即使从这个冠冕堂皇的理由看，也是主次颠倒，处置失当的。须知，古人早已说过：民为贵，帝王为轻；社稷为重，君为轻。那么，你诸葛亮怎能为皇帝一己之私恩，而置百万人民的身家性命于不顾，执意为之呢？而且，更可怕的是，诸葛亮明知蜀国被火烧连营七百里后，已无力同魏国较量，可为什么还非要多次伐魏呢？笔者以为，这里还有一个不可为外人道的私心：那就是为了保住自己的宰相地位。诸葛亮知道，刘禅是一个扶不上墙的阿斗！他昏庸无赖，嫉贤妒能，对诸葛亮是防范在心的，周围又有那么一班势利小人，随时都忌恨着他的宰相的宝座。他只有通过一次次的征战，才能牢牢把握军队，掌握国家大权。不管怎么说，诸葛亮之主政蜀国，确实没有给蜀国人民带来任何好处，却只带来了战争、痛苦和眼泪！

诸葛亮留给人的教训是：一个政治家，不能只孝忠于皇上，而应忠诚于人民；不能只看重个人的官职地位而忽略了百姓的生死存亡！

正是在这个对比中，我才更看重你，赞美你——我们的蜀太守、治水专家李冰！

2010 年 7 月 2 日于重庆

夕阳恋

我爱晨曦朝晖，也爱夕阳晚霞。

我曾登临泰山之巅，看苍茫群山捧出灿烂的朝阳，也曾屹立威海卫军港，观浩瀚波涛拥出壮丽的黎明。欣赏壮阔天宇怎样诞生火红的朝日，又怎样把火、热、光明和生命重新带回人间，那自然是撼人心魄、励人上进的美事；而落日则能为我们展开绚丽多姿、五彩缤纷的宏图，于豪放之中透露出依恋之情，牵人情怀，启人深思，给人崇高而悲壮的美感，同样具有诱人的魅力。

前年仲秋，我登上峨岭"江山一览台"，俯视脚下鬼斧神工般壁陡的苍崖，只见山下犹如"石黛碧玉相依因"般绿莹莹的嘉陵江，像一条闪亮的翠带轻轻地环抱着山城，其中一段江水红得透亮，似一团红艳艳的火苗，流荡着胭脂色的光波，恰似翠带上的一颗宝石，一段红绫，娇美异常。我不觉抬头观望，那刚刚隐进暮霭之中的夕阳，用它的余晖烧红了半个天穹，江天上蒙蒙雾气中的玫瑰红、紫红色的云彩像微醺的美人醉颜，焕发着夺目的光泽，这一切倒映在嘉陵江中，化成了锦带上的红宝石和红绫。沉浸在这动人的美景之中，我不觉吟成了这样的诗句："哪来胭脂染绿水，山城翠带结红绫？请君抬头看西天，夕阳醺醉雾中云。"

夕阳不仅以他艳丽的色彩装点着锦绣江山，还以他最后的光热哺育万物生长。

又值夏末，我到歌乐山农村采访。连天雨水，今日终放晴，踏着山间小路，转过一个山坳，猛地一抬头，一幅瑰美的巨大壁画高高悬挂在眼前，蔚蓝的天幕上，悬着一轮绯红的落日，就像最精美的景泰蓝瓷盘上盛着一颗硕大的红玛瑙，色彩是那样艳丽，光焰是那样迷人，境界是那样博大。夕阳把柔和、温煦的光辉轻轻地撒在久雨盼晴的苍茫大地上，庄稼地里蒸腾起一片隐约可见的湿雾。我动情地细看着，倾听着，仿佛看见绿叶正像婴儿吃奶般吸吮着夕阳的每一线光华，甚至还听见了庄稼拔节生长的声音。渐渐地，半边落日沉进了群山的怀抱，但仿佛他还不愿离开广袤的沃土，正痴情地把最后一线光华和最后一分热力洒向人间！

今年五月，为撰写老一辈革命家的传记，我们前往广东从化温泉访问了一位积劳成疾的老红军。下午，医生要她去治疗，她热情地挽留我们上天池去游览，晚上再继续给我们摆谈。我们翻山越岭，寻幽览胜，直到下午六时许才登上高高的天池。多情的天池为我们展示出瑰玮的奇景：万顷碧波，远接天际，恰似一面巨大的水晶般的明镜，倒映着四周画屏般环列的锦绣山峦；金灿灿的夕阳，低悬在西边青山之上，给远处的湖水镀上了一层银灿灿、金晃晃的光辉，形成了丽日朗照、半湖金银、半湖水晶、四围翠屏的壮丽图案。夕阳慢慢被远山衔住了，可是他还恋恋不舍地露出半边笑脸眷顾着大地；天上飘浮着几朵金黄、橘红的云朵，好像夕阳在依依惜别地挥动着手绢！这情景瞬间震慑了我的灵魂，把我的思绪引到遥远的天边。

赶回温泉碧浪桥时，暗蓝色的天幕上，燃烧着几条玫瑰红的霞彩，旁边是数团姹紫嫣红的云朵，像王母娘娘瑶圃里那硕大的玫瑰、牡丹、芍药灿然怒放，远远的，似一弯新月，如一只小舟，轻盈地划行在天海之上。这一切旖旎的美景，衬以流溪河两岸浓淡相间的青山，全都融化在翠生生的流溪河的怀抱之中，更是摄魂夺魄，令人叹为观止！我如痴如醉地观赏着这梦幻般的苍烟落照，任心中的思绪随流溪河缓缓流泻，任胸中的情感同天上的霞朵熊熊炽燃……

蓦然间，我领悟到了所看到的夕阳的美景，都是快要落山，甚至已经落山的夕阳，他们还深深地眷恋着神州大地，并倾注其最后的光芒、余热以至心血和生命，为我们创造出的天堂般瑰丽迷人的世界，从而启迪我们用心血和生命在大地上建成瑰丽迷人的人间仙境！

夕阳，是多么美丽，多么深情，多么博大，多么崇高啊！

我喜爱晨曦朝晖，也依恋夕阳晚霞。

写于张露萍墓前

这是一件难忘的往事，一个历史的小插曲。

那是一个夏日的清晨，我孤身一人，擎着一束野花，心情异常沉重地来到你的墓前。你的墓是一个圆圆的大土堆，旁边是其他五位烈士的土坟。坟前没有墓碑，更没有花圈，只有我献上的花束和环绕着坟墓的野草。草尖上，挂着清冷的露珠，犹如我眼角的泪滴。

此刻，时间和空间似乎都凝固了。我的心中阵阵地发疼，阵阵地发苦。

在采写《罗世文传》的过程中，我采访的几位出狱的同志都给我讲过你的英雄事迹。我仿佛看见你无畏地走来，昂着头，挺着胸，刽子手要你跪下，你却刚毅地回过头去，鄙夷地怒视敌人，高呼口号。罪恶的枪弹射向你，你忍受着剧痛，怒斥敌人："再开两枪嘛！"刽子手被吓得倒退数步，只好用乱枪扫射。

你身中六弹，牺牲后还口咬辫梢，怒目圆睁。

我仿佛看见你在延安抗大的礼堂，神采焕发地指挥着抗大女生队的同志高唱《大刀进行曲》。

我仿佛还看见你深入虎穴，在戴笠军统局内联络和发展共产党员，把秘密情报传送到周公馆。

你年轻、漂亮、多才多艺。你本可以做一名教师、医生；一位学者、诗人；一个温柔的妻子，一位慈爱的母亲。可是，你却义无反顾地选择了革命之路，艰辛之路，大义凛然地走向了刑场。

你用鲜血染红了神圣的党旗，党旗上却没有你的名字。

你把忠骸砌进了共和国大厦的基石，共和国的英雄碑上却没有你的名字。

也许，声名和英名都不是你的追求，你也不会为此遗憾。然而，在后来者看来，这是怎样的不幸，又是怎样的不公平！

我仿佛看见许多年轻人大睁着不解而又不安的眼睛，在询问着我们。

我感到痛心，感到羞愧，我们愧对前辈，愧对先烈！

带着这些疑问，我走访了你的故乡——四川崇庆县。令人不解的是，现在的各级组织部门竟不知道他们的土地上养育了你这样一位女杰。我感到历史的沉重，心灵的压抑！

终于，我在你车耀先伯伯的女儿那里，打听到了你到延安去的确切信息，看到了你青春的笑靥和你在照片后题写的阳光一般灿烂的诗篇。于是，我毅然把你的事迹写进了《罗世文传》。尽管你还没有被追认为烈士，但我相信难友们讲述的你的英勇事迹。我愿意承担一切责任！

文章发表后，崇庆县的同志十分振奋，立即到我家中了解你的事迹。四川省委组织部也组织人力查清了你和其他几位志士的革命经历和英勇事迹，并追认你们为烈士。你走向了广播、报刊、书籍、电视、电影，成为亿万人民景仰的英雄。

去年我又回到崇庆县，在广场上看到了人民为你塑造的雕像，看到了曾与你在狱中共同战斗的韩子栋同志（小说《红岩》中华子良的原型）为你的墓碑题写的碑文：

> 少年赴陕，献身革命。受命返渝，虎穴栖身。智斗顽敌，戴笠震惊。狱中再战，威慑敌营。一代英烈，肝胆照人。立石为证，长志艰辛。

我捧了一束鲜花，敬献在你的灵前。张露萍同志，你可以安息了！人民，没有忘记你的功勋，历史记下你的英名！

　　历史，不管遇到多少曲折，终究会阔步向前；人生，不管经受多少委屈，终究会赢得公正二字！

感谢你，好心的山城美女

怀着深深的感激，我写下了这篇文章。

这些天胃痛，精神很不好。走上公共汽车，已经没有座位了，我肩上挂着挎包，手上提着一大袋柚子，疲惫地靠在扶手上。

座椅上，两位年轻的女士在亲热地交谈着。

我突然发现，坐在外面这位女士是那样的漂亮：鹅蛋形的脸庞，红嫩的肌肤，一双柳叶眉，高而尖的鼻子。她见我站在她身边，客气地对我点头微笑了一下，那笑容，是那样的甜美。我连忙报之以点头微笑。心里想，这位女士那样靓丽，对人却如此客气，如此和善，真是难得。正想着，汽车突然一个刹车，我身子往前一倾，手差点拉不住扶手，肩上的挎包也滑落下去。我赶紧把挎包放到车子的木板上，站稳了身子。这位女士看到我的狼狈相，向我投来善意的微笑，我也尴尬地对她笑了笑。她侧过头，对女友轻轻地说了一句什么，然后转过头来，略带羞涩地笑着说："你来坐吧!"我忙说："不，不!"她坚持说："你来坐吧!"说着，就站了起来。我红着脸说："你别起来——"。可是，她已经让出了座位，站在了过道上，亲切地微笑着说："我就到大坪，你坐吧!"我被她的善意和好心深深地感动了。我感到，车上的人都望着我们，我如果不坐，不但会辜负她的一片美意，并将使她处于十分尴尬的境地。所以，我赶忙向她致谢，然后万分不忍地坐下了。

她站在我身边，继续坐在我身边的同女友摆谈着。

一会，大坪到了。她走到车门，回头对女友微笑，也对我亲切地笑了笑。那笑容，是那样甜美，那样友好，那样和善，那样温暖人心！

我真想问问她叫什么名字，可是，我不敢唐突，不敢造次。她快下车了，又最后一次回过头来，向她的女伴，也向着我，微笑了一下。这临去一笑，真让人久久难以忘怀。

我虽然不知道她的名字，可是我知道，她是我们重庆的辣妹子，她是我家乡的美女，不仅有天仙般的美貌，还有天使般的心肠！她不但显示了我们重庆女性容貌的美，更彰显了重庆女性心灵的美！

感谢你，好心的山城美女！

2005 年 11 月 7 日于白市驿菊香斋

第二辑 意溢人间

忏　悔

　　我正在校园散步，身材瘦小、慈眉善目的周菊吾老师从对面走来。我停下来向他问好，他和蔼而亲切地同我交谈起来。他问起我的学年论文的写作（当时我们大四要写学年论文），当他听说我写的是"论李白的绝句"时，就热情地要给我讲一讲李白的绝句，因为他并非我的论文的指导教师，我在受宠若惊之余更感到了他对学生的关爱之情。他教我们古代汉语之时，已是极"左"空气相当洌烈的时候，很多老师都不敢与学生多接触，而他却丝毫未受影响，不但经常在星期天给我们开讲座，而且还热心给学生答疑，经常把给学生的答案贴在我们中文系男生宿舍收信栏上，引得学生都去阅读，这几乎成了我们男生宿舍的一道风景。从此，每天晚饭后，我就准时走进周老师的宿舍，而他则早已提前坐在桌前，摊开李太白诗集，等着给我讲解了。就这样，这一个多月的时间里，每天晚饭后，成为我最开心、最惬意的时间。周老师的书房书香弥漫，其中《二十四史》就占满了一个大柜子，听他细致地、耐心地，高兴时摇头晃脑地逐首讲解着李白的绝句，我沉醉在李白的诗情画意和老师的浓情蜜意中，心中无比兴奋喜悦。我常想，我该怎样报答周老师的深情厚爱啊！

　　然而令我万心痛苦和终身忏悔的是，我不仅没有报答我的恩师，反而还恩将仇报，狠心地伤害了他。1964 年秋，就在我读大五的时候，一场风暴卷地而来！省委宣传部长率领着大队人马杀进了校园，我的母校成为四清运动的试点单位。刹那间，社会主义的高校被批判成了封资修的大染缸，教授成了资产阶级知识分子，大学生则成了资产阶级的接班人。我们全系批斗党总支书记和系主任达一个多月之久！其罪名就是执行修正主义的教育路线。就在这时候，一位"和蔼可亲"的女工作队员——她也是一个高校的干部——几次找到我，一而再、再而三地对我说：周老师是十分反动的资产阶级知识分子，十分恶毒地用封资修的思想毒害学生。而你，就是受他毒害最深的学生之一！他给你讲李白的诗，就是给你灌输封建思想。她诱导我、启发我、要求我、命令我，甚至于威逼我——尽管她看起来是那样和善！——要我同周菊吾划清界限，彻底决裂，并同他斗争，揭穿他的险恶用心！如果说，那时候每天的动员会、批判会、广播、报纸，已经把我们的良知和多年培育的信念快要摧毁的话，那工作队员的数次谈话，更使我心乱神迷，不辨东西。最后，我不得不在她的命令之下，在大会上"揭发"周老师用封建主义思想"毒害"我的罪行。发言时，我心怀歉疚，不敢看周老师一眼，可是，我能够想见，他是怎样痛楚地低下了头，他心里又承受着怎样的压力！从此，我再无颜见他，每次在路上看到他的身影，我都会惭愧地躲开。我想向他赔罪、道歉，但又不敢。几个月后，我怀着深深地愧疚，离开了母校。

第二年，极"左"的暴风雨铺天盖地而来，"文化大革命"的浩劫降临全国。一天，我从一位川大校友那里听说，周菊吾被川大的造反派迫害死了！我顿时心痛如刀绞。我徘徊在酷寒的校园，内心被巨大的悲哀和强烈的悔恨咬噬着。我仿佛又看到了周老师给我轻言细语、绘声绘色地讲解李白绝句的情景，我更忆起我在大会上违心地揭发周老师的场面，我甚至看到了周老师在听到我的忘恩负义的言论时那惊讶、愤慨而悲凄的表情和内心。我知道即使没有我的伤害，他也难逃这场巨大的浩劫，至今让我难以释怀的是，在我的恩师最艰难的时刻，我却用忘恩负义的一刀，刺伤了他的心灵！面对我的恩师，我是有罪的。在痛苦的反省中，我逐渐明白，凡事都得用脑筋、用良知、用良心，去思索、去考虑、去衡量、去掂量。绝不能盲从，更不能去做损人利己乃至伤天害理的事情。于是，在整个"文化大革命"中，我以对周老师的忏悔为盾牌，抵制了派性、武斗，也没有参加那些狂热的大批判、大字报、大辩论等活动，更没有揭发批判我的领导和同事，基本上问心无愧地、平安地度过了这个艰难而混乱的时期。

我深深地感谢周菊吾老师！

2007 年 10 月 5 日于重庆白市驿菊香斋

怀念爱妻

亲爱的小华，你怎么就这样走了呢？你不久前还是那么聪颖活泼，那么充满活力，那么奋发向上，那么乐观开朗，那么坚韧顽强……

亲爱的小华，你怎么这么快就离开我们了呢？你的学生还等着你给他们上课；你的画框里的"文化大革命生活"组画等创作还等待着你修改完善；我们的小女音音还期待着你的教育和抚养；你精心绘制插图的《中国二十世纪传记文学史》还正待出版；我还盼着同你一起游览布达拉宫、佛罗伦萨、克里姆林宫……

可是，这一切，都随着你的离去而化成了永远的遗憾，永远的失望，永远的悲哀。

只是，你的音容笑貌还浮现在我的眼前，你滔滔不绝的语音还流淌在我心间，我们一起度过的十多年的生活情景，还在脑海中川流不息地浮动，反反复复地映现，引起我无限的怀想，无限的思念，无限的挂牵。

亲爱的小华，是你的美术天才、你的多方面的才能以及你对生活的热情打动了我，吸引了我，征服了我；你在童年和青年时代所遭遇的伤害和苦难，感动了我；你对父母哥哥姐姐的爱心感动了我；你对朋友的热诚、真诚、坦诚，打动了我。

你大学毕业后就把全部收入交给你父母亲，让他们过上了舒心的生活。你三十多岁尚未出嫁，一直留在父母身边，为两位老人养老养病送终。在我父亲年老丧偶、体弱衰老之时，你毅然把他接到我们家，请来保姆，精心照料，让父亲安度了晚年，安享了余生。作为继母，你对郭鲲、郭鹏关怀备至，从思想素养和技能方面培养他们，你深信"授人以鱼不如授人以渔"，你对他们非常关心，让我每个周末请他们来玩，并做最好的饭菜招待他们。你把我们创办的广告公司交给他们，给予他们一个发展的平台，让他们更快地站立起来，成为生活的强者。想到这里，我对你就充满了感激之情！

你把仅有的好东西，都与朋友一起分享；你把朋友的困难，当作自己的困难，倾力相助；朋友来了，你恨不得倾其所有，热情接待；朋友同游，你总是争着付款，慷慨解囊。你对老师同事，更是十分热情友好。老师们组织的各种活动，你都积极参与，全心投入。

你对教学工作，是那样的尽心尽责。你不仅每周都上十几二十节课，而且每个寒暑假都要给大专班的同学上课。在最酷热、最严寒的日子，你都在给学生上课。我曾多次劝你少上一点课，你却说这是学校安排的，我怎能不上哩！你对学校的工作，总是那么热心，投入。学校的演出，总爱请你负责舞台和服装设计。记得学生编排了一个童话剧，你给她们设计了小鸽子、青蛙等服装，学生们穿上后，惟妙惟肖，高兴极了，热烈地感激你，你也高兴得合不拢嘴，连我都被那可爱的形象感动了。为了给演出设计一个好的标志，你熬了多少个夜晚，反复构图，又多次到现场比画，精心制作。演出时，你总要带我去看，让我欣赏你的杰作，和我分享你的劳动成果，兴奋地给我讲你设计的心得体会。由于你的努力工作，你多次评为幼师的优秀教师。幼师合并入重庆师范学院以后。

最难忘的是重庆师范大学50周年校庆，学校把团体操的大节目交给了你们学前教育学院，因为你们学前教育学院的前身重庆幼师，音乐舞蹈美术的底蕴都非常浓厚，而学前教育学院则照例把场地的美术和服装设计的重大任务交给了你。那几个月的时间，你全身心地投入这繁重而烦心的工作之中。构思、构图、修改方案，买各种用品，买回后剪裁、制作、汇报、研究、讨论、处理复杂的人际关系。校庆非常热烈隆重，演出也非常成功，当你在台下看着学生的演出，心里说不出的高兴。由于对教学和学校工作的热情投入，由于你对教学工作和学校工作的热情投入，你被评为重庆师大优秀教师，市领导还来给你们发奖，同你们座谈。

你对学生，倾注了巨大的爱心。每次上课，你总是把看家的本领全部拿出来，把最好的本事教出来，当堂给同学示范，与同学一起绘画，让同学亲眼看到你怎样选景，怎样构图，怎样起笔，怎样运笔，怎样着色，怎样修改，怎样画好每一笔，怎样完整一幅作品。然后又亲自给一个个同学们单独指导，不但当面指出其不足，并亲笔给他们修改。你还在学校开设了蜡染课，没有材料，你在自己家里买来大锅，买来染料，买来布料；没有场地，你就把学生请到自家厨房，架起大锅，点燃天燃气，现场教学生兑水，兑染料，做图案，染布，掌握火候……在你的精心指导下，学生学到了真本领，得到了帮助和提高，走向康庄大道！

你对学生是那样的关爱。你不仅上好每堂课，还尽力资助困难的学生。你对生活困难的同学，经常给予接济和资助。你走后，在清理你的遗物时，还看到了两份同学借你三千元、两千元的借据。我犹记得，有一年，一个学生到学校报到，父亲好不容易凑齐了学费，可是学校实际收费比通知书上的收费却要高出三百元，他缴不齐钱，学校就不让报名，父亲既感到气愤，又觉得难过，无奈之下，就不愿让孩子读书，拉着孩子往校门外走。孩子想读书，坚决不走，哭着要往校门里走，两个人拉扯着。刚好你从旁边走过，看见了这令人心酸的一幕。你立即问明情况，觉得孩子太可怜，就立即拿出三百元，让父亲去补上了差额，让这个学生上了学。这个学生叫杨益兰，为了帮助她，你又给她介绍一些家政工作，让益兰周末打打工，挣点生活费。你甚至还给益兰母亲介绍工作，让她到城里打工。益兰毕业前，你不但自己想办法给她介绍工作，还让我也想办法找关系给她介绍工作。终于你给益兰找到了比较满意并适合她专业和兴趣的工作单位。益兰一家非常感激你，益兰工作后，也经常来看望你，你病重后，她更经常来探望。看到深厚的师生情，我就想到你对学生的爱。你的爱像太阳，温暖了学生的心怀；你的爱像泉水，滋润了学生的情怀。你对所有学生，都非常热爱，也非常关心。你要女生们自力、自强、自信，做一个坚强的女性。我还看到了学生毕业后写给你的感谢信，亲切地称你为亲爱的妈妈，说在她最痛苦最艰难的时候，是你鼓起了她生活的信心，让她勇敢地走向了新的生活，她对你永远像对母亲般的热爱和怀念！

你从小热爱学习，热爱读书。你热爱文学，从小学三四年级就开始读长篇小说；你也热爱哲学，在大学时读了不少哲学著作。对美术，更是倾注全力。从小，你跟着四川美术学院毕业的舅舅学画画，后来又师从著名画家王显影老师。但"文化大革命"时，你再怎么努力，再怎么优秀，也没能找到好一点的工作。你只能这里做几天临时工，那儿做几天临时工。恢复高考后，你以小学毕业的学历，硬是经过三年艰苦学习，考上了四川美术学院。当时，你在考生中年龄算大的，所以，尽管你考分较高，还是只能进师范专科。毕业后，你分配到重庆幼师执教。你不懈努力，刻苦进取。利用十二个寒暑假，到西南师范大学读完了本科和研究生学历。你把西画的写实功夫和色彩技法运用于国画的创作之中，并学习日本的重彩画，画出了色彩极为靓丽浓厚的新国画。你参加了重庆青年画家画展，你的作品在重庆晚报、重庆商报、金沙文化等报刊上发表，有的还被国外友人收藏。

2006 年 5 月的一天，你兴致勃勃地从重师大回家，兴奋地告诉我，说学校让你到北京文化部艺术研究院当首批访问学者！你担心我一个人孤独，心存顾虑，但我仍然再一次坚定地支持你，并勉励你努力学习。你 2008 年 9 月初就要去北京学习了，可是，在当年 7 月，那个令重庆人民难以忘却的百年难遇的高温的夏天，你还是坚持到重庆师大给学生上课，教室里没有空调，你回来告诉我，热得汗水都湿透了衣裤。上完课，回到家中，你又拿起画笔，为我即将出版的《中国二十世纪传记文学史》创作插图。你孜孜不倦画着孙中山、毛泽东、周恩来、邓小平、宋庆龄、鲁迅、钱学森、郭沫若等，我精心地修改着《传记文学史》，女儿音音复习着功课，她即将升入重庆外国语学校读初中。保姆因为天气太热，已然请假走了。我们三人每天七点多就起床，做好早饭，吃完后就开始各自的工作学习，中午小睡一会，下午又工作，晚饭后看看电视剧，再工作，直到晚上 10 点多钟休息。天气是那样酷热，我们几乎是 24 小时开着空调，但我们工作得那样愉快，那样惬意，那样和谐，那样高效。音音做作业做累了，就弹一弹钢琴，画一会儿画，她画妈妈画画，画爸爸写文章。那一年，文友约我去欧洲旅游，那是我多年的心愿，我都没去。我怕我走了你和音音孤独，而一起去又怕耽误了音音的复习。那一个暑假，是我们最愉快、最充实、最美妙的暑假！尽管外面是百年不遇的大旱，是摄氏 40 度以上高温，但我们内心吹拂着亲情的春风，我们内心流淌着爱情的甘泉。

　　到北京后，你经常打电话回来，说蒋彩萍老师是全国著名工笔重彩画教授，水平很高，同仁们来自祖国各地，都是青年才俊，美术高手。你在那儿激发出更加高昂而饱满的创作激情，从早到晚，废寝忘食地创作。每次来电话，你都是那么高兴，向我报告着你的收获。令我为你感到高兴。当我看到你带回的《荷塘月色》等七八幅新作，看到那美轮美奂的构图，那金碧辉煌的色彩，那精致细腻的刻画，更是震撼不已！我知道，你正在导师指导下攀登着中国当代国画创作的高峰。

可是，就在你向着工笔重彩画创作的高峰挺进的时候，就在你陶醉于美术创造的美好境界之时，就在你满怀期待我和女儿在寒假来北京看你并同你同游北京的时候，你却突然发现患了直肠腺癌。你不得不暂停学业和创作，飞回重庆，做了手术，并尊重医生的意见，进行了痛苦万分的放疗和化疗！让我们始料未及的是，化疗尚未结束，竟然发现癌细胞转移了！你一面忍受着巨大的痛苦，同疾病抗争，一面又抱着病痛选购新的住房，坐在床上设计装修图。我知道，你想为我和音音安排更美好的生活，你渴望着同我和音音再多享几年幸福的生活。你还希冀着能再上北京作访问学者，提笔画出心中已然孕育好的作品来。然而，老天竟这样的不长眼，老天竟这样的不公平，老天竟这样的残忍无情。国庆以后，你的身体就剧痛不已，开始靠吃止痛片镇痛，还能吃一点流食。半个多月后，就几乎滴水不能进了，止痛药已然失去了效力，全靠打止痛针维持。就在你最痛苦的时候，你依然牵挂着学校的老师和同事，记惦着你的亲人和朋友，更揪心着我们的音音，牵挂着我的幸福。甚至，当你已瘦弱得不成样子，憔悴得快脱形了，浑身疼痛不已的时候，你还挣扎着去参加了音音的古筝比赛。你在车上痛得全身战栗，可是，当我把你扶进古筝教室，一听到音音弹奏的琴声，你仿佛忘记了疼痛，脸上绽开了许久不见的灿烂笑容，再听到老师表扬音音弹得非常好，你更兴奋得笑了起来，说："听到老师的表扬，我的病都好了一半！"你的爱心，真让我感动不已！

亲爱的！你的仁爱之心和高尚情怀，在你生命的最后一刻，焕发出夺目的异彩。就在你病痛进入最剧烈的时刻，你明白自己的生命即将走到尽头，你郑重地告诉我："久麟，你帮我办两件事。"我忙问："什么事？"你停顿了一会，沉重地说："一个是帮助我捐献眼角膜，一个是把我的骨灰撒进江河。"听了这话，我深感意外。我知道，这是你经过深思熟虑作出的决定，一个高尚而伟大的决定！邓小平捐献了眼角膜，并把骨灰撒向了大海，想不到，你作为一名普通公民，竟然也有如此博爱的胸怀！我虽不舍，但知道，这是你的心愿，我不能不支持，不能不照办！当我经过多方努力，终于联系到重医眼科中心的时候，医生感动地说："在当前物欲横流的时代，你的夫人能主动捐献眼角膜，你能支持她捐献眼角膜，这是非常了不起的，非常崇高的！我们要请报社记者来采访你们，在报上宣传你夫人的爱心行动！"我也觉得应该宣扬一下你的这种义举，让更多的人能参与这种爱心行动。可是，你却拒绝了记者的采访。你的低调，使我更看到了你的纯净的内心和纯粹的爱心。你去世后三天，重医眼科中心的医生告诉我，你的角膜已经移植到两个盲人眼中，使他们重见了光明。他们非常感激你！这时候，我才更深地理解了你的爱心，你的仁义，你的纯洁，你的伟大和崇高！

就在我写这篇文章的时候，保姆告诉我，你在走前告诉她，你要把骨灰撒在长江，撒在你生前购置并精心设计装修的住宅前的江流中，你要永远看着我和音音快乐、幸福地生活。你的灵魂要永远陪伴着我们。听了这话，我万分感动，不禁潸然泪下。

亲爱的小华，愿你纯洁、善良、美丽而高尚的灵魂永远陪伴着我们，保佑我们；愿你纯洁、善良、美丽而高尚的灵魂在天堂安息。

2008 年 4 月—5 月于重庆白市驿

怀念臧克家

　　2月5日，本是热闹的元宵佳节，可这几天重庆的天气却特别阴冷，下着时断时续的细雨。刚刚在重庆市作家协会参加了纪念老舍诞辰105周年纪念会，听了老舍长子舒乙先生关于老舍在重庆的精彩演说，晚上就得到诗坛泰斗臧克家先生病逝的消息，我的心禁不住一阵悸痛。臧克家这一走，中国现代文学史上的著名大师，除了巴金还活在病床上以外，大多已经先后离我们而去了。这绵绵细雨，似乎老天也在倾诉着悲痛的心情。

　　臧克家先生是我从少年时代就喜欢的诗人。记得还在初一年级，我就爱上了诗歌，而最早在学校图书馆借的诗，就是臧克家和艾青的诗集。进了大学中文系以后，又反复地读他的诗。他的《罪恶的黑手》《烙印》《三代》《老马》《有的人》等，是怎样的质朴、凝练、含蓄而深沉，又是何等的高远、奇俏、超迈而悠长。他不愧是中国现代诗歌史上最著名的农民诗人和苦吟诗人，他的诗脍炙人口、深入人心，必将传之久远。最令我难以忘怀的是他对我的关心、支持和激励，令我终生难忘。

　　我在大学长期从事写作学教学。粉碎"四人帮"以后，以重庆师范学院董味甘教授为首的四川省写作学教师为了促进全国写作学教师的交流和了解，提高教学科研水平，推动写作学科的发展，发起成立了中国写作学会。克家同志担任了第二、三、四届会长和后几届的名誉会长，为中国写作学科的建设和发展做了大量工作，做出了重大的贡献。这让我们写作界的同仁们都铭记于心。

臧克家不仅对写作学会的发展和写作学科的建设十分关心和重视，而且对年轻教师和年轻作家非常关怀。粉碎"四人帮"以后，我受重庆市委指定，协助老红军、周总理抗战时期的警卫副官廖其康写出了反映周恩来总理抗战时期革命活动的回忆录《随卫敬爱的周副主席》。我把稿子带到北京，请周总理的机要秘书童小鹏审阅后，又到臧克家寓所，请他为该书题词。臧克家住在一个单独的四合院中，客厅和每个房间不大，但收拾得很清爽。臧克家身材颀长，身板挺得笔直，两眼炯炯有神。他看起来十分严肃，但对人却十分热情、谦和，说起话来笑容满面。他答应为回忆录题写书名，又关心地询问我的教学和创作情况。我回到重庆不久，他就寄来了题写的书名。

1987 年，我在写了《散文知识与写作》一书后，决定再写《文学创作灵感论》一书。在这之前，我看过臧克家抗战时期在重庆写的一篇谈灵感的文章，生动又不乏深度，对我很有启发。中外作家对灵感的论述不少，但像他那样专门写文章来论述灵感的，还真不多。所以，那一年我到北京出差时又去拜访他，向他求教。他高兴地给我谈了他对灵感的认识。他说，灵感确实是存在的，绝不是唯心主义的幻想。灵感是诗国的上帝，是作家的贵宾，我们应该创造条件，迎接它的到来。他说，研究灵感是一个涉及多学科的难题，要我从多方面进行探讨。我请他为灵感论的书写篇序并题写书名。他说，自己年纪大了，现在一般没有再给人写序和题字了。但是，灵感的研究很重要，他对这个问题也很有兴趣，要我把书稿写出来以后寄给他，他看了以后再给我写序并题字。

经过一年的艰苦写作，《文学创作灵感论》终于定稿了。我把稿子寄给臧克家，请他审阅，修改。不久，他寄回了书稿，并寄来了序言和题词。他的序言表达了他对后辈的热情激励和殷切关怀，令我万分感动。他在序言中指出，搞清灵感理论，对于提高作家的文学艺术修养及艺术创作的自觉性是非常重要的，但是，文学创作灵感的专著，此前一直都还没有。在这个背景下，他提出了我的这部书稿："令人高兴的是，最近读到了郭久麟同志献出的较为全面系统而又深入具体地阐述文学创作灵感的专著——《文学创作灵感论》。它论述了灵感的现象、特点、种类、定义及中外主要灵感理论，着重从文艺学、美学、哲学、心理思维科学及脑科学等方面，多方位、多角度、多层次地论述了灵感的本质；并扼要阐述了灵感的诱发机制，探讨了诱发灵感的基础条件和心理势态，详细阐述了灵感的触发和捕捉问题。应该说，这部著作在运用文艺学、美学、哲学、心理思维科学和脑科学综合研究灵感这一深奥课题方面，做出了一定的开拓和贡献。"他还指出："作者在写作本书的过程中，以马克思主义辩证唯物主义理论为指导，以他二十余年文学创作中的灵感体验为基础，注意吸取当代世界社会科学和自然科学的新成果，运用系统论的方法，全面、系统、多方位、多角度地对灵感的本质及诱发机制进行了较为深入的研究和论述，因而，本书立论鲜明，建构完整，纲目清楚，例证丰富文笔流畅生动，清新可读。"序的结尾高瞻远瞩，对中青年作家、理论家的成长寄予厚望："看了郭久麟同志写的这本长达二十多万言的大作，感到格外亲切和高兴！我为我国中青年理论家的迅速成长和崛起而欣喜，也为我国在灵感理论上的新收获而兴奋。"

1990年，《文学创作灵感论》由我母校四川大学出版社出版，第二年，获得四川省和重庆市社科三等奖。臧克家知道后在电话上向我表示热烈的祝贺，并希望我再接再厉，做出新的成就。

我深深地感谢臧克家对我的关心和帮助。我深知，在我成长的道路上，在我所取得的成绩中，凝聚着他的心血和期望，也凝聚着我的许多老师、前辈和朋友的心血和期望。

虽然臧克家先生去世了，可他的诗篇，他的文章，却将永远流传。他忠诚文学事业，关心写作学科的建设，热情提携后辈的精神，也将永远活在我们心中，激励我们在文学的道路上攀登不已，奋斗不止！

尊敬的臧克家老师，您安息吧！

2004 年 2 月 6 日于重庆白市驿菊香斋

我为你们感到骄傲

昨天接到张锐的短信，说市职大中文一班同学在铁山坪聚会，请我参加。多年不见了，十分想念他们这批因"文化大革命"而被耽误了上学的"老同学"，所以尽管非常忙，我还是去了。

走进会场，壁上挂着的醒目的"重庆市职工大学中文一班同学三十年聚会"的横幅，一下就把我带回了三十年前。三十年前，我受川外教务处长邀请，给位于重庆文化宫的重庆市职大学生讲授写作学。那是我第一次接受外校的聘请，所以格外用心，分外认真。与班上同学相处也很友好，很和谐，跟他们建立了深厚的友谊。

三十来位同学围坐在一起，由老班长张明友和王志德主持。会前先放了金石写的《同学赋》，赋写得真挚、热诚、深情，抒发了同学们之间的深厚感情。金石很喜欢文学，文笔也不错。记得我就在课堂上朗读过他的作文。接着放了同学们的照片。看着这些珍贵的照片，我和同学们都感慨唏嘘。那时候，我们多么年轻。当年上学时同学们年龄差别很大，最大的同学陈德超、张明友、杨晓韵等都是高 66 级学生，已经三十五六岁，而最小的韩萍等同学，才 17 岁。但是，他们都是那么活跃，那么欢欣，那么青春！回想起来那时的我也才 40 岁不到，还是满头青丝，而今却已颓然秃顶。职大的学习生活，大家都将永难忘怀！

你听，昨天才专门从香港赶回来参加同学会的林莺同学朗读着在外地无法赶回的于可绳写给同学们的信。于可绳很有才气，职大毕业后担任一个报纸的编辑，写了不少好散文，还出版了散文集。接着，同学们逐一发言，讲述他们怎样带着文学梦走进职大，怎样经过四年的学习，学到了知识，学到了本领，学到了好的思想，提高了人生修养，更收获了友谊。职大毕业回到原单位或走上新的岗位之后，不少人由工人转为了干部，由文书当上了科长、处长，不少同学进入新闻部门，当上了记者、编辑。韦纯良谈到他到报社后，很快被聘为编辑部主任，在那么多正规大学甚至重点大学毕业生中，领导却偏偏选上他，这使他更感到职大的教学质量之好！魏群同学谈到，他回到建设厂以后，由文书当上办公室副主任、主任，再到副书记、副厂长、书记。黄培也由办公室工作人员提为副主任、主任，最后担任建安集团党委书记。同学中还有王学斯担任了重庆市政府副秘书长，马春生担任了市人大副秘书长。他们都深深铭记着职大给他们的帮助和教育，感谢职大的学习给了他们精神的营养和前进的动力。更加难得的是，他们还那样深情地怀念着教过他们的老师，如数家珍地叨念着当年给他们上过课的林亚光、朱洪国、吴廷美、郭家全等老师，怀念着我们的秦校长等校领导。他们称赞学校质量高。确实，那时职大教学质量非常高！首先是因为那时候的社会风气、时代风尚非常好，学习和进取，成为当时的时尚；其次是因为他们都是有过工作经历、受过生活的波折，特别珍惜这宝贵的学习机会，所以学习特别的刻苦努力；再加上学校聘请的老师都是当时重庆教育界的精英，如我们川外派去的老师林亚光、朱洪国、吴廷美、郭家全等，都是川外中文和外语方面中流砥柱的中年教师。王志德骄傲地说：班上共 50 个同学，毕业后纷纷投身政界、商海、职场，几乎人人成才，个个成功，其中不乏正厅级干部、处长、大中企业的董事长、总经理、报社总编室主任、著名记者、作家。他们分别在党政部门、兵工战线、司法战线、公安战线、财贸战线、金融战线、新闻战线努力工作，为国家做出了自己的贡献！

三十年过去了，他们心中都珍藏着对母校、对老师的感恩之情，更怀念一同读书的同学。所以，他们几乎每年都举办一次聚会。今年是三十周年大庆，他们很早就开始筹备。远在日本工作的高健同学专门从日本回渝，远走香港、南京的同学也都赶了回来。创办了全市外贸食品出口第一大企业的邹志兵同学带头筹款赞助。邹志兵说：我非常珍惜职大的学习生活，也怀念班上的老师和同学。所以，只要在重庆，再忙我也要参加同学会。我在读清华大学高级研修班时，同学们组织去迪拜等世界著名景点游览我都没去，但我却一定要参加我们职大的同学会！就是因为我对职大有着特别的感情！

听着他们的发言，我真的好感动，好感慨！眼泪不时在眼眶里打转。我想，人们常说：知识改变命运，拼搏成就人生。职大同学的经历和成功，不就是最好的说明吗？同时，我也想到了我作为一名教师，在他们的成功和荣誉中，有我们的一份辛劳和心血，这是我们当教师的幸福啊！所以，当同学们请我发言时，我激动地说："听了你们的发言，看了你们的录像，看到你们人人成才，个个成功，我心里特别高兴！作为你们的老师，我为你们感到骄傲，感到自豪，感到光荣！孟子说：得天下英才而教之，亦乐也！能够给你们这样的英才当教师，能够为你们的成长贡献一点自己的知识、智慧和心血，是我终身的欣慰和快乐！作为一个教师，我最大的成功，最大的幸福，就是看到自己的学生学业有成，事业有成，为国家民族做出了自己的贡献。我衷心祝福你们！"

丹柯的心

——读巴金《随想录》之随想

一

　　我的面前出现了一位白发苍苍的老人。他走在我们面前，在隆隆的雷声和飞舞的闪电中，勇敢地、悲壮地用手抓开自己的胸膛，掏出自己的心来，高高地举在头上。这神圣纯洁，比太阳更明亮的火把赶跑了黑暗，把漫漫天宇照得透亮。这伟大人类的爱的火炬，温暖着我的身心，燃沸了我的感情，引领我走出混沌迷茫，走进清朗纯美的境界；它驱逐着我灵魂中的阴影与污浊，净化着我的人格和情操，升华着我的思想和认知，拓展着我的胸怀和眼界……

二

　　这几天几夜，我的心被博大的爱和神圣的憎，被锐利的剖析和坦荡的真诚所吸慑，所征服，所熔化。我面前是浩荡无垠的大

第二辑　意溢人间

— 261 —

海，是高耸云天的峰峦，是翠色长青的苍松，是冰山绝顶的雪
莲……

我在光明的世界中，畅饮着用鲜血、眼泪、深思、觉醒、良
知、真诚酿造出来的人类崇高精神之美酒，世界文明的珍贵
芳馨。

三

巴金曾说，他的第一个老师是卢梭的《忏悔录》。读了《随
想录》后，我却感到，这是比《忏悔录》更博大、更深沉、更精
湛的杰作！《随想录》是神州大地用大半个世纪的乳汁和风雨、
正气和灵气所孕育出来的文坛巨作，在经历了人间、天堂、地
狱、炼狱的曲折漫长的经历之后，融合着数十年的血和泪、爱和
憎、悲和喜、经验和教训，真诚地解剖自己和世界，从内心深处
喷射出的情感灵泉！是巴金代表亿万被愚弄的人民、成千上万被
残酷蹂躏的作家艺术家所倾吐出来的最强烈的控诉、最沉痛的追
忆、最诚挚的心愿、最疚心的忏悔、最坚定的誓言、最美好的期
待！它凝聚着巴金从独特的人生道路上升华出来的最深切的见解
和最圣洁的感情；包涵着巴金对人类、对民族、对生活的输肝剖
胆的至诚爱恋；进射着巴金对专制、对残暴、对兽道甘愿与汝偕
亡的仇恨；表达着巴金对世界、对社会、对哲学、对艺术无比犀
利的烛照；散发着一位文学大师经过数十年酿造的文学美酒，比
那陈年老窖更浓郁、更芬芳，洋溢着美的情致和韵味……

四

《随想录》是新世纪的《神曲》。

我眼前是烈焰蒸腾、妖雾弥漫的地狱。巴金和无数正直、善良而杰出的人物,在牛头马面的呵斥、鞭笞之下,在血海中浸泡,在油锅里煎熬,在刀山上翻滚,在石磨下辗压。

我眼前是鬼影幢幢、旗幡招展的所谓"净界",巴金和无数单纯、朴实、虔诚的灵魂,在涂着神圣油彩的"神灵"面前祈祷、忏悔,在所谓"脱胎换骨"的咒语之中,由人变成了只能盲从的机器人,在朝夕"请罪"的责罚之中变成了任人宰割的"牛"!但是,这些伟大的表魂,终于在血火刀光之中,在牛头马面的精彩表演中,觉醒过来了!他"咬紧牙关忍受一切折磨,不再是为了赎罪,却是想弄清是非"。于是,他"不怕三头怪兽,不怕黑色魔鬼,不怕蛇发女怪,不怕赤热沙地",他终于一步步由"牛"变回了人,变成了真正的人!

这时,也只有在这时,巴金才在真理的引导之下,在痛定思痛的回忆和追索之中,倾注自己对亲人、朋友的怀念之情,用理性的清泉清洗着自己灵魂中的每一点污迹和每一处残垢,用正义的钢鞭鞭笞着那些踩着奴仆和朋友的身体青云直上的真正的牛鬼蛇神,并以自己惨痛的教训呼吁人民警惕妖魔鬼怪借尸还魂,卷土重来!

作家在真诚的"原动力"的推动下,经过痛苦的考验和无情的解剖,终于从迷惘和混浊中超脱出来,渡达了真理的彼岸,升华至高超纯净的境界,终于使自己的灵魂飞升到哲理的高峰和幸福的天堂!

如果说,但丁的《神曲》是浪漫主义的梦幻,那么,巴金的

《随想录》则是包含血泪现实的升华。后者让我们再次目睹封建专制是怎样在个人崇拜的旗帜下把人变成"牛",变成"鬼",怎样蹂躏着人类的灵魂,怎样摧残着灿烂的文明,又怎样让几亿人在自己的国土上自相残杀和相互屠戮。

《随想录》以淋漓的鲜血和沉重的反思,反复地告诫和提醒我们:为了民族的兴旺和后代的幸福,绝不能再让悲剧重演!

五

要说真话是《随想录》的灵魂。

一切曾经像巴金那样虔诚的人,一切曾经受过神圣的诺言蒙蔽的人,一切曾经膜拜在"神"的旗幡下的人,一切曾经因此而做过一些蠢事、傻事、错事甚至坏事的人,都会在巴金严肃的解剖面前,感到心灵的震颤;都应在巴金沉痛的忏悔面前,受到灵魂的洗礼;都该在巴金神圣的觉悟面前,感到心灵的震撼,良知的觉醒,理性的升华!

一切假话,一切诺言,一切伪道德、伪道学、伪真理,一切骗子、棍子、文痞,在巴金的真话面前,在这真实的镜子面前,都会无所遁其形,都将遭到良知的鞭挞,舆论的谴责,正义的裁判!

敢于把心掏给读者,敢于把真实呈现给读者,敢于把真理告诉读者,这是作家的良心和人格之所在,这是作家神圣的道义,也是作品不朽的保证。

同真话在一起,同真实在一起,同真诚在一起,也就是同人民在一起,同历史在一起,同未来在一起,同真理在一起。

把人民的艺术交还给人民!

让作家真正说真话,永远说真话!

六

恩格斯曾经说过："封建的中世纪的终结和现代资本主义纪元的开端，是以一位大人物为标志的。这位人物就是意大利诗人但丁……"

我多么希望，巴金的《随想录》也成为中国封建专制彻底灭亡的丧钟和民主幸福的新时期真正降临的启明星！

1982 年 3 月于重庆四川外语学院

第二辑　意溢人间

读书、笔记与写作

一、我的阅读三部曲

我从小就喜欢读书，半个多世纪以来，始终以书为伴，以读书为乐，以读书为最大的兴趣和爱好。回顾自己半个多世纪的读书生涯，大约分三个阶段。

我喜欢读书，最初是受父亲的影响。我父亲一生喜欢读书，现在已八十多岁了，可每天仍嗜书如命，从早到晚看书，直到深夜。小时候，看到爸爸书桌上的各种武侠小说，就开始拿来看，越看越入迷。那时候，看了《三侠剑》《七侠五义》《薛仁贵征东》《聊斋志异》《说岳传》等小说。晚上还经常到茶馆听评书。爸爸怕我看这些小说影响学习，我就在星期天一个人拿着书跑到楼顶晒台上偷偷看。有时看得入迷了，晚上还躲到被盖里用手电筒照着看，我的近视，大约就是这样造成的。

进入初中以后，学校老师宣传不许看武侠小说，我也听话，乖乖的忍痛告别了武侠小说。我开始爱上了诗歌、散文、小说、传记作品。我到学校图书馆，渝中区图书馆借臧克家、艾青的诗集，借《古丽雅的道路》《钢铁是怎样炼成的》《卓雅与舒拉的故事》《罗蒙诺索夫》等，我也常常在新华书店站着看《知识就是力量》等杂志，看各种科幻小说。这些书籍培养了我热爱祖国和人民，热爱文化和科学，以及为理想和信念而奋斗的精神。这时候，我从语文、地理、历史的学习空隙中，爱上了诗歌，并开始学着写诗了。

把我引上读书写作道路的，是我重庆一中的语文老师黎功迪，他不但推荐我到学校《前进报》当记者，参加鲁迅文学社的阅读活动，还让我自由借阅他丰富的藏书。于是，我不但到学校图书馆借书，还从他的书橱中借来《莎士比亚戏剧》，泰戈尔的诗集及长篇小说《沉船》《果拉》，还有郭沫若的诗集、自传，高尔基的《童年》《在人间》《我的大学》以及《红楼梦》《水浒》《三国演义》《西厢记》等古典名著。记得初读《红楼梦》时看不太懂，对其中描写人物、衣饰、住宅、饮食、医药的部分，就快速跳过去。直到大学读第二遍时，才逐渐读懂了其中的一些奥妙。

在高中读书时，有两本书对我的人生和写作影响很大。一本是李锐的《毛泽东同志早期的革命实践》，一本是夏衍的《关于电影剧本写作的若干问题》。前一本书中描写的青年毛泽东"身无半文，心忧天下"的抱负和热情，毛泽东刻苦学习的精神和方法，特别是他读书时写评语、记笔记的方法，他顽强锻炼身体的意志，都给了我很好的熏陶和启示，不但帮助我树立了远大的理想，而且教会我怎样读书，使我养成了看书写评语、做笔记以及锻炼身体的习惯。后一本书讲如何通过看电影学习电影剧本写作，这不仅激发了我对电影写作的热爱，使我从高中就开始写电影剧本，而且还启发我把读书和学习、吸取、借鉴结合起来，即在读书的时候，认真思考别人是怎样写的，为什么要这样写，自己应该向他学习些什么？自己如果来写，应该怎样写？这对我一生的读书和写作，都有极大的帮助！

这是我读书的第一阶段。

考入川大中文系，我真正投入了知识的海洋。一方面是来自学富五车的教授专家的亲切教诲，另一方面是学校图书馆及系资料室的大量书籍。我在老师的指导下，按各门课程的要求，系统地阅读了古今中外的经典著作。数百部古今中外名著，我基本上都阅读过。这期间，我大量写诗、写散文、写读书笔记、写文学评论。我十分怀念在川大读书的时候，那是我一生中读书读得最系统、最愉悦、最充分的时候。尽管那时候物质生活是那样的艰苦，天天吃不饱肚子，但却是我精神生活最自由、最畅快、最充实的时候！

"文化大革命"中，我尽量避开派性和武斗，抓紧时间读了一些书，《红楼梦》我读了第三遍，《静静的顿河》等又读了一遍。

这可以说是我读书的第二阶段。

"文化大革命"后，在紧张的教学和创作、科研工作中，我的阅读，主要是围绕教学、科研和创作来进行。

当我在学校教现代文学，编现代文学教材时，我就围绕现代文学来阅读。读鲁迅、郭沫若、茅盾、老舍、巴金、曹禺、田汉、丁玲、艾青、臧克家……读他们的著作及有关他们的评论、传记等。

当我教写作课，编写写作教材时，我就围绕写作学的内容，读美学、文艺理论，读余秋雨《艺术创造工程》，读古今中外作家的创作论……

在创作《文学创作灵感论》时不但要把自己多年来创作中的灵感加以总结、梳理和理论升华，而且还大量搜求和阅读有关于哲学、美学、文艺学、心理学方面的著作，我还四处搜求和阅读古今中外作家、艺术家、科学家关于创造性灵感的论述。

我在写《论贺敬之的诗》时就不仅反复背诵，深入领会贺敬之的诗，还大量阅读了有关诗歌的理论及有关贺敬之的诗歌的评论。

我在创作《散文知识与写作》时，一方面把自己写作散文的心得体会、经验教训总结起来，上升到理论；另一方面阅读了大量古今中外的优秀散文、优秀传记文学作品及其评论和相关理论。

这些年，继《传记文学写作论》之后，我又写了《传记文学写作与鉴赏》，目前正在写《中国二十世纪传记文学史》。我主要将精力放在阅读、钻研中国现当代的传记文学作品，中外传记理论及古代和外国的优秀传记文学作品上。

当然，在集中精力完成某部作品时，我仍然注视着故乡、国家、时代的发展。每天看报纸、看新闻，了解当代政治、经济、科技、文化的发展。我更关注着文坛的发展，对特别优秀的或有重大争议的作品，都要抽时间看一下，至少是浏览一下，这既是一种休息和调节，也有助于把握时代脉搏，进一步拓展视野，寻求借鉴，提高水平。

从自己的阅读经历中，我深感中小学生课外阅读的重要性，更感到大学时代美妙韶光的可贵，好好读书的重要性。同时，我还体会到了一个教师、一个作家、一个学者，必须始终不断地围绕自己的工作，围绕自己的专业，围绕自己的教学、科研、创作进行广泛而深入的读书、学习，才能适应这飞速发展的社会，在自己工作的领域内做出贡献。

书籍是钥匙，它可以为我们打开智慧的宝库；书籍是航船，它可以载着我们驶向幸福的海洋；书籍是阶梯，我们可以沿着它攀上人生的高峰！

二、读书与读书笔记

一

毛泽东在湖南第一师范读书时的老师徐特立提倡"不动笔墨

不看书"。意谓要看书就必须要认真思索和消化，并且要动笔，要作读书笔记，要把自己的认识、评价、心得和体会记下来。这是谢老留给我们的经验和遗训。

毛泽东曾称赞说：徐特立过去是我的老师，现在是我的老师，今后永远也是我的老师。青少年时代的毛泽东受到徐特立老师言传身教的影响，也养成了读书时认真思考，并且做读书笔记的好习惯。毛泽东不仅做眉批、旁批，还抄录了许多诗词歌赋（如屈原的《离骚》《九歌》等），并写了大量的笔记、札记。他在长沙师范毕业时，读书笔记和听课记录就有一网兜之多！

梁启超在《中国历史研究法》中专门讲到"勤于抄录"，专门论述了顾亭林等人抄书的典故。梁启超说："顾亭林的《日知录》大家知道是价值很高。某人日记称，见顾氏《天下郡国利病书》原稿。写满了蝇头小楷，一年年添上去的，可见他抄书之勤。顾氏常说：善读书不如善抄书。常常抄了，可以渐进于著作之林。抄书像顾亭林，可以说勤极了。我的先生陈兰甫先生作《东塾读书记》，即由抄录撰成。新近有人在香港买得陈氏手稿，都是一张张的小条，裱成册页。或一条仅写几个字，或一条写得满满的。古人平常读书，看见有用的材料就抄下来，积之既久，可以得无数小条。由此小条辑长编，更由长编编为巨制。顾亭林的《日知录》，钱大昕的《十驾斋养新录》，陈兰甫的《东塾读书记》，都系由此作成。一般学问如此，做专门学问尤其应当如此。"

二

以上是古今名人对读书方法与做读书笔记的方法的论述。

下面我想谈谈自己几十年来的心得和体会。

读书，要善于选择。生也有涯，知也无涯。浩如烟海的书籍，需要根据自己的文化程度、专业、工作情况和兴趣爱好来选择。

　　同时，读书时还要认真思考，经过消化，把书本上的知识变为自己的血肉。并且经常做笔记。做笔记，能促进思考，促进消化，帮助记忆，有助于在日后的创作过程中使用。

　　读书笔记的方式很多，可以是抄录、摘录，可以做摘要，还可以写读书札记，做眉批，做卡片。

　　到图书馆看书，或者读各种书刊，见到自己十分喜欢的优秀的诗篇、散文可以抄录。优秀的论文、小说、戏剧等作品，其中特别喜爱的部分，则可以摘抄下来，以反复学习和使用。

　　我在大学读书和以后工作生活中，抄录了好几本诗歌，一本是古诗词，两本是新诗，还有一本是散曲。对一些长篇作品，我摘抄过《约翰·克利斯朵夫》中对音乐、对人物、对风光的描写；读傅雷泽《贝多芬传》，我摘抄了书中对传记体重要性的论述及对音乐的描写；我还摘抄了《屈原》中"雷电颂"的自白。读理论著作，则摘录其重要的、精美的部分。抄录和摘录的内容我经常阅读，这对日后的写作很有帮助！

　　我读书的时候也经常做眉批、夹批、尾批，把读书时的感想、感受、心得、体会，随时记在书旁，这有助于加深读书的印象，也便于写读后感。

　　我写得最多的是读书札记、评析。读《红楼梦》，读《子夜》，读巴金《随想录》，读廖静文《徐悲鸿一生》，我都做了详细的笔记。读这些书的时候，我边看边记，多的写了十几页，少的也写了六七页，写这些笔记，促使我深入地思考作品、理解作品，也促进我展开想象和联想，写出自己的独特的感受和思考。同时，还培养了自己的写作能力。读巴金《随想录》时，心情非常亢奋，我写了好几页的札记。我读完书后，整理出来，写成《丹柯的心——读巴金〈随想录〉之随想》一义，在刊物上发表，也收入了我的散文集。读《徐悲鸿一生》时，我的心情难以平静，随手写了大量的感受。我把它整理成《传记文学的一朵奇葩》，在《文学报》上发表，得到了廖静文的好评。我在撰写《传记文学写作与鉴赏》一书时，往往是先看传记作品，认真写出读书笔记，然后在此基础上写成该传记作品的评析，收录书中。

三、读书与写作

读书十分重要，其与写作的关系也非常密切。

杜甫有曰："读书破万卷，下笔如有神。"

唐诗三百首序言曰："熟读唐诗三百首，不会写诗亦会吟。"

古人讲写好作品的条件是："行万里路，读万卷书。"

这些都是讲的读书同写作的关系，谈的是读书对写作的促进作用。

读书对于写作的促进作用表现在三个方面：

1. 读书是间接摄取写作素材的重要方式；

2. 读书是写作的前提和基础，为写作提供思想指导和技巧借鉴。

阅读，是吸收，是学习，是借鉴，是输入。

写作，则是释放，是表达，是倾吐，是输出，是贡献。而人生的价值，是以你的奉献的大小来衡量的。没有输入，何来输出；没有阅读，谈何写作！

因此，要把阅读与写作有机地结合起来，以阅读促进写作，推动写作。

阅读可以为写作提供丰富的材料，写作素材的来源可以分为三个，首先是作者的亲身经历及其观察与感受，其次是调查与采访，第三是阅读。叶圣陶说："阅读是写作的基础。"从读书中可以接收到大量写作需要的材料。秦牧的《艺海拾贝》中的大量素材，都是从阅读中获得的；叶永烈等人编写的《十万个为什么》

中的大量材料，也是从书籍中收集，采撷来的。

阅读对写作还有借鉴作用。

作为一个爱好写作的人，在阅读时，要注意学习别人是如何写作的，学习别人的写作经验、技巧。鲁迅说："凡是已有定评的大作家，他的作品，全部就说明着'应该怎么写'。"在读高中时候，我读了夏衍的《关于电影剧本写作的若干问题》，夏衍谈到了他在重庆如何一面看电影，一面学习电影写作的经验和体会，对自己启发很大。只有当你把阅读同写作结合起来，一面阅读，一面写作；一面写作，一面阅读，你的写作才会有较大提高，你的阅读才会更加有的放矢。

借鉴，要同写作结合。我教国际新闻专业的学生新闻写作时，学生们每天都在看报，看消息，可是当让他们写消息，第一次交上来的作业，许多同学都写得不合要求。我让他们好好看一些消息，重新写，第二次就大体接近了。我让他们再读，再写，第三次就符合要求了。这个例子说明，读书时要有意识地认识学习借鉴的重要性，阅读时要注意学习别人的经验、技巧和语言，写作水平才能有较快的提高。

写作同读书之间还有进一层的辩证关系。那就是，阅读对写作还有激发作用。

在阅读时，特别是阅读与你的作品有关的文学艺术作品（这里不仅指文学作品，还包括欣赏美术、音乐作品和看电影、电视等）时，要有意识地把自己摆进去、融进去，进行联想、想象，从而激发自己的写作热情，迸发自己的写作灵感，激励自己写出新的作品来。

苏联作家康·巴乌斯托夫斯基在《金蔷薇》中写道：

"几乎每一个作家都有自己的鼓舞者，自己的守护人，一般说也是作家。

只要读上几行这个鼓舞者的作品，自己便立刻想写东西，从某几种书中好像能喷出醇浆来，使我们心神陶醉，感染我们，使我们不由自主地拿起笔来。"

郭沫若在《我的写作经验》中也谈到这种现象：

"我自己在写作中也有这样的一种准备步骤，譬如我要剧本，我便是先是把莎士比亚或莫里哀的剧本读它一两种，要写小说，我便先把托尔斯泰或福楼拜的小说读它一两遍，读时也不必全部读完，有时候仅仅读得几页或几行，便可以得到一些暗示，而不可遏止地促进写作的兴趣。"

法国著名作家司汤达有一天早晨在报纸上看到法院公布的一个案子：青年裴尔特在很有钱的富人家里当家庭教师，不久成了这家主妇的情人，后来，他在一种嫉妒和绝望的冲动下谋杀了她。司汤达看了这个案子，心情激动，思潮起伏，迅速在脑海中构想了长篇名著《红与黑》。

巴金在《谈我的散文》中说："我常常说，多读别人的文章自己的脑子就痒了，自己的手也痒了，读作品常给我启发。"他还在《赞颂集》中说："我有好些篇散文与小说都是读了别人的文章，受到启发以后才拿起笔来的。"

多年来我也经常因为阅读而激发写作热情、激发创作灵感。

我写抒情诗《巫山神女颂》就是阅读巫山神女峰的传说而后激发起灵感的。那是我在川大读书的时候，我晚自习读到一篇记叙三峡传说的文章，其中关于巫山神女的优美神话激荡着我年轻的心灵。晚上，我在睡梦中仿佛见到了巫山神女！她翩翩从云中向我飞来，又向着飘纱的巫山中飞去！在飞扬的神思中，美妙的诗句像清泉般从心田中渗出："你娟娟地伫立在万仞峰巅，披风沐雨，万载千年……"我急忙披上衣服，跑到路灯下面，飞快地一口气写出了这首五六十行的诗篇。

一次，我在车上看报纸，上面登载着"我们从哪里来？又向哪儿去？"以及外星人的神话传说等等，我的思绪一下子被触动，想象展开翅膀飞翔起来，我飞向了远古的神话世界，想象自己变成了神农氏播下的种子，黄河的一朵浪花，长城的一匹古砖，我想象自己是霓裳羽衣舞的彩袖，是飞天的神女……我激动不已，心潮澎湃，意象纷呈。我赶快掏出笔来，就在颠簸的汽车上，就在那张报纸的空白处，飞快地写起来，我的笔简直追赶不上脑海中那飞越的意象和诗句！下车后，回到家中，我立即把记在这张报纸空白处凌乱的诗句整理出来，写成了《我的歌》。

不光是读书可以激发创作灵感，赏画、听音乐、看电影、电视，也可能激发自己的灵感。有一次我看到一幅题目叫"根"的画，画的是盘根错节、紧密纠结的根，我被这画面震撼了！这些根系深深地埋藏在阴暗的地底，默默地、忠诚地为枝干，为绿叶，为花果提供养料。然而，谁也看不见它们，它们是真正的无名英雄，就像我们敬爱的老师。我感到诗情泉涌，激情澎湃，提起笔来，写下了抒情诗《根的交响》。正是基于对阅读、对写作灵感的触发和激励作用的认识，我在《文学创作灵感论》一书中，在关于灵感的触发一节中特别列出了一条"阅读激励法"。

我们在阅读时要特别珍视阅读中激发起的想象、联想和激情，把自己"沉"进去，在激情的想象中激发起珍贵的创作冲动的灵感。一旦这种冲动和灵感喷发出来，你不妨顺着思路发展下去提起笔来，写出自己的作品来！

2002 年 10 月至 11 月于四川外语学院

呕心沥血圆一梦

——我与传记文学的不解之缘

一

2012 年 10 月，江苏人民出版社出版了我同张俊彪主编的 146 万字的三卷集全精装《大中华二十世纪文学史》和 60 万字的两卷集《大中华二十世纪文学简史》。今年 4 月，中华书局香港和新加坡分局又出版了修订和增补的 170 多万字的五卷集全精装《大中华二十世纪文学史》和 70 万字的两卷集《大中华二十世纪文学简史》，向全世界公开发行。

这部史典在国内外两次出版发行，让我感到十分欣喜——它不仅是我在文学史编写上的新创造，而且也是我在传记文学研究上的新成果。在这部史典中，我作为主编，不但破天荒第一次提出了按七类文学文体来架构文学史的提纲，而且还执笔撰写了其中的"中国二十世纪诗歌发展史"和"中国二十世纪传记文学发展史"两大篇章，共 40 多万字，占全书的四分之一。

我不由想起，我从 1976 年 11 月开始写《随卫敬爱的周副主席》，到现在已是 38 年。这 38 年中，我同传记文学结下了不解之缘，为了圆我年轻时代许下的文学梦、传记作家梦，为了写好革命家和作家、艺术家的传记，天南海北地奔走，不辞辛劳地采访调查，绞尽脑汁地构思写作，反反复复地修改。为撰写传记文学理论和传记史专著，熬更守夜地阅读钻研赏析评论传记文学著作，苦心孤诣地钻研理论问题，费尽心思地安排结构，殚精竭虑地铺陈文字，从而立之年写到古稀之年，写白了满头青丝，熬出了额头上的条条皱纹！

也许是受父亲潜移默化的影响和新中国成立初期朝气蓬勃的时代风潮的带动，我从小就喜欢上了文学，尤其是描写英雄人物的武侠小说和传记作品。我从小学四五年级开始看《说岳传》《七侠五义》《三侠剑》等武侠和传记小说，并到茶馆听评书。中学时，就看了《罗蒙诺索夫》《卓娅和舒拉的故事》《古丽娅的道路》《高玉宝》《把一切献给党》等传记作品，而李锐写的毛泽东青少年时期的传记，我竟一连看了两遍，对我的读书学习、修身养性、立志健身，都产生了重大而深远的影响，也对我后期创作传记文学产生了直接的作用。高中毕业时，尽管我的数理化成绩也很好，但我却舍弃了当科学家的梦想，报考了文科专业，我立志要作一个作家、记者，走遍神州的大好河山，写出祖国的壮丽风光，塑造出生动形象的民族英雄人物！进大学以后，我在系统地学习古今中外文学和读诗写诗的同时，仍然保持着对传记文学的爱好，阅读了《史记》和《忏悔录》等中外传记文学名著。大学毕业时，我的毕业志愿书上填写了新疆、云南、贵州，我渴望到边疆去建功立业，去写出我们民族的英雄人物和边疆风情。谁知，四川大学却把我分回了故乡重庆的四川外语学院。我服从了分配，回到故乡任教，决定走一条学者兼作家的道路。可是到川外才几个月，一场巨大的浩劫就发生在中国也波及我们校园！我不得不经常逃避武斗，躲回家中，看书写诗写散文写小说，成长为重庆、四川小有名气的作家、诗人。

二

粉碎"四人帮",思想大解放,我被压抑的创作热情像火山的岩浆一样喷射出来!1976年11月,重庆市委宣传部领导组织我们作家为几位老红军撰写怀念周恩来的文章。我负责的是抗战初期担任周总理警卫副官的重庆特钢厂厂长廖其康同志。我听他讲述,整理出文章,发表在《人民日报》上。他在抗战初期担任周恩来的随身警卫,了解很多周总理的生动事迹和感人细节,我就劝他把这些珍贵的材料记录整理出来。不几天,我院党委书记王丙申突然通知我,说市委书记要我为廖其康整理回忆录。于是,我白天到他们工厂招待所听他摆谈,晚上回家把记录整理出来。就这样,我们一连谈了将近一个月,我整理出十多万字的初稿,取名为《随卫敬爱的周副主席》。稿子很快由市委印刷厂排印出一百本,寄送邓颖超等有关领导和有关部门。而我则带着几份稿子,来到北京,送给童小鹏等领导同志审阅。童小鹏跟随周恩来多年,曾担任总理办公室主任。他对此书非常重视,用几天时间看完全书,并当面给我提出了修改意见。为了补充、核实和印证材料,我又到廖其康跟随总理工作过的西安、桂林、武汉原八路军办事处及延安等地进行参观访问。回到家中,对初稿进行了修改补充。四川人民出版社于1978年2月,即周总理八十诞辰之前出版此书。这可以说是全国第一部写周总理的单本传记作品。1978年4、5月间,山西省出版局党委邀请廖其康到山西旧地重游。廖老要我与他同行,为他记录整理。当时,我已报考了中国社科院文研所的研究生,正在复习功课。但是,为了写好回忆周恩来的传记,我忍痛放弃了复习,放弃了读研究生的机会,陪同廖老去了太原、西安等地,实地考察周恩来抗战时期在山西的革命活动，写出了《随卫周副主席到山西》的长篇回忆录，被收入山西人民出版社出版的《周总理在山西》一书中，我还对《随卫敬爱的周副主席》作了修改补充，于 1979 年 11 月再版。

三

　　1977 年 4 月，四川省委宣传部指定我为北京一家出版社撰写家乡人民怀念陈毅元帅的文章。我在四川省委、重庆市委、内江地委宣传部同志的陪同下，来到陈毅故乡乐至县，参观了他的旧居，访问了家乡亲人和乡亲。在采访中，人们告诉我：新中国成立以来，还从来没有人来了解过陈毅的事迹，我听后感到十分遗憾。我一下想起少年时读过的有关毛泽东青少年时期的传记。心想我应该写一本陈毅青少年时期的故事，为青少年树立一个学习的榜样。于是，我扩大了采访的内容和范围，到成都、重庆访问了陈毅的哥哥陈孟熙、弟弟陈季让等亲友，还去了他当年读书学习和游历过的地方。我在写好并发表了《家乡人民怀念陈毅》一文之后，又写了《陈毅青少年时期的故事》初稿。当上海人民出版社决定出版此书之后，我又专程再去乐至，采访了陈毅的一位表弟，他给我讲述了陈毅小时候的一些故事，还提供了陈毅少年时写的几首诗、对联；又专门到苏州采访了陈毅的胞妹和妹夫；到北京征求陈浩苏、陈丹淮等人的意见，然后到上海人民出版社补充修改书稿。1979 年 11 月，《陈毅青少年时期的故事》出版，1980 年"五四"，团中央将此书作为优秀读物，向全国青少年推荐。这可以说是全国第一部陈毅的单本传记文学著作。

四

　　1979 年初春，重庆市领导要组织作家撰写红岩烈士传记，有关部门邀请我撰写《罗世文传》。我是重庆人，在离烈士墓不远的磁器口长大。读高中时，就听过《红岩》作者罗广斌、杨益言关于革命烈士斗争事迹的报告，"文化大革命"中，我所在的四川外语学院又迁到了烈士墓旁边，我多次到烈士墓瞻仰扫墓。我到展览馆资料室查阅了罗世文有关资料，并在展览馆资料组戚雷同志的陪同下去罗世文家乡威远县与自贡市搜集资料。我们在罗家大院，看到了大院内的房屋、大花园、小溪、荷池、藏书阁等。在大门旁倾倒的石柱上，我认出了快要剥落的对联"有钓鱼情船归不系，无出山意云与俱闲"，隐约窥见了罗家长辈的胸怀。在自贡，我们在罗家后人中找到了罗世文的家谱。在重庆，我找到了罗世文的堂弟罗世良，他给我提供了很多材料。暑假期间，我来到罗世文战斗和工作过的川陕苏区及延安，查阅资料，并到北京访问了廖承志、魏传统、韩子栋（小说《红岩》中华子良的原型）等老同志。

　　回到重庆后，我用几个月的时间，写出了《罗世文传》初稿。市委宣传部黄友凡部长为了保证本书质量，特请了原四川地下党省委秘书长、时任西南政法大学党委书记的张文澄同志（后任重庆市人大常委会主任）及四川省委宣传部副部长、四川党史资料征集委员会主任陈文作我的顾问。

　　要了解罗世文生前的故事，得从他的妻子王一苇入手。

　　当时我们不知道王一苇在哪里，是否健在？展览馆罗世文的档案里只有她在 1950 年参观后留下的那篇深情怀念罗世文的文章。展览馆的同志也不知道她在什么单位、什么地方工作，只是听说她好像在法院工作。罗世良也不知道王一苇后来的情况。我多方向重庆市法院和西南政法大学的老同志打听。终于从一位老同志口中得知，王一苇新中国成立后在重庆人民法院工作，后来调到四川省最高人民法院工作，但是否健在，不太清楚。

知道了这个线索，我非常高兴。1980年暑假期间，我利用高考阅卷的机会，开好介绍信，来到成都最高人民法院。最高人民法院政治处的同志一听是了解王一苇，非常冷漠地说：她早已死了。我说明我在写罗世文烈士的传记，王一苇是罗世文的妻子，我非常需要了解王一苇的情况，请他们提供王一苇的档案。他们依然冷淡地说：那你过几天来吧。几天后，我满怀希望而去，谁知却得到一个意想不到的结果：王一苇的档案不在了！我想，这怎么可能呢？我只有请他们再仔细找找。他们非常勉强地说，那你就再过几天来吧！过了几天，我再去高法院，得到的回答依然是没有！我又请他们再找。过几天去，他们仍说没找到，你到四川省档案馆或成都市档案馆去查一下吧！我只好到成都市档案馆和位于雅安市的省档案馆去查，还是没有！一个暑假就这么折腾过去了。第二年暑假，我来到四川省最高人民法院，政治处同志说："王一苇的档案可能是"文化大革命"中借调到成都军区了。"几天后，他们告诉我，是成都军区两位同志借去未还，让我自己去找。我到成都军区打听这两位同志，军区同志告诉我，这两位军人早已转业到山东，没有联系了。线索就这么断了。我忽然想到王一苇是"文化大革命"前才去世的，应该有同事了解她的情况，单位也应当知道她家的住址呀！于是我再次去到高法院。令我惊奇和愤怒的是，对我提出的两个问题，他们的回答都是不知道！但是，我还是不死心！我在省作协的朋友中打听到一位高法院的老同志，我拿着他的私人介绍信到高法院找到了这位老大姐。他说："一苇生前住在线香街，离我们高法院只有几十步，高法院谁人不知，谁人不晓？而我就是她生前好友，他们批判一苇的时候非要说我是她同伙，怎么现在你来了解一苇的事迹，他们又不告诉你呢？因为王一苇就是没能熬过那段时期，她才自杀的！"她说："我现在就带你去一苇的家。"果然，没走几步就到了。正当我庆幸找到了新线索时，我又碰到了新难题，罗世文和王一苇没有儿女，她死后，房主已另换住户。现在的住户都不知道她的任何亲人。我到派出所、街道办事处打听，也都不知道她有任何亲人。我再次陷入了困境，但我还是不甘心失败，再次走到王一苇旧居，挨家挨户地询问。终于，一位刚下班的青年女工告诉我，她小时候经常到王阿姨家玩，王阿姨经常给她讲罗世文烈士的故事，王阿姨是咬断舌头绝食而死的，死得很惨。王一苇死时，是她拿着大人们给她的信，去通知王阿姨的弟弟来料理的后事。我一听，高兴得差点跳起来！忙问她王一苇弟弟的地址。可是她回答说，那时候她才十来岁，记不得王阿姨弟弟的名字和地址了。我再次失望了！我失望地走在成都的大街上。我想，跑了一年多，没取得任何成果，就这么算了吗？不行！我不能放弃！也不能死心！我得再去和那位送信的姑娘谈谈。暮色中，我再次走进姑娘的家，向她详细说明了充分了解王一苇对写好罗世文传记的重要性，请她再仔细想想。她被我感动了，表示愿陪我去找王一苇的弟弟，他家好像住在红星路，他肯定姓王，是个老人，我们从红星路一号找起，肯定能找到。于是，她顶着夏日的余威，陪我一家一家去问："你们这儿有没有一个姓王的老人。"可是，找了两百多家，走了两个多小时，还没找到人。眼看已是晚上 10 点多钟了，我必须送她回家了。送她到门口，她对我说，明天她休班，还同我一起去找，我真的被她感动了！第二天早上八点，我来到她家，她已站在家门口迎接我，非常高兴地说："有线索了！有线索了！"原来昨天晚上回家，在屋门口乘凉时，一位下夜班的女工回忆说，王一苇有个叫"奶妹"的侄女常来看她，这个"奶妹"好像在战旗文工团工作，随后她就带我来到战旗文工团。到了文工团，果然找到了"奶妹"，原来她真是王一苇的侄女。她带我去了她爸爸家，果然就在红星路。他给我讲述了王一苇家的历史，也讲述了王一苇与罗世文相爱的过程。他说要了解王一苇可以去访问王一苇的小弟弟王众音，他是山东省委副书记，王一苇的回忆录也在他那儿。我立即把情况给省委宣传部副部长陈文汇报了，他同意我去山东采访王众音，并到北京向中组部请示能否称王一苇为罗世文的妻子。我去到济南、威海，见到了王众音，他给我讲了王一苇丰富曲折的经历。她于1925年加入共青团；1926年参加广州妇女运动讲习所，是邓颖超的学生，同年加入共产党，参加了广州暴动。他说王一苇新中国成立后被审查是因为她曾在之前被捕，后来报上登出了她的"脱党"声明，但是这个声明不是她写的，是她爸爸帮她写的，这样做是为了让自己的女儿出狱。一苇出狱后，知道父亲给她写了脱党声明，哭着骂爸爸。罗世文相信她没有叛党，想为她恢复党籍，可当时地下党省委没有同意。新中国成立后，她被审查，她受不了这种屈辱，就自杀了，落下个自绝于党的罪名。说到这里，王众音沉挚地说："人都已死，夫复何求？只求组织上为她恢复名誉，还她一个清白！久麟同志，请你回川给省委组织部反映一下，给任白戈同志（当时四川省顾问委员会主任）汇报，我同一苇三十年代在日本搞党和妇女工作，都是白戈同志领导的。拜托了！"

接着，我来到北京，拜会了中组部部长陈野萍和老干部局局长郑伯克。他们对我的工作非常支持，专门派人把"文化大革命"中分散到外地的中组部档案中有关于罗世文的资料调回北京让我看。郑伯克还告诉我："1938年罗世文提出同王一苇结婚，因为王一苇脱党的问题没搞清楚，再加上罗世文是公开的中共省委书记，而王一苇主要从事统战工作，成天和地方军阀的太太小姐在一起，身份悬殊太大，所以没有批准。在'抢米事件'后

（'抢米事件'是 1940 年春国民党特务策划的一场抢米活动，企图嫁祸共产党，并以此为由逮捕了罗世文、车耀先同志），罗世文和车耀先被捕，省委很担心罗世文家里的文件被国民党特务查获造成党的重大损失，决定派人前去销毁罗世文家的全部材料。这是一项非常危险的工作，因为罗世文的家很可能已被特务监视起来了，我们只好把这个任务交给王一苇，因为她和罗世文一直同居。我找到王一苇，把这个任务交给了她。第二天，她如约告诉我，罗世文家的材料已全部销毁。'抢米事件'后，除了罗世文、车耀先被捕外，四川地下党确实也没受更大的损失。就从这件事，也可说明王一苇是个好同志。"郑伯克最后说："我现在可以郑重地告诉你，你在《罗世文传》中可以称王一苇为罗世文的妻子！"

此后，我还采访了时任中共中央军委秘书长的杨尚昆同志，他两次接见我们，给我们讲了吴玉章、罗世文的事迹。《罗世文传》二稿、三稿、四稿写出后，陈文副部长审阅了三次。提出了许多中肯的意见，并写了序言。此书出版后，即获四川省和重庆市首届哲学社会科学三等奖。在此书出版前后，我两次给任白戈同志和四川省委组织部反映了王一苇同志的情况，请他们尽快为她平反、落实政策。不久，四川省委组织部连续发出两份文件，给王一苇平反和恢复党籍。王众音看到文件后非常高兴地来信说："你为了真理，为了正义，不辞辛劳，天南海北地奔波，终于把家姐的事弄了个水落石出。你的这种精神，值得我们学习。世文、一苇九泉有知，也会感激你的！"二十年代末参加革命的苏雁秋在审阅初稿后题笔写诗："每望陵园百感多，英雄事迹恐消磨。赖君挥笔成青史，月桂天仙舞婆娑。"

同时，在采访罗世文事迹的过程中，我了解到女烈士张露萍的事迹，率先将其写入传记，《新华文摘》转载了其中章节，引起四川省委的重视，专门成立一个小组，调查张露萍等人事迹，并追认其为烈士。1991 年，我又将《罗世文传》改编成电视剧《雕像的诞生》，荣获中宣部文艺局和中央电视台全国优秀电视剧奖。

后来，我应四川少儿出版社之邀，撰写了《少年罗世文》。该传记运用了文学的手法，文学的想象，在尽可能还原历史背景和场景的前提下，生动地描写了罗世文在苦难中出生，在屈辱中成长的艰难历程和他刻苦学习、追求真理的精神，详细描写了罗世文母亲卖身葬父，忍辱负重，培育儿子的坚强性格和动人形象。

五

《罗世文传》出版前，我向省委宣传部陈文副部长提出为吴玉章写传的计划。他十分支持，让我约几位朋友一起来写。我约了一位亲戚、两个朋友，组成了《吴玉章传》写作组。我们到北京、武汉、广州等地档案馆查阅材料并访问了大量知情人，搜集到大量材料。就在我们紧张编写《怀念吴老》《吴玉章文集》《吴玉章年谱》之时，我却受到无端的批判，并被排挤出写作组，在《吴玉章文集》《吴玉章年谱》的前言和后记中，也只字不提我三年多的辛劳和贡献，这件事深深地伤害了我的心灵。我沉痛地中止了革命家传记文学的写作，而转向文学批评和理论研究，撰写出版了《文学创作灵感论》《论贺敬之的诗》《散文知识与写作》等理论专著，并创作出版了诗集《爱的琴弦》《新编女儿经》和《郭久麟散文集》《当代西南企业与企业家》，还创作并拍摄了四集电视报告剧《沉默的情怀》及三部电视专题片。

但是，对传记文学的热爱之情依然不时地冲激着我的胸怀。有鉴于传记文学理论研究的滞后，而自己又有传记文学创作的体验和在高校任教、便于从事理论研究的条件，我决定再次投身传记文学理论的研究，为传记文学的发展做出更大的贡献！我于1996年向四川省教委申报了"传记文学写作论"的课题，得到了批准。在写作过程中，我有目的，有计划地阅读、学习和研究了古今中外的大量传记文学著作，在扼要论述了"传记文学的性质"、"传记文学的发展历程"及"传记作家的修养"等问题后，重点论述了传记文学写作的规律和方法，包括传主的选择、主题的提炼、人物的刻画、结构的安排、技法和语言的运用等问题。在论述传记文学的性质和写作方法时，我融进了自己十多年来从事传记文学写作的经验教训和心得体会，使论述更加生动真切，也更有个人特色。

1999年初，《传记文学写作论》出版，我随即向重庆市社会科学规划办公室提出了《传记文学写作与鉴赏》的科研课题申请。课题立项后，我对从古至今的中国传记文学名篇进行了梳理，按传记文学真实性、历史性、科学性、文学性、艺术性、审美性相结合的标准，和以现当代为主的原则，选取了八十余部（篇）传记文学名著进行了赏析和评论。

2003年5月，《传记文学写作与鉴赏》一书出版，受到了学术界的好评。

有鉴于中国尚无20世纪传记文学史，而我在撰写《传记文学写作论》一书的过程中，已经对中国现当代传记文学进行了较全面的梳理和初步的研究，我决心趁热打铁，写一部《中国二十世纪传记文学史》，以填补现当代传记文学史研究中的空白。我的计划得到了四川外语学院、重庆市教委和重庆市社会科学规划办公室的支持。三年多的时间里，我反复阅读、比较、挑选20世纪的优秀传记文学作品，一部一部地进行分析、评论；然后又在总体上对20世纪传记文学进行系统的研究和梳理，研究其总体的发展趋势和脉络，思考并写出该书的纲目。

我把《中国二十世纪传记文学史》分为六篇。第一篇"绪论"，对传记文学的性质和中国传记文学的发展历史作了概略论述，提出了传记文学是独立文学文体的观点。第二篇"中国传记文学从古典到现代的嬗变"，论述了戊戌变法前后和辛亥革命时期的传记文学（主要评述了李秀成、王韬、梁启超、蔡元培等人的传记文学）。第三篇"中国现代传记文学的突破和发展"，主要论述了五四时期的自传文学（胡适、鲁迅、郭沫若、郁达夫、瞿秋白、沈从文、谢冰莹等）和他传文学（张默生、朱东润、吴晗、萧红等）。第四篇"新中国成立初期传记文学的兴盛和衰落"（溥仪、吴运铎、马可、彭德怀、陈白尘等）。第五篇"新时期传记文学的繁荣和发展"是全书的重点，分新时期的政治人物传记（曾志、柯岩、逄先知、叶永烈、权延赤、陈廷一、陈晋、毛毛、铁竹伟、张俊彪等）；新时期的作家、学人传记（茅盾、巴金、沙汀、刘白羽、杨绛、王火、韦君一、刘胡辛、王晓明等）；新时期的艺术家、明星传记（袁世海、廖静文、新凤霞、邓在军、赵忠祥、陈祖德、聂卫平、刘晓庆等）；新时期的科学家、企业家传记（《钱学森》《荣氏家族》《世纪情节——侯光炯的人生道路》《熊庆来传》《棋行天下》等）；新时期的中外历史人物传记（《孔子评传》《杜甫评传》等）；新时期普通百姓传记（朱东润、赵定军、杨二车拉姆等）。第六篇则专门论述了台港澳及海外华人华文传记（顾维钧、李宗仁、林语堂、曹聚仁、唐德刚、徐铸成、陈香梅、寒山碧、关愚谦、李敖等）。对很有影响而又有争议的传记文学作家作品，如刘晓庆的《我的路》、张紫葛的《心香泪酒祭吴宓》等，我反复进行阅读和思考，再提出了自己的观点和评价。

　　《中国二十世纪传记文学史》是我个人修史。我力图以公正、客观的观点来选择和评价作家作品，来写出我对 20 世纪传记文学的认识和评论。

2009年，我到深圳采访原深圳文联主席张俊彪，并为其写传。他约我同他一起编撰一部"二十世纪文学史"。这个想法正合我心。因为我曾几次参与编写中国现当代文学史，但是自己有一些新观点、新想法，特别是我觉得传记文学应该从散文中剥离出来，作为单独的文学文体的观点，一些文学史家不同意。现在我作主编，可以贯彻自己的学术主张了。于是，我很快写出富于创新性的编写大纲，然后聘请全国知名专家学者撰稿。两年后，我们写出了《大中华二十世纪文学史》。这部史典气势宏伟，内容丰满，论术深刻，而且论从史出，具有开拓性和独创性，其创新性主要表现为：其一，全书在框架及构思特别新颖，一反几十年来文学史的纵向结构，第一次按文体横向划分，即按文体将全书划为七篇，然后每篇按一种文体纵向论其百年发展史。其二，提出了新的文体划分方法——七分法，即将20世纪文学文体划分为诗歌、散文、小说、戏剧文学、报告文学、传记文学、影视文学，每种文体各写一部百年文学发展史。这在中国数十年文学史编写中，是一个独创。其三，把港澳台和海外华人文学作品纳入中华文学史的范畴之中，专门编撰一篇。其四，尊重各篇执笔者的学术观点。

通过这部文学史的编撰，我第一次把传记文学作为独立文体写进了文学史。我还在这前后发表了三篇论文，在《文艺报》等刊物上发表，阐述我认为传记文学应当是独立文学文体的主张。这就是我对传记文学发展所做的重要工作、重要贡献！

六

在撰写《传记文学写作与鉴赏》和《中国二十世纪传记文学史》的过程中，我认识到，在传记写作中，传主的选择十分重要。最好是选择自己熟悉、热爱而又与自己爱好、兴趣相近的传主。我是学文的，又长期从事文学创作、研究和教学工作，我最熟悉和热爱的，应该是作家、艺术家，我应该写他们的传记。而在这些作家中，我首先应该写的是雁翼。因为我从1971年到1972年曾在雁翼领导下编辑诗集《红岩村颂》，以后也一直关注着雁翼的生活和创作，他只读过一年小学，在人民军队和时代生活这个大熔炉中，经过自己的刻苦努力，成长为出版了七十多部著作、在海内外都有很大影响的著名诗人。他身上有许多优点：挚爱文学，对事业的追求，正直、热情、刚毅、宽容等，都值得我们学习。刚好，1998年，雁翼来到重庆，我到宾馆去看望他。他说他正在约请世界各国首脑写诗歌和箴言，歌颂世界和平和发展，准备在两千年之交编辑一部《世界和平圣诗》。我被他奋斗不息的精神深深地感动了！一位70多岁的老人，却还一个人在外地为文学事业奔忙。我觉得，在他身上体现出了中华民族最优秀的性格，那就是永无止境地攀登！因此，我应该写他的传记！雁翼听了，非常高兴。回到北京后，他给我寄来了他的大量作品，并在信中说："相信你会突破一般的传记的写法。人，都是感情的载体，有美亦有丑，我亦然。"这封信使我对写好他的传记充满了信心，因为他尊重传记的真实性，不要求把他写成完美的人，不忌讳表现他的缺点和弱点，不忌讳写他的感情生活。我感到，我选择雁翼作为传主，选对了！

　　我阅读了他的全部著作，我一次次在重庆、到北京、到成都同他倾谈。我感到，要想使这部传记有突破、有创新、有深度、有高度，就不仅要生动形象地描写出雁翼波澜壮阔、曲折丰富的人生历程，还要紧紧抓住雁翼之所以能从半文盲成长为海内外都相当有知名度的诗人作家的主观原因和客观条件。于是，我详细地描写了雁翼成长的经历，写出他怎样战胜无数的困难、挫折和障碍，一步步走向人生和事业的高峰。

我感到高兴的是，我不仅写出了一个鲜活的人物和心灵在大时代的成长发展，并通过他的成长发展来反映这个波澜壮阔、缤纷多彩的时代；而且还突破了当代传记文学不敢表现内心情感的禁忌，大胆地、深入地揭示了传主的内心世界、感情世界，甚至是隐秘的感情领域。在写法上，我尽量描述生动的故事，选择典型的细节，并运用富于情感的、具体生动而又流畅典雅的语言，创造文学的氛围，文学的意境，使传记显得生动活泼，有较强的艺术魅力和吸引力。中国传记文学学会会长、著名作家万伯翱在序言中说："在当代传坛，像《雁翼传》这样生动地表现传主的人生道路和创作成就，这样深入地揭示传主曲折复杂的心路历程和丰富多彩的感情世界，这样真实地反映革命战争和时代环境对传主性格和人生影响的传记，实在难得。"

《雁翼传》完成后，我又与我非常热爱和熟悉的著名诗人贺敬之商量，准备写贺敬之、柯岩合传。他让我先写柯岩传，并约我去北戴河同他和柯岩一起畅谈了十来天，还介绍我采访了她的十多位朋友。我仔细阅读了十卷本的《柯岩文集》和三卷本的《柯岩评论集》，经过一段时间的酝酿、构思，用时一年，写出了40多万字的《柯岩传》。经过柯岩亲自审阅修改，于2012年由山西人民出版社出版。原中共中央政策研究室文化研究局局长、文艺报副主编严昭柱评价说："《柯岩传》熔真实性、思想性、艺术性于一炉，是当前传记文学创作难得的上乘佳作。"

2011年由凤凰出版传媒集团江苏人民出版社出版了我写的《张俊彪传》。传记描写了深圳文联厚主席张俊彪的成长历程及其文学成就和独特性格，并围绕他的成长，描写了多位人物的不同经历和性格。该传记出版不久，好几位评论家撰文予以高度评价。

从2013年底至今年春天，我又采写了著名诗人梁上泉，并写出《梁上泉评传》。梁上泉是达县人，中学时受其语文老师、达县著名诗人的热情指导和教育，开始写作古体诗。解放初参军，在西南边疆的战斗生活中孕育了诗情画意，连续出版了几部诗集，成为中国著名青年诗人。他一生痴迷于诗歌创作，出版了30多部诗集、歌剧集、歌词集、古体诗集。我阅读了他的全部著作和对他的评论、报道，以及亲朋好友写给他的全部书信，以及几十本日记；并对他进行了深入采访，同他的妻子和儿子进行了深度交流。在写作中，我突然产生了一个新的构思：将全传分为两篇，上篇"创作生涯"，写他60年的创作历程，展示他几十部诗集的写作经历和内容，并对他的创作成就给予评价；下篇"诗意人生"，则写他80余年的人生经历，描写他的故乡情、爱情、父子情、亲情友情、山水情、艺术才情。这样，较好地解决了传记写作中表现人生和事业的矛盾，既充分地、系统地、全面地表现了梁上泉的人生历程，又深入细致地展示了他创作的甘苦、创作的艰辛、创作的成就。

这四部传记共一百六十余万字，都是写的著名诗人和作家，他们都具有很高的天赋和顽强拼搏精神，在文学创作上取得了卓越的成就。我对他们都很尊敬和热爱，满腔热情地描绘和再现了他们。我尽量运用散文的语言、小说的人物描写、诗歌的激情，试图把传记写得生动活泼，把人物塑造得栩栩如生；同时，我还多方面描写传主的家庭、爱情、亲情、友情，展示传主成长发展的社会和时代背景，从而深化传记的社会内涵，提升传记的思想高度。

就这样，近四十年来，我由革命家传记创作而进入传记理论研究，又由传记理论研究转向文学家传记的写作，并在这两个方面都取得了较好的成绩。我还在我供职的高校建立了传记文学研究机构，把传记文学引入了本科教育。在中国传记史上，同时从事传记文学创作和传记文学理论研究及教学的人很少，我的这个特点受到文艺界的注意和重视。著名传记文学研究家全展先生说，中国作协主席团委员、重庆作协主席陈川先生在 2010 年 11 月召开的"郭久麟传记文学研讨会"上说："我们知道，郭久麟先生长期从事传记文学的创作和研究工作，积数十年之辛劳，笔耕不辍，著作颇丰，名满巴渝。他以一个创作者的身份去研究传记文学，尽得个中滋味，论述自然贴切，读来生动顺畅；同时又以专家的理论高度来创作传记文学，视野宽阔，形象之中蕴含着丰富的思想。这在文学界，恐怕并不多见。但郭久麟先生就是以其特殊的精力和智慧，集创作与研究于一身，而且均取得了较高的成就。这不能不让我们由衷的赞叹和钦佩。"中国传记文学学会会长万伯翱在《雁翼传》的序中写道，久麟因其在传记文学创作及研究方面的成就，被中国文坛及传记学会同行称为集传记文学创作与研究于一身的双栖型作家和学者。著名学者全展在《论郭久麟传记文学创作与理论研究》一文中说："毫不夸张地说，郭久麟集传记文学作家和研究家于一身，堪称中国当代传坛不可多得的优秀的双栖型传记文学家。"

我在其他文学活动中也把创作和研究结合起来。我写散文，出版了《郭久麟散文集》，同时我也搞散文研究，出版了《散文知识与写作》；我写诗歌，出版了诗集《爱的琴弦》，同时我也搞诗歌研究，出版了《论贺敬之的诗》，并在我主编的《大中华二十世纪文学史》中撰写了 20 多万字的《中国二十世纪诗歌发展史》；我创作拍摄了电视剧《沉默的情怀》《雕像的诞生》，也写了不少影视评论；我搞了几十年文学创作，把创作中的体会心得感悟予以深化、升华和提炼，撰写了《文学创作灵感论》的专著，受到臧克家称赞，并亲自为该书写了热情洋溢的序言。

八

从进入高中开始，我把读书和写作当成了最大的快乐和爱好。粉碎"四人帮"以后，我更是抓紧了所有的工休日和节假日，甚至舍弃了围棋等爱好，结合教学工作，潜心进行阅读、采访、调查，从事传记文学的科研和创作……

就这样，大学毕业近五十年来，我圆了一个梦：由一个大学生成长为教授、学者、专家，成长为诗人、作家、理论家。

近四十年来，我和传记文学结下了不解之缘，圆了一个传记文学作家、传记文学理论家和传记文学史学家的梦。

我的文学梦，圆了，但还需继续努力，让它圆的更好更美。

我同传记文学的缘，也还得继续缘下去，让它缘得更美满、更动人！

我还想写更多更好的诗歌、散文、小说、评论和影视剧本；我还要写几部传记，并写出我的长篇自传。

我要用我的生命来实践自己的誓言：为神圣的文学事业奋斗终生！为我热爱的传记文学奉献出全部的心血和智慧！

2014 年 6 月 19 日修改于重庆人文科技学院

后　记

2015 年早春，是我的大喜日子！《雁翼传》和长篇历史小说《风流帝王》相继出版。同时，我还整理好了我的散文选、诗选和研究文选。1 月 27 日凌晨，我突然在梦中惊醒，想起自己真的是爱诗如命，把文学当作生命，把诗歌当作灵魂，七十多岁了，还在为文学事业夙兴夜寐，爬罗剔抉，呕心沥血，殚精竭虑。忽觉灵感袭来，很快吟成了下面这首诗：

> 文若命兮诗如魂，沥血呕心意纵横。
> 振衣独攀千峰顶，探胜深入百姓心。
> 雕塑民族英雄像，抒发中华腾飞情。
> 欣逢盛世文思畅，长江入海万里行。

我在 1992 年，我 40 周岁时出版了诗集《爱的琴弦》，在 1996 年，我 44 岁时，出版了《郭久麟散文集》。我在散文集的《后记》中说：

> 古人曾云："人到中年万事休"，我在《上金顶》中则说："人到中年正金秋"。是的，秋天，是收获的季节，溢彩流芳的季节。望长空，天高云淡，大雁南旋；看大地，稻穗铺金，枫叶如丹……经过了春的播种，夏的孕育，金秋捧出了丰硕的果实，展示出蓬勃的生机。对我个人来说，又何尝不是如此？我是在人生的中年、人生的金秋，圆了我少年时

代的作家、教授梦，并入选英国剑桥国际传记中心的《世界名人录》及其他十余种中外名人辞典的。这金秋的收获，离不开春的播种，夏的耕耘，凝聚着我几十年的学习积累，几十年的不懈追求，几十年的艰苦攀登，几十年的顽强拼搏……

这以后，我虽然把主要的精力放在了传记文学作品的采写和传记著作的撰写上，但是我仍然继续写作诗歌和散文。只要外出采访游览探亲访友，我都会抓紧时间观察、感受、记录、思考，寻找契机，寻觅意象，孕育诗情，培育文意，一旦灵感袭来，我会立即抓住，写出新作。所以这些年，仍然热爱诗歌和散文，而且随着年龄的增长，还越来越喜欢阅读和写作散文。我的散文，主要分为三大部分，一是游记散文，为祖国山河立传；二是人生经历、阅历和感受；三是写人物、事件的速写、特写、小传和通讯、报告文学等类。今天，在我 72 岁之际，我又编辑了这本《探秘女儿国》，从我近五十年创作的几百篇散文中挑选了 60 来篇自己较为喜爱的一些篇章。这部选集，是纯散文，没有包含我写的人物速写、特写、小传和通讯、报告文学等类的作品。那些作品，我想有机会时，再编选一本吧！

出生在祖国的母亲河——长江之滨的壮丽重庆，长江的碧波，天天从我窗前流过；涂山氏呼唤大禹归来的涂山，夜夜在我心空耸立。从母亲的摇篮曲里，从中小学的课本和老师的讲授中，我迷上了祖国雄奇壮伟的河山和光辉灿烂的历史。考入四川大学中文系以后，我更对司马迁、李太白、徐霞客等大师遍览天下名山，结交天下豪俊，写出不朽文章的豪迈生涯倾慕不已。大学毕业以后，我在教学之余，在全国各地采访和开会的时候，我总是不辞辛劳，到名山胜水或不知名的山野大泽中去探访，去游览。我饱览黄山云海，畅游青岛海滨，我沉醉西湖风月，流连三峡画廊。我为祖国母亲的仪态万方和壮丽辉煌而骄傲，也为中华民族邈远神异的历史文化而自豪。我常常忘情地沉溺其间，静观默察，浮想联翩，匆匆记录。在劳累的旅途之中，在旅舍、车站、餐厅、火车、飞机、轮船、汽车之上，我不时地捕捉住闪烁的灵感和沸涌的思绪。回到美丽宁馨的校园，那些难以忘怀的奇山异水和见闻感受又常闪现脑海，促使我提起笔来，写出一篇篇游记。我力图以细腻的观察、敏锐的感受、充沛的激情、广博的知识、生动的描绘，描绘出祖国河的壮丽容颜，讴歌民族文化的灿烂光辉，展示美好深邃的诗情画意，抒发属于自己的真知灼见。我从大量的游记挑选了一部分，编辑成了《情漫山海》。

同时，我还经常在自己的人生阅历和见闻中汲取诗情画意。

我在半个多世纪的学习、工作、教学、创作、科研、追求、探索、拼搏中，时时感受到父母、爱人、弟妹、亲友、老师、同学、同事那真诚而炽烈的爱，我的每一点进步、每一点成绩，都离不开父母亲人的关怀和体贴，离不开老师朋友的指导和帮助。我总是不时地忆念着、回味着、铭感着这一切……同时，我在人生道路上的经历和阅历，有很多珍贵的见闻和感受，也时时搅动我的回忆。这些珍贵的情谊，难忘的往事，常常在夜深人静之时，突然地从脑海中闪现出来，激起我心灵的涟漪，漾起我情感的波澜，令我激动、兴奋，令我提起笔来，录下心灵的律动，采撷下人生长河中的浪花。我从中选了几十篇，辑成《意溢人间》。

现在，当这部散文选集结出版之时，我又重新修改、审读了两遍。我觉得，我的散文主要是我写山水和写人生的散文各有特色，都倾注着我的心血、情感和爱恋。《情漫山海》是我几十年来走南闯北，放情山水及时写作的成果，我在锦山秀水的欣赏陶醉之中，为中华河山立传存照，并透过山水展示历史内涵，抒发生活感受。也即是说，在《情漫山海》中，我是把山水当作人生的知己和参照物来观照描绘，是由自然而及人生，由外及内。而《意溢人间》则不同了，它是我挖掘内心秘密，回顾亲身经历，追忆亲朋好友，抒发人生体验。换言之，我是把自己当作了观照和审视的对象，通过对自身的挖掘和描绘，展示出时代的变迁和社会的风情，是由我达于社会，是因内而及外，因而更深切表现了我的人生和心灵。

因此，从这部散文选中，读者可以从字里行间里看到我对祖国山河的热爱之情，对祖国历史文化的珍视和挚爱；还可以看到我们这代知识分子走过了怎样一条艰难的奋进之路，看到我们这代知识分子执着的追求、顽强的拼搏和火炽的情怀。

我终生热爱诗歌，所以在写作散文时，我总是选取生活中的美的事物和人物，美的风景和意象，追求诗的意境和诗的语言，诗的激情和诗的氛围。在写法上，或抓住景观或人物的特点进行开掘和升华，或抓住某些情节事物，生发联想。在语言上，则力求朴实、畅达、优美，富于情感和文采。

50 多年的经历见闻和感受，自然远非这几十篇文章所能完全表达。还有许许多多的人物、事件、感触和忆念，在大脑中回荡、奔突、冲撞，呼唤我把它们展现出来，奉献给我的父老乡亲。为此，我正在酝酿和写作我的长篇自传。我殷切地期待着前辈、专家、同行、亲友和读者的支持和帮助！

谨向一切关心、指导、帮助我的人，致以诚挚的谢意！

郭久麟

2015 年 3 月 8 日于山城

后
记